中国20世纪
名家散文经典

朱自清◎著

林非◎主编

他的成功之处是，善于通过精确的观察，细腻地抒写出对自然景色的内心感受。

陕西新华出版
太白文艺出版社·西安

图书在版编目（CIP）数据

朱自清散文集 / 朱自清著. -- 西安：太白文艺出版社，2016.3（2024.5重印）
（中国20世纪名家散文经典 / 林非主编）
ISBN 978-7-5513-0881-6

Ⅰ.①朱… Ⅱ.①朱… Ⅲ.①散文集－中国－现代 Ⅳ.①I266

中国版本图书馆CIP数据核字(2016)第004617号

朱自清散文集
ZHU ZIQING SANWENJI

作　　者	朱自清
主　　编	林非
责任编辑	王大伟　荆红娟　张　笛
整体设计	和兴文化
出版发行	太白文艺出版社
经　　销	新华书店
印　　刷	三河市嵩川印刷有限公司
开　　本	700mm×960mm　1/16
字　　数	176千字
印　　张	12
版　　次	2016年3月第1版
印　　次	2024年5月第2次印刷
书　　号	ISBN 978-7-5513-0881-6
定　　价	46.80元

版权所有　翻印必究
如有印装质量问题，可寄出版社印制部调换
联系电话：029-81206800
出版社地址：西安市曲江新区登高路1388号（邮编：710061）
营销中心电话：029-87277748　029-87217872

主　编　林　非
副主编　陈华昌
编　委　(以姓氏笔画为序)
　　　　王湜华　乔继堂
　　　　刘应争　张品兴
　　　　苏　冰　李晓丽
　　　　惠西平

中国20世纪名家散文经典

序　言

林　非

喜爱和熟悉朱自清散文的读者，可以说是相当不少的。大概会有许多人，从各种本子中读到过他最为著名的《背影》，而大凡阅读过这篇散文的读者，又总会多少触动过自己感情的弦索，从而留下了难忘的印象。

为什么一篇只有千余字的短短的散文，会产生出这样的力量来呢？它的奥秘究竟在什么地方呢？俄国作家高尔基谈到在自己的少年时代，读完法国作家福楼拜的小说《一颗单纯的心》之后，曾被这个朴素的故事感动得如痴如醉，多次把书页摊开在阳光底下，想从字里行间找出使自己激动的奥秘。《背影》比起福楼拜的那篇小说来，篇幅要短小得多，情节要简单得多，然而它们同样都折射出一种强烈的打动读者的情感，这就是十分明了易懂的奥妙之所在。

《背影》之所以能够感动读者之处，恰巧是在于朱自清善于运用质朴、鲜明和细腻的文字，洋溢出一股诚挚而又深沉的感情。我们常说散文最要紧的是应该抒发真情实感，《背影》就相当卓越地表现出了这一点。朱自清着力地刻画体魄衰颓的老父，执意要去火车站为自己送行，到达后又絮絮叨叨地操心他的行李，再三嘱咐他一路平安。最感人的一笔是为了替他购买路上解渴的橘子，竟在月台旁支撑着身躯上下攀援，正是这个动作很艰难的背影，活泼泼地写出了老父对他深沉的爱。

只要是写出真挚的感情，这篇散文就一定会打动读者的心。《背影》这个成功的关键，是很值得我们注意的。我们曾见到过不少的散文，有的确乎也想惊涛骇浪般地倾泻自己的感情，有的确乎也在细致精密和纤徐委婉地诉说自己的感情，却因为表达的并非真情实感，而是虚情或矫情，因此这些作品就不可能取得成功。尽管在一段时间之内，受到较多的推

崇,却不会真正地活在读者的心里,很快就消失了自己的影响,而像《背影》这样充满了真情实感的篇章,却在问世之后的将近七十年以来,始终都被广大的读者所钟爱。

《背影》不但在中国有广大的读者,它还通向了世界。去年8月下旬,我应邀去汉城参加那里的"国际散文研讨会"时,著名的韩国散文家许世旭教授告诉我说,他曾将《背影》译成朝鲜文发表,获得了许多读者的喜爱,有的中学教科书里也收录了这篇作品。这就可见只要是抒发了真情实感的散文,不仅能够感动自己国家的读者,同样也能够感动外国的读者,人类所追求的纯真情感,总是会相通的啊!

散文不仅应该写出真情实感,还要尽可能地写得很优美,从单纯和明朗的美,直至绮丽和纤弱的美,都会引起各种不同审美情趣的读者所喜爱,更重要的是还在于它会进一步升华广大读者审美才智,这对于丰富与提高整个民族的精神世界来说,肯定具有无法估计的意义,这是因为养成了具有高度审美情操的人,就不至于盲目地去破坏、殴斗和杀戮,而必然会相反地走向和平、纯洁和高尚。

说起绮丽和纤弱的美来,朱自清的《桨声灯影里的秦淮河》《荷塘月色》这些篇章,确实是堪称典范的,这些散文的难能可贵之处,还在于作者擅长将对山水风光的精确印象,和自己内心深处充满诗情的感受融合在一起,收到情景交融的效果,显出了一种十分丰满而又渺远的意境。朱自清在《〈背影〉序》中认为,当时"就散文论散文",在艺术风采方面表现为"或委曲,或缜密,或劲健,或绮丽,或洗练,或流动,或含蓄",它们"发展确是绚烂极了",其实他自己的许多散文,就都在不同程度上显露出这些缤纷的艺术风采。

朱自清还写出过不少具有强烈社会意义的散文,像《生命的价格——七毛钱》,对穷困和不幸的善良人们,充满了强烈的同情心;《白种人——上帝的骄子》,则抒发了被压迫民族的愤懑;《执政府大屠杀记》,更是忿怒地控诉北洋军阀政府屠杀爱国学生的血腥罪行,甚至还将揭露的锋芒,直指当时反动统治的魁首段祺瑞,洋溢着一种大义凛然的气概。这些篇章不仅写得感情饱满,而且在表达技巧上也显出他善于刻画得生动细腻、淋漓尽致,剖析得层层深入、犀利非凡,想象得合情合理、丝丝入

扣的特点。

这些闪耀着夺目的艺术与思想光彩的篇章,只能是出自散文大师的手笔,从而受到一代又一代读者的激赏,自然就是一桩水到渠成的事情了。然而探索人类心灵活动的文学艺术创作,可以说是世界上最为艰辛的事业之一,很难做到十全十美的程度,在多少文学艺术大师成功的作品中,也都还不能不存在着某些小疵,譬如说托尔斯泰的《战争与和平》,无疑是千古的杰作,不过如果想要仔细地挑剔作品的美中不足,恐怕是可以举出许多例子的。这绝不意味着指出这一点来的人,要比托尔斯泰还高明,因为从一个具有较高艺术涵养的旁观者的视角出发,是比较容易察觉当事者在紧张劳动强度中不少细微失误之处的。但是如果让这位旁观者也去写《战争与和平》的话,恐怕他是连一个页码也写不出来的。这也绝不意味着指出这一点来的人,是一种轻浮和狂妄的态度,相反的却是显示出对于艺术创作高度负责的精神,只有像这样让大家看到长处又发现不足的严肃态度,才有可能引起人们充分的注意,促使后来者更好地避免先行者完全可以避免的阙失。

这样说来,文学艺术大师的杰出成就与某些不足之处共存,就是一种十分普遍的现象了。朱自清自然也不会是例外,关于这一点,十分欣赏他作品的另一位文学大师叶圣陶,就做出了十分客观和科学的评价。他一方面认为,"现在大学里如果开现代本国文学的课程,或者有人编本国文学史,谈到文体的完美,文字的会写口语,朱先生该是首先被提及的",另一方面却又很严肃认真地指出,"他早期的散文如《匆匆》《荷塘月色》《桨声灯影里的秦淮河》都有点做作,太过于注意修辞,见得不怎么自然"。(《朱佩弦先生》)在真正称得上是艺术创作的繁复运转过程中,长处与不足确实是紧密联系在一起的。

而朱自清之所以出现这样的长处和不足,又有着更为深刻的思想文化背景方面的原因。正像鲁迅在《小品文的危机》中所分析的那样,包括朱自清在内的"五四"散文创作趋向,"本来明明是更分明的挣扎和战斗,因为这原是萌芽于'文学革命'以至'思想革命'的,就是说它本身的素质决定了自己应该更好地走向宽阔和深沉,然而为了要在新旧文学的转型期内获得更为广大的读者,就得跟他们所熟悉的中国传统散文进行竞赛","在表示旧文学之自以为特长者,白话文学也并非做不到",因此就"特别提倡那和旧文章相合之点",像这样在艺术上处于一层次较量的做法,自然就易于较多地注意艺术技巧的追求,却不自觉地淡化了对于思想冲力的追求。而离开具有强烈辐射性的思想冲力,艺术意识的更新自然也就不容易迸发出来,鲁迅的这个见解实在是太准确和精辟了。

像这样追求和中国传统散文尽量接近和平行的艺术轨迹,必然就会导致"五四"散文创作倾向于艺术上凝固和净化的趋势,这既是不得不然的,又是出于不自觉的一种妥协,从而也就不能不削弱了艺术上新颖的探索,同样也不能不由此而缩小了对于生活内涵和思想容量的追求。朱自清正是这样在"文字的会写口语"同时,多少也包含着一股古老的意蕴和情趣,摆脱不掉传统的凝固和净化的影响,这样自然也不能不牵制了思想深度的开拓。前面所引述的叶圣陶对他的评语,不啻是鲁迅对"五四"散文创作趋势那种宏观判断的精确注解。这值得我们在学习和研究朱自清的散文时,引起足够的重视和充分的注意。

朱自清的有些散文,除了具有上述不能充分自觉地超越传统的不足之外,还表现于他在思想追求方面,终于不断和艰苦地走向切实和广阔的人生道路时,在艺术表现上却又丢失了不少浓郁的个性和审美的追求。最典型的是《欧游杂记》和《伦敦杂记》这两本散文集,它们尽管还保持了认真描摹和工笔勾勒的风采,文字也显得更为洗练和纯熟,更多地带上现代汉语亲切的味道,却大大地减少了前期散文的感情色彩和独特个性。他在《〈欧游杂记〉自序》中说,"书中各篇以记述景物为主,极少说到自己的地方";他在《〈伦敦杂记〉序》中也说,"写这些篇杂记时,我还是抱着写《欧游杂记》的态度,就是避免'我'的出现。真不懂得这位散文大师为什么故意要避免个性的流露,散文是最需要和善于表露自己个性的文学样式,为什么这位散文大师竟会形成丢失和摒弃散文文体长处的想法呢?这种想法自然就影响了他以后的散文创作。如果要归根结底地追究起来,或许还是传统文化中禁锢人们充分表露自己个性的惯性力量,在潜意识中发挥着这样的作用吧。想要解开这个具有深刻原因的纽结,恐怕还得经过好几代人不断开放自己的艰苦努力才可能实现。

多年以来,我们对于朱自清散文的研究可以说是比较充分的,也作出

中国20世纪名家散文经典

了不小的成绩,就以鉴赏方面的工作而言,就产生过不少普及和推广的作用。在我们的研究工作中,自然也还存在着问题,主要是表现于还没有充分阐述他作为散文大师的出色成就和美中不足,还没有充分指出存在于这两个侧面的深刻原因,包括作家主观方面的艺术和思想原因,以及客观方面的思想文化背景对于作家主观世界渗透和制约作用的原因。这样的研究方法就容易形成侧重于赞赏和仿效的思维习惯,而不能进行挺立于历史高度的总结,在要求学习他长处和避免他不足的基础上去开拓与创新,养成一种自觉的超越前人的意识,以便使得今天的散文创作出现更为强劲的思想冲力和更为新颖的艺术感染力。我深愿这本散文选集的出版能够引导广大的读者朋友们更好地向这方面去做。

1992年7月3日于北京

中国 20 世纪名家散文经典

目　录

序言　1

桨声灯影里的秦淮河　1
南京　7
说扬州　11
扬州的夏日　14
温州的踪迹　17
潭柘寺　戒坛寺　20
松堂游记　23
初到清华记　25
瑞士　27
莱茵河　32
柏林　34
荷兰　39
巴黎　44
罗马　58
威尼斯　64
佛罗伦司　67
执政府大屠杀记　71
航船中的文明　77
海行杂记　79

蒙自杂记　83
圣诞节　86
公园　89
博物院　94
文人宅　99
三家书店　104
吃的　110
乞丐　114
背影　117
给亡妇　119
儿女　123
我是扬州人　128
我所见的叶圣陶　132
阿河　135
择偶记　141
荷塘月色　143
飞　145
匆匆　147
歌声　149
看花　150
一封信　153
冬天　156
春　158
女人　160
谈抽烟　164
说梦　166
论无话可说　168
你我　170

中国20世纪名家散文经典

桨声灯影里的秦淮河

一九二三年八月的一晚,我和平伯同游秦淮河;平伯是初泛,我是重来了。我们雇了一只"七板子",在夕阳已去,皎月方来的时候,便下了船。于是桨声汨——汨,我们开始领略那晃荡着蔷薇色的历史的秦淮河的滋味了。

秦淮河里的船,比北京万牲园、颐和园的船好,比西湖的船好,比扬州瘦西湖的船也好。这几处的船不是觉着笨,就是觉着简陋、局促;都不能引起乘客们的情韵,如秦淮河的船一样。秦淮河的船约略可分为两种:一是大船;一是小船,就是所谓"七板子"。大船舱口阔大,可容二三十人。里面陈设着字画和光洁的红木家具,桌上一律嵌着冰凉的大理石面。窗格雕镂颇细,使人起柔腻之感。窗格里映着红色蓝色的玻璃;玻璃上有精致的花纹,也颇悦人目。"七板子"规模虽不及大船,但那淡蓝色的栏杆,空敞的舱,也足系人情思。而最出色处却在它的舱前。舱前是甲板上的一部,上面有弧形的顶,两边用疏疏的栏杆支着。里面通常放着两张藤的躺椅。躺下,可以谈天,可以望远,可以顾盼两岸的河房。大船上也有这个,便在小船上更觉清隽罢了。舱前的顶下,一律悬着灯彩;灯的多少,明暗,彩苏的精粗,艳晦,是不一的。但好歹总还你一个灯彩。这灯彩实在是最能钩人的东西。夜幕垂垂地下来时,大小船上都点起灯火。从两重玻璃里映出那辐射着的黄

黄的散光，反晕出一片朦胧的烟霭；透过这烟霭，在黯黯的水波里，又逗起缕缕的明漪。在这薄霭和微漪里，听着那悠然的间歇的桨声，谁能不被引入他的美梦去呢？只愁梦太多了，这些大小船儿如何载得起呀？我们这时模模糊糊的谈着明末的秦淮河的艳迹，如《桃花扇》及《板桥杂记》里所载的。我们真神往了。我们仿佛亲见那时华灯映水，画舫凌波的光景了。于是我们的船便成了历史的重载了。我们终于恍然秦淮河的船所以雅丽过于他处，而又有奇异的吸引力的，实在是许多历史的影象使然了。

秦淮河的水是碧阴阴的；看起来厚而不腻，或者是六朝金粉所凝么？我们初上船的时候，天色还未断黑，那漾漾的柔波是这样的恬静，委婉，使我们一面有水阔天空之想，一面又憧憬着纸醉金迷之境了。等到灯火明时，阴阴的变为沉沉了：黯淡的水光，像梦一般；那偶然闪烁着的光芒，就是梦的眼睛了。我们坐在舱前，因了那隆起的顶棚，仿佛总是昂着首向前走着似的；于是飘飘然如御风而行的我们，看着那些自在的湾泊着的船，船里走马灯般的人物，便像是下界一般，迢迢的远了，又像在雾里看花，尽朦朦胧胧的。这时我们已过了利涉桥，望见东关头了。沿路听见断续的歌声：有从沿河的伎楼飘来的，有从河上船里度来的。我们明知那些歌声，只是些因袭的言词，从生涩的歌喉里机械的发出来的；但它们经了夏夜的微风的吹漾和水波的摇拂，袅娜着到我们耳边的时候，已经不单是她们的歌声，而混着微风和河水的密语了。于是我们不得不被牵惹着，震撼着，相与浮沉于这歌声里了。从东关头转弯，不久就到大中桥。大中桥共有三个桥拱，都很阔大，俨然是三座门儿；使我们觉得我们的船和船里的我们，在桥下过去时，真是太无颜色了。桥砖是深褐色，表明它的历史的长久；但都完好无缺，令人太息于古昔工程的坚美。桥上两旁都是木壁的房子，中间应该有街路？这些房子都破旧了，多年烟熏的迹，遮没了当年的美丽。我想象秦淮河的极盛时，在这样宏阔的桥上，特地盖了房子，必然是髹漆得富富丽丽的；晚间必然是灯火通明的。现在却只剩下一片黑沉沉！但是桥上造着房子，毕竟使我们多少可以想见往日的繁华；这也慰情聊胜无了。过了大中桥，便到了灯月交辉，笙歌彻夜的秦淮河；这才是秦淮河的真面目哩。

大中桥外，顿然空阔，和桥内两岸排着密密的人家的大异了。一眼望去，疏疏的林，淡淡的月，衬着蓝蔚的天，颇像荒江野渡光景；那边呢，郁丛丛的，阴森森的，又似乎藏着无边的黑暗：令人几乎不信那是繁华的秦淮河了。但是河中眩晕着的灯光，纵横着的画舫，悠扬着的笛韵，夹着那吱吱的胡琴声，终于使我们认识绿如茵陈酒的秦淮水了。此地天裸露着的多些，故觉夜

来的独迟些;从清清的水影里,我们感到的只是薄薄的夜——这正是秦淮河的夜。大中桥外,本来还有一座复成桥,是船夫口中的我们的游踪尽处,或也是秦淮河繁华的尽处了。我的脚曾踏过复成桥的脊,在十三四岁的时候。但是两次游秦淮河,却都不曾见着复成桥的面;明知总在前途的,却常觉得有些虚无缥缈似的。我想,不见倒也好。这时正是盛夏。我们下船后,借着新生的晚凉和河上的微风,暑气已渐渐销散;到了此地,豁然开朗,身子顿然轻了——习习的清风荏苒在面上,手上,衣上,这便又感到了一缕新凉了。南京的日光,大概没有杭州猛烈;西湖的夏夜老是热蓬蓬的,水像沸着一般,秦淮河的水却尽是这样冷冷的绿着。任你人影的憧憧,歌声的扰扰,总像隔着一层薄薄的绿纱面幂似的;它尽是这样静静的,冷冷的绿着。我们出了大中桥,走不上半里路,船夫便将船划到一旁,停了桨由它宕着。他以为那里正是繁华的极点,再过去就是荒凉了;所以让我们多多赏鉴一会儿。他自己却静静的蹲着。他是看惯这光景的了,大约只是一个无可无不可。这无可无不可,无论是升的沉的,总之,都比我们高了。

那时河里闹热极了;船大半泊着,小半在水上穿梭似的来往。停泊着的都在近市的那一边,我们的船自然也夹在其中。因为这边略略的挤,便觉得那边十分的疏了。在每一只船从那边过去时,我们能画出它的轻轻的影和曲曲的波,在我们的心上;这显着是空,且显着是静了。那时处处都是歌声和凄厉的胡琴声,圆润的喉咙,确乎是很少的。但那生涩的,尖脆的调子能使人有少年的,粗率不拘的感觉,也正可快我们的意。况且多少隔开些儿听着,因为想象与渴慕的作美,总觉更有滋味;而竞发的喧嚣,抑扬的不齐,远近的杂沓,和乐器的嘈嘈切切,合成另一意味的谐音,也使我们无所适从,如随着大风而走。这实在因为我们的心枯涩久了,变为脆弱;故偶然润泽一下,便疯狂似的不能自主了。但秦淮河确也腻人。即如船里的人面,无论是和我们一堆儿泊着的,无论是从我们眼前过去的,总是模模糊糊的,甚至渺渺茫茫的;任你张圆了眼睛,揩净了眦垢,也是枉然。这真够人想呢。在我们停泊的地方,灯光原是纷然的;不过这些灯光都是黄而有晕的。黄已经不能明了,再加上了晕,便更不成了。灯愈多,晕就愈甚;在繁星般的黄的交错里,秦淮河仿佛笼上了一团光雾。光芒与雾气腾腾的晕着,什么都只剩了轮廓了;所以人面的详细的曲线,便消失于我们的眼底了。但灯光究竟夺不了那边的月色;灯光是浑的,月色是清的,在浑沌的灯光里,渗入了一派清辉,却真是奇迹!那晚月儿已瘦削了两三分。她晚妆才罢,盈盈的上了柳梢头。天是蓝得可爱,仿佛一汪水似的;月儿便更出落得精神了。岸上原有三株两株的垂杨树，淡淡的影子，在水里摇曳着。它们那柔细的枝条浴着月光，就像一支支美人的臂膊，交互的缠着，挽着；又像是月儿披着的发。而月儿偶然也从它们的交叉处偷偷窥看我们，大有小姑娘怕羞的样子。岸上另有几株不知名的老树，光光的立着；在月光里照起来，却又俨然是精神矍铄的老人。远处——快到天际线了，才有一两片白云，亮得现出异彩，像美丽的贝壳一般。白云下便是黑黑的一带轮廓；是一条随意画的不规则的曲线。这一段光景，和河中的风味大异了。但灯与月竟能并存着，交融着，使月成了缠绵的月，灯射着渺渺的灵辉；这正是天之所以厚秦淮河，也正是天之所以厚我们了。

　　这时却遇着了难解的纠纷。秦淮河上原有一种歌伎，是以歌为业的。从前都在茶舫上，唱些大曲之类。每日午后一时起；什么时候止，却忘记了。晚上照样也有一回。也在黄晕的灯光里。我从前过南京时，曾随着朋友去听过两次。因为茶舫里的人脸太多了，觉得不大适意，终于听不出所以然。前年听说歌伎被取缔了，不知怎的，颇涉想了几次——却想不出什么。这次到南京，先到茶舫上去看看，觉得颇是寂寥，令我无端的怅怅了。不料她们却仍在秦淮河里挣扎着，不料她们竟会纠缠到我们，我于是很张皇了。她们也乘着"七板子"，她们总是坐在舱前的。舱前点着石油汽灯，光亮眩人眼目；坐在下面的，自然是纤毫毕见了——引诱客人们的力量，也便在此了。舱里躲着乐工等人，映着汽灯的余辉蠕动着；他们是永远不被注意的。每船的歌伎大约都是二人；天色一黑，她们的船就在大中桥外往来不息的兜生意。无论行着的船，泊着的船，都要来兜揽的。这都是我后来推想出来的。那晚不知怎样，忽然轮着我们的船了。我们的船好好的停着，一只歌舫划向我们来的；渐渐和我们的船并着了。铄铄的灯光逼得我们皱起了眉头；我们的风尘色全给它托出来了，这使我踌躇不安了。那时一个伙计跨过船来，拿着摊开的歌折，就近塞向我的手里，说："点几出吧！"他跨过来的时候，我们船上似乎有许多眼光跟着。同时相近的别的船上也似乎有许多眼睛炯炯的向我们船上看着。我真窘了！我也装出大方的样子，向歌伎们瞥了一眼，但究竟是不成的！我勉强将那歌折翻了一翻，却不曾看清了几个字；便赶紧递还那伙计，一面不好意思地说："不要，我们……不要。"他便塞给平伯。平伯掉转头去，摇手说："不要！"那人还腻着不走。平伯又回过脸来，摇着头道，"不要！"于是那人重到我处。我窘着再拒绝了他。他这才有所不屑似的走了。我的心立刻放下，如释了重负一般。我们就开始自白了。

　　我说我受了道德律的压迫，拒绝了她们，心里似乎很抱歉。这所谓抱

歉,一面对于她们,一面对于我自己。她们于我们虽然没有很奢的希望;但总有些希望的。我们拒绝了她们,无论理由如何充足,却使她们的希望受了伤;这总有几分不作美了。这使我觉得很怅怅的。至于我自己,更有一种不足之感。我这时被四面的歌声诱惑了,降服了;但是远远的,远远的歌声总仿佛隔着重衣搔痒似的。越搔越搔不着痒处。我于是憧憬着贴耳的妙音了。在歌舫划来时,我的憧憬,变为盼望;我固执的盼望着,有如饥渴。虽然从浅薄的经验里,也能够推知,那贴耳的歌声,将剥去了一切的美妙;但一个平常的人像我的,谁愿凭了理性之力去丑化未来呢?我宁愿自己骗着了。不过我的社会感性是很敏锐的;我的思力能拆穿道德律的西洋镜,而我的感情却终于被它压服着。我于是有所顾忌了,尤其是在众目昭彰的时候。道德律的力,本来是民众赋予的;在民众的面前,自然更显出它的威严了。我这时一面盼望,一面却感到了两重的禁制:一、在通俗的意义上,接近伎者总算一种不正当的行为;二,伎是一种不健全的职业,我们对于她们,应有哀矜勿喜之心,不应赏玩的去听她们的歌。在众目睽睽之下,这两种思想在我心里最为旺盛。她们暂时压倒了我的听歌的盼望,这便成就了我的灰色的拒绝。那时的心实在异常状态中,觉得颇是昏乱。歌舫去了,暂时宁静之后,我的思绪又如潮涌了。两个相反的意思在我心头往复:卖歌和卖淫不同,听歌和狎伎不同,又干道德甚事?——但是,但是,她们既被逼的以歌为业,她们的歌必无艺术味的;况她们的身世,我们究竟该同情的。所以拒绝倒也是正办。但这些意思终于不曾撇开我的听歌的盼望。它力量异常坚强;它总想将别的思绪踏在脚下。从这重重的争斗里,我感到了浓厚的不足之感。这不足之感使我的心盘旋不安,起坐都不安宁了。唉!我承认我是一个自私的人!平伯呢,却与我不同。他引周启明先生的诗:"因为我有妻子,所以我爱一切的女人,因为我有子女,所以我爱一切的孩子。"他的意思可以见了。他因为推及的同情,爱着那些歌伎,并且尊重着她们,所以拒绝了她们。在这种情形下,他自然以为听歌是对于她们的一种侮辱。但他也是想听歌的,虽然不和我一样,所以在他的心中,当然也有一番小小的争斗;争斗的结果,是同情胜了。至于道德律,在他是没有什么的;因为他很有蔑视一切的倾向,民众的力量在他是不大觉着的。这时他的心意的活动比较简单,又比较松弱,故事后还怡然自若;我却不能了。这里平伯又比我高了。

在我们谈话中间,又来了两只歌舫。伙计照前一样的请我们点戏,我们照前一样的拒绝了。我受了三次窘,心里的不安更甚了。清艳的夜景也为之减色。船夫大约因为要赶第二趟生意,催着我们回去;我们无可无不可的

答应了。我们渐渐和那些晕黄的灯光远了,只有些月色冷清清的随着我们的归舟。我们的船竟没个伴儿,秦淮河的夜正长哩!到大中桥近处,才遇着一只来船。这是一只载伎的板船,黑漆漆的没有一点光。船头上坐着一个伎女;暗里看出,白地小花的衫子,黑的下衣。她手里拉着胡琴,口里唱着青衫的调子。她唱得响亮而圆转;当她的船箭一般驶过去时,余音还袅袅的在我们耳际,使我们倾听而向往。想不到在弩末的游踪里,还能领略到这样的清歌!这时船过大中桥了,森森的水影,如黑暗张着巨口,要将我们的船吞了下去,我们回顾那渺渺的黄光,不胜依恋之情;我们感到了寂寞了!这一段地方夜色甚浓,又有两头的灯火招邀着;桥外的灯火不用说了,过了桥另有东关头疏疏的灯火。我们忽然仰头看见依人的素月,不觉深悔归来之早了!走过东关头,有一两只大船湾泊着,又有几只船向我们来着。嚣嚣的一阵歌声人语,仿佛笑我们无伴的孤舟哩。东关头转湾,河上的夜色更浓了;临水的伎楼上,时时从帘缝里射出一线一线的灯光;仿佛黑暗从酣睡里眨了一眨眼。我们默然的对着,静听那汩——汩的桨声,几乎要入睡了;朦胧里却温寻着适才的繁华的余味。我那不安的心在静里愈显活跃了!这时我们都有了不足之感,而我的更其浓厚。我们却又不愿回去,于是只能由懊悔而怅惘了。船里便满载着怅惘了。直到利涉桥下,微微嘈杂的人声,才使我豁然一惊;那光景却又不同。右岸的河房里,都大开了窗户,里面亮着晃晃的电灯,电灯的光射到水上,蜿蜒曲折,闪闪不息,正如跳舞着的仙女的臂膊。我们的船已在她的臂膊里了;如睡在摇篮里一样,倦了的我们便又入梦了。那电灯下的人物,只觉像蚂蚁一般,更不去萦念。这是最后的梦;可惜是最短的梦!黑暗重复落在我们面前,我们看见傍岸的空船上一星两星的,枯燥无力又摇摇不定的灯光。我们的梦醒了,我们知道就要上岸了;我们心里充满了幻灭的情思。

中国 20 世纪名家散文经典

南京

　　南京是值得留连的地方,虽然我只是来来去去,而且又都在夏天。也想夸说夸说,可惜知道的太少;现在所写的,只是一个旅行人的印象罢了。

　　逛南京像逛古董铺子,到处都有些时代侵蚀的遗痕。你可以摩挲,可以凭吊,可以悠然遐想;想到六朝的兴废,王谢的风流,秦淮的艳迹。这些也许只是老调子,不过经过自家一番体贴,便不同了。所以我劝你上鸡鸣寺去,最好选一个微雨天或月夜。在朦胧里,才酝酿着那一缕幽幽的古味。你坐在一排明窗的豁蒙楼上,吃一碗茶,看面前苍然蜿蜒着的台城。台城外明净荒寒的玄武湖就像大涤子的画。豁蒙楼一排窗子安排得最有心思,让你看的一点不多,一点不少。寺后有一口灌园的井,可不是那陈后主和张丽华躲在一堆儿的"胭脂井"。那口胭脂井不在路边,得破费点工夫寻觅。井栏也不在井上;要看,得老远的上明故宫遗址的古物保存所去。

　　从寺后的园地,拣着路上台城;没有垛子,真像平台一样。踏在茸茸的草上,说不出的静。夏天白昼有成群的黑蝴蝶,在微风里飞;这些黑蝴蝶上下旋转的飞,远看像一根粗的圆柱子。城上可以望南京的每一角。这时候若有个熟悉历代形势的人,给你指点,隋兵是从这角进来的,湘军是从那角进来的,你可以想象异样装束的队伍,打着异样的旗帜,拿着异样的武

器,汹汹涌涌地进来,远远仿佛还有哭喊之声。假如你记得一些金陵怀古的诗词,趁这时候暗诵几回,也可印证印证,许更能领略作者当日的情思。

从前可以从台城爬出去,在玄武湖边;若是月夜,两三个人,两三个零落的影子,歪歪斜斜的挪移下去,够多好。现在可不成了,得出寺,下山,绕着大弯儿出城。七八年前,湖里几乎长满了苇子,一味的荒寒,虽有好月光,也不大能照到水上;船又窄,又小,又漏,教人逛着愁着。这几年大不同了,一出城,看见湖,就有烟水苍茫之意;船也大多了,有藤椅子可以躺着。水中岸上都光光的;亏得湖里有五个洲子点缀着,不然便一览无余了。这里的水是白的,又有波澜,俨然长江大河的气势,与西湖的静绿不同,最宜于看月,一片空濛,无边无界。若在微醺之后,迎着小风,似睡非睡的躺在藤椅上,听着船底汩汩的波响与不知何方来的箫声,真会教你忘却身在那里。五个洲子似乎都局促无可看,但长堤宛转相通,却值得走走。湖上的樱桃最出名。据说樱桃熟时,游人在树下现买,现摘,现吃,谈着笑着,多热闹的。

清凉山在一个角落里,似乎人迹不多。扫叶楼的安排与豁蒙楼相仿,但窗外的景象不同。这里是滴绿的山环抱着,山下一片滴绿的树;那绿色真是扑到人眉宇上来。若许我再用画来比,这怕像王石谷的手笔了。在豁蒙楼上不容易坐得久,你至少要上台城去看看。在扫叶楼上却不想走;窗外的光景好像满为这座楼而设,一上楼便什么都有了。夏天去确有一股"清凉"味。这里与豁蒙楼全有素面吃,又可口,又贱。

莫愁湖在华严庵里。湖不大,又不能泛舟,夏天却有荷花荷叶。临湖一带屋子,凭栏眺望,也颇有远情。莫愁小像,在胜棋楼下,不知谁画的,大约不很古吧;但脸子开得秀逸之至,衣褶也柔活之至,大有"挥袖凌虚翔"的意思;若让我题,我将毫不踌躇的写上"仙乎仙乎"四字。另有石刻的画像,也在这里,想来许是那一幅画所从出;但生气反而差得多。这里虽也临湖,因为屋子深,显得阴暗些;可是古色古香,阴暗得好。诗文联语当然多,只记得王湘绮的半联云:"莫轻他北地胭脂,看艇子初来,江南儿女无颜色。"气概很不错。所谓胜棋楼,相传是明太祖与徐达下棋,徐达胜了,太祖便赐给他这一所屋子。太祖那样人,居然也会作出这种雅事来了。左手临湖的小阁却敞亮得多,也敞亮得好。有曾国藩画像,忘记是谁横题着"江天小阁坐人豪"一句。我喜欢这个题句,"江天"与"坐人豪",景象阔大,使得这屋子更加开朗起来。

秦淮河我已另有记。但那文里所说的情形,现在已大变了。从前读《桃花扇》《板桥杂记》一类书,颇有沧桑之感;现在想到自己十多年前身历的情

形,怕也会有沧桑之感了。前年看见夫子庙前旧日的画舫,那样狼狈的样子,又在老万全酒栈看秦淮河水,差不多全黑了,加上巴掌大,透不出气的所谓秦淮小公园,简直有些厌恶,再别提作什么梦了。贡院原也在秦淮河上,现在早拆得只剩一点儿了。民国五年父亲带我去看过,已经荒凉不堪,号舍里草都长满了。父亲曾经办过江南闱差,熟悉考场的情形,说来头头是道。他说考生入场时,都有送场的,人很多,门口闹嚷嚷的。天不亮就点名,搜夹带。大家都归号。似乎直到晚上,头场题才出来,写在灯牌上,由号军扛着在各号里走。所谓"号",就是一条狭长的胡同,两旁排列着号舍,口儿上写着什么天字号、地字号等等的。每一号舍之大,恰好容一个人坐着;从前人说是像轿子,真不错。几天里吃饭,睡觉,作文章,都在这轿子里;坐的伏的各有一块硬板,如是而已。官号稍好一些,是给达官贵人的子弟预备的,但得补褂朝珠的入场,那时是夏秋之交,天还热,也够受的。父亲又说,乡试时场外有兵巡逻,防备通关节。场内也竖起黑幡,叫鬼魂们有冤报冤,有仇报仇;我听到这里,有点毛骨悚然。现在贡院已变成碎石路;在路上走的人,怕很少想起这些事情的了吧?

明故宫只是一片瓦砾场,在斜阳里看,只感到李太白《忆秦娥》的"西风残照,汉家陵阙"二语的妙。午门还残存着,遥遥直对洪武门的城楼,有万千气象。古物保存所便在这里,可惜规模太小,陈列得也无甚次序。明孝陵道上的石人石马,虽然残缺零乱,还可见泱泱大风;享殿并不巍峨,只陵下的隧道,阴森袭人,夏天在里面待着,凉风沁人肌骨。这陵大概是开国时草创的规模,所以简朴得很;比起长陵,差得真太远了。然而简朴得好。

雨花台的石子,人人皆知;但现在怕也捡不着什么了。那地方毫无可看。记得刘后村的诗云:"昔年讲师何处在,高台犹以'雨花'名。有时宝向泥寻得,一片山无草敢生。"我所感的至多也只如此。还有,前些年南京枪决囚人都在雨花台下,所以洋车夫遇见别的车夫和他争先时,常说:"忙什么!赶雨花台去!"这和从前北京车夫说"赶菜市口儿"一样。现在时移势异,这种话渐渐听不见了。

燕子矶在长江里看,一片绝壁,危亭翼然,的确惊心动魄。但到了上边,逼仄污秽,毫无可以盘桓之处。燕山十二洞,去过三个。只三台洞层层折折,曲幽通明,别有匠心,可是也年久失修了。

南京的新名胜,不用说,首推中山陵。中山陵全用青白两色,以象征青天白日,与帝王陵寝用红墙黄瓦的不同。假如红墙黄瓦有富贵气,那青琉璃瓦的享堂,青琉璃瓦的碑亭却有名贵气。从陵门上享堂,白石台阶不知多少级,但爬得够累的;然而你远看,决想不到会有这么多的台阶儿。这是设计的妙处。德国波慈达姆无愁宫前的石阶,也同此妙。享堂进去也不小;可是远处看,简直小得可以,和那白石的飞阶不相称,一点儿压不住,仿佛高个儿戴着小尖帽。近处山角里一座阵亡将士纪念塔,粗粗的,矮矮的,正当着一个青青的小山峰,让两边儿的山紧紧抱着,静极,稳极。——谭墓没去过,听说颇有点丘壑。中央运动场也在中山陵近处,全仿外洋的样子。全国运动会时,也不知有多少照相与描写登在报上;现在是时髦的游泳的地方。

若要看旧书,可以上江苏省立图书馆去。这在汉西门龙蟠里,也是一个角落里。这原是江南图书馆,以丁丙的善本书室藏书为底子;词曲的书特别多。此外中央大学图书馆近年来也颇有不少书。中央大学是个散步的好地方。宽大,干净,有树木;黄昏时去兜一个或大或小的圈儿,最有意思。后面有个梅庵,是那会写字的清道人的遗迹。这里只是随宜的用树枝搭成的小小的屋子。庵前有一株六朝松,但据说实在是六朝桧;桧荫遮住了小院子,真是不染一尘。

南京茶馆里干丝很为人所称道。但这些人必没有到过镇江,扬州,那儿的干丝比南京细得多,又从来不那么甜。我倒是觉得芝麻烧饼好,一种长圆的,刚出炉,既香,且酥,又白,大概各茶馆都有。咸板鸭才是南京的名产,要热吃,也是香得好;肉要肥要厚,才有咬嚼。但南京人都说盐水鸭更好,大约取其嫩,其鲜;那是冷吃的,我可不知怎样,老觉得不大得劲儿。

中国20世纪名家散文经典

说扬州

在第十期上看到曹聚仁先生的《闲话扬州》，比那本出名的书有味多了。不过那本书将扬州说得太坏，曹先生又未免说得太好；也不是说得太好，他没有去过那里，所说的只是从诗赋中，历史上得来的印象。这些自然也是扬州的一面，不过已然过去，现在的扬州却不能再给我们那种美梦。

自己从七岁到扬州，一住十三年，才出来念书。家里是客籍，父亲又是在外省当差事的时候多，所以与当地贤豪长者并无来往。他们的雅事，如访胜，吟诗，赌酒，书画名家，烹调佳味，我那时全没有份，也全不在行。因此虽住了那么多年，并不能作扬州通，是很遗憾的。记得的只是光复的时候，父亲正病着，让一个高等流氓凭了军政府的名字，敲了一竹杠；还有，在中学的几年里，眼见所谓"甩子团"横行无忌。"甩子"是扬州方言，有时候指那些"怯"的人，有时候指那些满不在乎的人。"甩子团"不用说是后一类；他们多数是绅宦家子弟，仗着家里或者"帮"里的势力，在各公共场所闹标劲，如看戏不买票，起哄，等等，也有包揽词讼，调戏妇女的。更可怪的，大乡绅的仆人可以指挥警察区区长，可以大模大样招摇过市——这都是民国五六年的事，并非前清君主专制时代。自己当时血气方刚，看了一肚子气；可是人微言轻，也只好让那口气憋着罢了。

从前扬州是个大地方,如曹先生那文所说;现在盐务不行了,简直就算个没"落儿"的小城。

可是一般人还忘其所以的耍气派,自以为美,几乎不知天多高地多厚。这真是所谓"夜郎自大"了。扬州人有"扬虚子"的名字;这个"虚子"有两种意思,一是大惊小怪,二是以少报多,总而言之,不离乎虚张声势的毛病。他们还有个"扬盘"的名字,譬如东西买贵了,人家可以笑话你是"扬盘";又如店家价钱要的太贵,你可以诘问他,"把我当扬盘看么?"盘是捧出来给别人看的,正好形容耍气派的扬州人。又有所谓"商派",讥笑那些仿效盐商的奢侈生活的人,那更是气派中之气派了。但是这里只就一般情形说,刻苦诚笃的君子自然也有;我所敬爱的朋友中,便不缺乏扬州人。

提起扬州这地名,许多人想到的是出女人的地方。但是我长到那么大,从来不曾在街上见过一个出色的女人,也许那时女人还少出街吧?不过从前人所谓"出女人",实在指姨太太与妓女而言;那个"出"字就和出羊毛,出苹果的"出"字一样。《陶庵梦忆》里有"扬州瘦马"一节,就记的这类事;但是我毫无所知。不过纳妾与狎妓的风气渐渐衰了,"出女人"那句话怕迟早会失掉意义的吧。

另有许多人想,扬州是吃得好的地方。这个保你没错儿。北平寻常提到江苏菜,总想着是甜甜的腻腻的。现在有了淮扬菜,才知道江苏菜也有不甜的;但还以为油重,和山东菜的清淡不同。其实真正油重的是镇江菜,上桌子常教你腻得无可奈何。扬州菜若是让盐商家的厨子作起来,虽不到山东菜的清淡,却也滋润,利落,绝不腻嘴腻舌。不但味道鲜美,颜色也清丽悦目。扬州又以面馆著名。好在汤味醇美,是所谓白汤,由种种出汤的东西如鸡鸭鱼肉等熬成,好在它的厚,和啖熊掌一般。也有清汤,就是一味鸡汤,倒并不出奇。内行的人吃面要"大煮"。普通将面挑在碗里,浇上汤;"大煮"是将面在汤里煮一会,更能入味些。

扬州最著名的是茶馆;早上去下午去都是满满的。吃的花样最多。坐定了沏上茶,便有卖零碎的来兜揽,手臂上挽着一个黯淡的柳条筐,筐子里摆满了一些小蒲包分放着瓜子花生炒盐豆之类。又有炒白果的,在担子上铁锅爆着白果,一片铲子的声音。得先告诉他,才给你炒。炒得壳子爆了,露出黄亮的仁儿,铲在铁丝罩里送过来,又热又香。还有卖五香牛肉的,让他抓一些,摊在干荷叶上;叫茶房拿点好麻酱油来,拌上慢慢的吃,也可向卖零碎的买些白酒——扬州普通都喝白酒——喝着。这才叫茶房烫干丝。北平现在吃干丝,都是所谓煮干丝;那是很浓的,当菜很好,当点心却未必合

适。烫干丝先将一大块方的白豆腐干飞快的切成薄片,再切为细丝,放在小碗里,用开水一浇,干丝便熟了;逼去了水,抟成圆锥似的,再倒上麻酱油,搁一撮虾米和干笋丝在尖儿,就成。说时迟,那时快,刚瞧着在切豆腐干,一眨眼已端来了。烫干丝就是清的好,不妨碍你吃别的。接着该要小笼点心。北平淮扬馆子出卖的汤包,诚哉是好,在扬州却少见;那实在是淮阴的名产,扬州不该掠美。扬州的小笼点心,肉馅儿的,蟹肉馅儿的,笋肉馅儿的且不用说,最可口的是菜包子菜烧卖,还有干菜包子。菜选那最嫩的,剁成泥,加一点儿糖一点儿油,蒸得白生生的,热腾腾的,到口轻松的化去,留下一丝儿余味。干菜也是切碎,也是加一点儿糖和油,燥湿恰到好处;细细的咬嚼,可以嚼出一点橄榄般的回味来。这么着每样吃点儿也并不太多。要是有饭局,还尽可以从容的去。但是要老资格的茶客才能这样有分寸;偶尔上一回茶馆的本地人外地人,却总忍不住狼吞虎咽,到了儿捧着肚子走出。

扬州游览以水为主,以船为主,已另有文记过,此处从略。城里城外古迹很多,如"文选楼""天保城""雷塘""二十四桥"等,却很少人留意;大家常去的只是史可法的"梅花岭"罢了。倘若有相当的假期,邀上两三个人去寻幽访古倒有意思;自然,得带点花生米,五香牛肉,白酒。

扬州的夏日

　　扬州从隋炀帝以来，是诗人文士所称道的地方；称道的多了，称道得久了，一般人便也随声附和起来。直到现在，你若向人提起扬州这个名字，他会点头或摇头说："好地方！好地方！"特别是没去过扬州而念过些唐诗的人，在他心里，扬州真像海市蜃楼一般美丽；他若念过《扬州画舫录》一类书，那更了不得了。但在一个久住扬州像我的人，他却没有那么多美丽的幻想，他的憎恶也许掩住了他的爱好；他也许离开了三四年并不去想它。若是想呢，——你说他想什么？女人；不错，这似乎也有名，但怕不是现在的女人吧？——他也只会想着扬州的夏日，虽然与女人仍然不无关系的。

　　北方和南方一个大不同，在我看，就是北方无水而南方有。诚然，北方今年大雨，永定河，大清河甚至决了堤防，但这并不能算是有水；北平的三海和颐和园虽然有点儿水，但太平衍了，一览而尽，船又那么笨头笨脑的。有水的仍然是南方。扬州的夏日，好处大半便在水上——有人称为"瘦西湖"，这个名字真是太"瘦"了，假西湖之名以行，"雅得这样俗"，老实说，我是不喜欢的。下船的地方便是护城河，蔓延开去，曲曲折折，直到平山堂，——这是你们熟悉的名字——有七八里河道，还有许多权权桠桠的支流。这条河其实也没有顶大的好处，只是曲折而有些幽静，和别处不同。

沿河最著名的风景是小金山,法海寺,五亭桥;最远的便是平山堂了。金山你们是知道的,小金山却在水中央。在那里望水最好,看月自然也不错——可是我还不曾有过那样福气。"下河"的人十之九是到这儿的,人不免太多些。法海寺有一个塔,和北海的一样,据说是乾隆皇帝下江南,盐商们连夜督促匠人造成的。法海寺著名的自然是这个塔;但还有一桩,你们猜不着,是红烧猪头。夏天吃红烧猪头,在理论上也许不甚相宜;可是在实际上,挥汗吃着,倒也不坏的。五亭桥如名字所示,是五个亭子的桥。桥是拱形,中一亭最高,两边四亭,参差相称;最宜远看,或看影子,也好。桥洞颇多,乘小船穿来穿去,另有风味。平山堂在蜀冈上。登堂可见江南诸山淡淡的轮廓;"山色有无中"一句话,我看是恰到好处,并不算错。这里游人较少,闲坐在堂上,可以永日。沿路光景,也以闲寂胜。从天宁门或北门下船。蜿蜒的城墙,在水里倒映着苍黝的影子,小船悠然的撑过去,岸上的喧扰像没有似的。

船有三种:大船专供宴游之用,可以挟妓或打牌。小时候常跟了父亲去,在船里听着谋得利洋行的唱片。现在这样乘船的大概少了吧?其次是"小划子",真像一瓣西瓜,由一个男人或女人用竹篙撑着。乘的人多了,便可雇两只,前后用小凳子跨着:这也可算得"方舟"了。后来又有一种"洋划",比大船小,比"小划子"大,上支布篷,可以遮日遮雨。"洋划"渐渐的多,大船渐渐的少,然而"小划子"总是有人要的。这不独因为价钱最贱,也因为它的伶俐。一个人坐在船中,让一个人站在船尾上用竹篙一下一下的撑着,简直是一首唐诗,或一幅山水画。而有些好事的少年,愿意自己撑船,也非"小划子"不行。"小划子"虽然便宜,却也有些分别。譬如说,你们也可想到的,女人撑船总要贵些;姑娘撑的自然更要贵啰。这些撑船的女子,便是有人说过的"瘦西湖上的船娘"。船娘们的故事大概不少,但我不很知道。据说以乱头粗服,风趣天然为胜;中年而有风趣,也仍然算好。可是起初原是逢场作戏,或尚不伤廉惠;以后居然有了价格,便觉意味索然了。

北门外一带,叫作下街,"茶馆"最多,往往一面临河。船行过时,茶客与乘客可以随便招呼说话。船上人若高兴时,也可以向茶馆中要一壶茶,或一两种"小笼点心",在河中喝着,吃着,谈着。回来时再将茶壶和所谓小笼,连价款一并交给茶馆中人。撑船的都与茶馆相熟,他们不怕你白吃。扬州的小笼点心实在不错:我离开扬州,也走过七八处大大小小的地方,还没有吃过那样好的点心;这其实是值得惦记的。茶馆的地方大致总好,名字也颇有好的。如香影廊,绿杨村,红叶山庄,都是到现在还记得的。绿杨村的幌子,挂在绿杨树上,随风飘展,使人想起"绿杨城郭是扬州"的名句。里面还有小池,丛竹,茅亭,景物最幽。这一带的茶馆布置都错落有致,迥非上海,北平方方正正的茶楼可比。

"下河"总是下午。傍晚回来,在暮霭朦胧中上了岸,将大褂折好搭在腕上,一手微微摇着扇子;这样进了北门或天宁门走回家中。这时候可以念"又得浮生半日闲"那一句诗了。

中国20世纪名家散文经典

温州的踪迹

一 "月朦胧,鸟朦胧,帘卷海棠红"

这是一张尺多宽的小小的横幅,马孟容君画的。上方的左角,斜着一卷绿色的帘子,稀疏而长;当纸的直处三分之一,横处三分之二。帘子中央,着一黄色的,茶壶嘴似的钩儿——就是所谓软金钩么?"钩弯"垂着双穗,石青色;丝缕微乱,若小曳于轻风中。纸右一圆月,淡淡的青光遍满纸上;月的纯净,柔软与平和,如一张睡美人的脸。从帘的上端向右斜伸而下,是一枝交缠的海棠花。花叶扶疏,上下错落着,共有五丛;或散或密,都玲珑有致。叶嫩绿色,仿佛掐得出水似的;在月光中掩映着,微微有浅深之别。花正盛开,红艳欲流;黄色的雄蕊历历的,闪闪的。衬托在丛绿之间,格外觉着妖娆了。枝欹斜而腾挪,如少女的一只臂膊。枝上歇着一对黑色的八哥,背着月光,向着帘里。一只歇得高些,小小的眼儿半睁半闭的,似乎在入梦之前,还有所留恋似的。那低些的一只别过脸来对着这一只,已缩着颈儿睡了。帘下是空空的,不着一些痕迹。

试想在圆月朦胧之夜,海棠是这样的妩媚而嫣润;枝头的好鸟为什么却双栖而各梦呢?在这夜深人静的当儿,那高踞着的一只八哥儿,又为何尽撑着眼皮儿不肯睡去呢?它到底等什么来着?舍不得那淡淡的月儿么?舍不得那疏疏的帘儿么?不,不,不,您得到帘下去找,您得向帘中去找——您该找着那卷帘人了?他的情韵风怀,原是这样这样的哟!朦胧的岂独月呢;岂独鸟呢?但是,咫尺天涯,教我如何耐得?我拚着千呼万唤;你能够出来么?

这页画布局那样经济,设色那样柔活,故精彩足以动人。虽是区区尺幅,而情韵之厚,已足沦肌浃髓而有余。我看了这画。瞿然而惊:留恋之怀,不能自已。故将所感受的印象细细写出,以志这一段因缘。但我于中西的画都是门外汉,所说的话不免为内行所笑。——那也只好由他了。

二　绿

我第二次到仙岩的时候,我惊诧于梅雨潭的绿了。

梅雨潭是一个瀑布潭。仙岩有三个瀑布,梅雨瀑最低。走到山边,便听见哗哗哗哗的声音;抬起头,镶在两条湿湿的黑边儿里的,一带白而发亮的水便呈现于眼前了。我们先到梅雨亭。梅雨亭正对着那条瀑布;坐在亭边,不必仰头,便可见它的全体了。亭下深深的便是梅雨潭。这个亭踞在突出的一角的岩石上,上下都空空儿的;仿佛一只苍鹰展着翼翅浮在天宇中一般。三面都是山,像半个环儿拥着;人如在井底了。这是一个秋季的薄阴的天气。微微的云在我们顶上流着;岩面与草丛都从润湿中透出几分油油的绿意。而瀑布也似乎分外的响了。那瀑布从上面冲下,仿佛已被扯成大小的几绺;不复是一幅整齐而平滑的布。岩上有许多棱角;瀑流经过时,作急剧的撞击,便飞花碎玉般乱溅着了。那溅着的水花,晶莹而多芒;远望去,像一朵朵小小的白梅。微雨似的纷纷落着。据说,这就是梅雨潭之所以得名了。但我觉得像杨花,格外确切些。轻风起来时,点点随风飘散,那更是杨花了。——这时偶然有几点送入我们温暖的怀里,便倏的钻了进去,再也寻它不着。

梅雨潭闪闪的绿色招引着我们;我们开始追捉她那离合的神光了。揪着草,攀着乱石,小心探身下去,又鞠躬过了一个石穹门,便到了汪汪一碧的潭边了。瀑布在襟袖之间;但我的心中已没有瀑布了。我的心随潭水的绿

而摇荡。那醉人的绿呀！仿佛一张极大极大的荷叶铺着，满是奇异的绿呀。我想张开两臂抱住她；但这是怎样一个妄想呀。——站在水边，望到那面，居然觉着有些远呢！这平铺着，厚积着的绿，着实可爱。她松松的皱缬着，像少妇拖着的裙幅；她轻轻的摆弄着，像跳动的初恋的处女的心；她滑滑的明亮着，像涂了"明油"一般，有鸡蛋清那样软，那样嫩，令人想着所曾触过的最嫩的皮肤；她又不杂些儿尘滓，宛然一块温润的碧玉，只清清的一色——但你却看不透她！我曾见过北京什刹海拂地的绿杨，脱不了鹅黄的底子，似乎太淡了。我又曾见过杭州虎跑寺近旁高峻而深密的"绿壁"，丛叠着无穷的碧草与绿叶的，那又似乎太浓了。其余呢，西湖的波太明了，秦淮河的也太暗了。可爱的，我将什么来比拟你呢？我怎么比拟得出呢？大约潭是很深的，故能蕴蓄着这样奇异的绿；仿佛蔚蓝的天融了一块在里面似的，这才这般的鲜润呀。——那醉人的绿呀！我若能裁你以为带，我将赠给那轻盈的舞女，她必能临风飘举了。我若能挹你以为眼，我将赠给那善歌的盲妹，她必明眸善睐了。我舍不得你，我怎舍得你呢？我用手拍着你，抚摩着你，如同一个十二三岁的小姑娘。我又掬你入口，便是吻着她了。我送你一个名字，我从此叫你"女儿绿"，好么？

我第二次到仙岩的时候，我不禁惊诧于梅雨潭的绿了。

三　白水漈

几个朋友伴我游白水漈。

这也是个瀑布；但是太薄了，又太细了。有时闪着些须的白光；等你定睛看去，却又没有——只剩一片飞烟而已。从前有所谓"雾縠"，大概就是这样了。所以如此，全由于岩石中间突然空了一段；水到那里，无可凭依，凌虚飞下，便扯得又薄又细了。当那空处，最是奇迹。白光嬗为飞烟，已是影子，有时却连影子也不见。有时微风过来，用纤手挽着那影子，它便袅袅的成了一个软弧；但她的手才松，它又像橡皮带儿似的，立刻伏伏帖帖的缩回来了。我所以猜疑，或者另有双不可知的巧手，要将这些影子织成一个幻网。——微风想夺了她的，她怎么肯呢？

幻网里也许织着诱惑；我的依恋便是个老大的证据。

潭柘寺 戒坛寺

早就知道潭柘寺，戒坛寺。在商务印书馆的《北平指南》上，见过潭柘的铜图，小小的一块，模模糊糊的，看了一点没有想去的意思。后来不断的听人说起这两座庙；有时候说路上不平静，有时候说路上红叶好。说红叶好的劝我秋天去；但也有人劝我夏天去。有一回骑驴上八大处，赶驴的问逛过潭柘没有，我说没有。他说潭柘风景好，那儿满是老道，他去过，离八大处七八十里地，坐轿骑驴都成。我不大喜欢老道的装束，尤其是那满蓄着的长头发，看上去啰里啰唆，龌里龌龊的。更不想骑驴走七八十里地，因为我知道驴子与我都受不了。真打动我的倒是"潭柘寺"这个名字。不懂不是？就是不懂的妙。躲懒的人念成"潭拓寺"，那更莫名其妙了。这怕是中国文法的花样；要是来个欧化，说是"潭和柘的寺"，那就用不着咀嚼或吟味了。还有在一部诗话里看见近人咏戒坛松的七古，诗腾挪夭矫，想来松也如此。所以去。但是在夏秋之前的春天，而且是早春；北平的早春是没有花的。

这才认真打听去过的人。有的说住潭柘好，有的说住戒坛好。有的人说路太难走，走到了筋疲力尽，再没兴致玩儿；有人说走路有意思。又有人说，去时坐了轿子，半路上前后两个轿夫吵起来，把轿子搁下，直说不抬了。于是心中暗自决定，不坐轿，也不走路；取中道，骑驴子。又按普通说法，总是

中国 20 世纪名家散文经典

潭柘寺在前,戒坛寺在后,想着戒坛寺一定远些;于是决定住潭柘,因为一天回不来,必得住。门头沟下车时,想着人多,怕雇不着许多驴,但是并不然——雇驴的时候,才知道戒坛去便宜一半,那就是说近一半。这时候自己忽然逞起能来,要走路。走吧。

这一段路可够瞧的。像是河床,怎么也挑不出没有石子的地方,脚底下老是绊来绊去的,教人心烦。又没有树木,甚至于没有一根草。这一带原是煤窑,拉煤的大车往来不绝,尘土里饱和着煤屑,变成黯淡的深灰色,教人看了透不出气来。走一点钟光景。自己觉得已经有点办不了,怕没有走到便筋疲力尽;幸而山上下来一条驴,如获至宝似的雇下,骑上去。这一天东风特别大。平常骑驴就不稳,风一大真是祸不单行。山上东西都有路,很窄,下面是斜坡;本来从西边走,驴夫看风势太猛,将驴拉上东路。就这么着,有一回还几乎让风将驴吹倒;若走西边,没有准儿会驴我同归那。想起从前人画风雪骑驴图,极是雅事;大概那不是上潭柘寺去的。驴背上照例该有些诗意,但是我,下有驴子,上有帽子眼镜,都要照管;又有迎风下泪的毛病,常要掏手巾擦干。当其时真恨不得生出第三只手来才好。

东边山峰渐起,风是过不来了;可是驴也骑不得了,说是坎儿多。坎儿可真多。这时候精神倒好起来了;崎岖的路正可以练腰脚,处处要眼到心到脚到,不像平地上。人多更有点竞赛的心理,总想走上最前头去,再则这儿的山势虽然说不上险,可是突兀,丑怪,巉刻的地方有的是。我们说这才有点儿山的意思;老像八大处那样,真教人气闷闷的。于是一直走到潭柘寺后门;这段坎儿路比风里走过的长一半,小驴毫无用处,驴夫说:"咳,这不过给您作个伴儿!"

墙外先看见竹子,且不想进去。又密,又粗,虽然不够绿。北平看竹子,真不易。又想到八大处了,大悲庵殿前那一溜儿,薄得可怜,细得也可怜,比起这儿,真是小巫见大巫了。进去过一道角门,门旁突然亭亭的矗立着两竿粗竹子,在墙上紧紧的挨着;要用批文章的成语,这两竿竹子足称得起"天外飞来之笔"。

正殿屋角上两座琉璃瓦的鸱吻,在台阶下看,值得徘徊一下。神话说殿基本是青龙潭,一夕风雨,顿成平地,涌出两鸱吻。只可惜现在的两座太新鲜,与神话的朦胧幽秘的境界不相称。但是还值得看,为的是大得好,在太阳里嫩黄得好,闪亮得好;那拴着的四条黄铜链子也映衬得好。寺里殿很多,层层折折高上去,走起来已经不平凡,每殿大小又不一样,塑像摆设也各出心裁。看完了,还觉得无穷无尽似的。正殿下延清阁是待客的地方,远处群山像屏障似的。屋子结构甚巧,穿来穿去,不知有多少间,好像一所大宅子。可惜尘封不扫,我们住不着。话说回来,这种屋子原也不是预备给我们这么多人挤着住的。寺门前一道深沟,上有石桥;那时没有水,若是现在去,倚在桥上听潺潺的水声,倒也可以忘我忘世。过桥四株马尾松,枝枝覆盖,叶叶交通,另成一个境界。西边小山上有个古观音洞。洞无可看,但上去时在山坡上看潭柘的侧面,宛如仇十洲的《仙山楼阁图》;往下看是陡峭的沟岸,越显得深深无极,潭柘简直有海上蓬莱的意味了。寺以泉水著名,到处有石槽引水长流,倒也涓涓可爱。只是流觞亭雅得那样俗,在石地上楞刻着蚯蚓般的槽;那样流觞,怕只有孩子们愿意干。现在兰亭的"流觞曲水"也和这儿的一鼻孔出气,不过规模大些。晚上因为带的铺盖薄,冻得睁着眼,却听了一夜的泉声;心里想要不冻着,这泉声够多清雅啊!寺里并无一个老道,但那几个和尚,满身铜臭,满眼势利,教人老不能忘记,倒也麻烦的。

第二天清早,二十多人满雇了牲口,向戒坛而去,颇有浩浩荡荡之势。我的是一匹骡子,据说稳得多。这是第一回,高高兴兴骑上去。这一路要翻罗喉岭。只是土山,可是道儿窄,又曲折,虽不高,老那么凸凸凹凹的。许多处只容得一匹牲口过去。平心说,是险点儿。想起古来用兵,从间道袭敌人,许也是这种光景吧。

戒坛在半山上,山门是向东的。一进去就觉得平旷;南面只有一道低低的砖栏,下边是一片平原,平原尽处才是山,与众山屏蔽的潭柘气象便不同。进二门,更觉得空阔疏朗,仰看正殿前的平台,仿佛汪洋千顷。这平台东西很长,是戒坛最胜处,眼界最宽,教人想起"振衣千仞冈"的诗句。三株名松都在这里。"卧龙松"与"抱塔松"同是偃仆的姿势,身躯奇伟,鳞甲苍然,有飞动之意。"九龙松"老干槎桠,如张牙舞爪一般。若在月光底下,森森然的松影当更有可看。此地最宜低徊流连,不是匆匆一览所可领略。潭柘以层折胜,戒坛以开朗胜;但潭柘似乎更幽静些。戒坛的和尚,春风满面,却远胜于潭柘的;我们之中颇有悔不该在潭柘的。戒坛后山上也有个观音洞。洞宽大而深,大家点了火把嚷嚷闹闹的下去;半里光景的洞满是油烟,满是声音。洞里有石虎,石龟,上天梯,海眼,等等,无非是凑凑人的热闹而已。

还是骑骡子。回到长辛店的时候,两条腿几乎不是我的了。

中国 20 世纪名家散文经典

松堂游记

去年夏天,我们和 S 君夫妇在松堂住了三日。难得这三日的闲,我们约好了什么事不管,只玩儿,也带了两本书,却只是预备闲得真没办法时消消遣的。

出发的前夜,忽然雷雨大作。枕上颇为怅怅,难道天公这么不作美吗!第二天清早,一看却是个大晴天。上了车,一路树木带着宿雨,绿得发亮,地下只有一些水塘,没有一点尘土,行人也不多。又静,又干净。

想着到还早呢,过了红山头不远,车却停下了。两扇大红门紧闭着,门额是国立清华大学西山牧场。拍了一会门,没人出来,我们正在没奈何,一个过路的孩子说这门上了锁,得走旁门。旁门上挂着牌子,"内有恶犬"。小时候最怕狗,有点趑趄。门里有人出来,保护着进去,一面吆喝着汪汪的群犬,一面只是说:"不碍不碍。"

过了两道小门,真是豁然开朗,别有天地。一眼先是亭亭直上,又刚健又婀娜的白皮松。白皮松不算奇,多得好,你挤着我我挤着你也不算奇;疏得好,要像住宅的院子里,四角上各来上一棵,疏不是?谁爱看?这儿就是院子大得好,就是四方八面都来得好。中间便是松堂,原是一座石亭子改造的,这座亭子高大轩敞,对得起那四周的松树。大理石柱,大理石栏杆,都还好好的,白,滑,冷。白皮松没有多少影子,堂中明窗

净几,坐下来清清楚楚觉得自己真太小,在这样高的屋顶下。树影子少,可不热,廊下端详那些松树灵秀的姿态,洁白的皮肤,隐隐的一丝儿凉意便袭上心头。

堂后一座假山,石头并不好,堆叠得还不算傻瓜。里头藏着个小洞,有神龛,石桌,石凳之类。可是外边看,不仔细看不出。得费点心去发现。假山上满可以爬过去,不顶容易,也不顶难。后山有座无梁殿,红墙,各色琉璃砖瓦,屋脊上三个瓶子,太阳里古艳照人。殿在半山,岿然独立,有俯视八极气象。天坛的无梁殿太小,南京灵谷寺的太黯淡,又都在平地上。山上还残留着些旧碉堡,是乾隆打金川时在西山练健锐云梯营用的,在阴雨天或斜阳中看最有味。又有座白玉石牌坊,和碧云寺塔院前那一座一般,不知怎样,前年春天倒下了,看着怪不好过的。

可惜我们来的还不是时候,晚饭后在廊下黑暗里等月亮,月亮老不上,我们什么都谈,又赌背诗词,有时也沉默一会儿。黑暗也有黑暗的好处,松树的长影子阴森森的有点像鬼物拿土。但是这么看的话,松堂的院子还差得远,白皮松也太秀气,我想起郭沫若君《夜步十里松原》那首诗,那才够阴森森的味儿——而且得独自一个人。好了,月亮上来了,却又让云遮去了一半,老远的躲在树缝里,像个乡下姑娘,羞答答的。从前人说:"千呼万唤始出来,犹抱琵琶半遮面。"真有点儿!云越来越厚,由他罢,懒得去管了。可是想,若是一个秋夜,刮点西风也好。虽不是真松树,但那奔腾澎湃的"涛"声也该得听吧。

西风自然是不会来的。临睡时,我们在堂中点上了两三支洋蜡。怯怯的焰子让大屋顶压着,喘不出气来。我们隔着烛光彼此相看,也像蒙着一层烟雾。外面是连天漫地一片黑,海似的。只有远近几声犬吠,教我们知道还在人世间里。

中国20世纪名家散文经典

初到清华记

从前在北平读书的时候，老在城圈儿里呆着。四年中虽也游过三五回西山，却从没来过清华；说起清华，只觉得很远很远而已。那时也不认识清华人，有一回北大和清华学生在青年会举行英语辩论，我也去听。清华的英语确是流利得多，他们胜了。那回的题目和内容，已忘记干净；只记得复辩时，清华那位领袖很神气，引着孔子的什么话。北大答辩时，开头就用了 furiously 一个字叙述这位领袖的态度。这个字也许太过，但也道着一点儿。那天清华学生是坐大汽车进城的，车便停在青年会前头；那时大汽车还很少。那是冬末春初，天很冷。一位清华学生在屋里只穿单大褂，将出门却套上厚厚的皮大氅。这种"行"和"衣"的路数，在当时却透着一股标劲儿。

初来清华，在十四年夏天。刚从南方来北平，住在朝阳门边一个朋友家。那时教务长是张仲述先生，我们没见面。我写信给他，约定第三天上午去看他。写信时也和那位朋友商量过，十点赶得到清华么，从朝阳门那儿？他那时已经来过一次，但似乎只记得"长林碧草"，——他写到南方给我的信这么说——说不出路上究竟要多少时候。他劝我八点动身，雇洋车直到西直门换车，免得老等电车，又换来换去的，耽误事。那时西直门到清华只有洋车直达；后来知道也可以搭香山汽车到海甸再乘洋车，但那是后来的事了。

第三天到了,不知是起得晚了些还是别的,跨出朋友家,已经九点挂零。心里不免有点儿急,车夫走的也特别慢似的。到西直门换了车。据车夫说本有条小路,雨后积水,不通了;那只得由正道了。刚出城一段儿还认识,因为也是去万牲园的路;以后就茫然。到黄庄的时候,瞧着些屋子,以为一定是海甸了;心里想清华也就快到了吧,自己安慰着。快到真的海甸时,问车夫,"到了吧?""没哪。这是海——甸。"这一下更茫然了。海甸这么难到,清华要何年何月呢?而车夫说饿了,非得买点儿吃的。吃吧,反正豁出去了。这一吃又是十来分钟。说还有三里多路呢。那时没有燕京大学,路上没什么看的,只有远处淡淡的西山——那天没有太阳——略略可解闷儿。好容易过了红桥,喇嘛庙,渐渐看见两行高柳,像穹门一般。什刹海的垂杨虽好,但没有这么多这么深,那时路上只有我一辆车,大有长驱直入的神气。柳树前一面牌子,写着"入校车马缓行";这才真到了,心里想,可是大门还够远的,不用说西院门又骗了我一次,又是六七分钟,才真真到了。坐在张先生客厅里一看钟,十二点还欠十五分。

张先生住在乙所,得走过那"长林碧草",那浓绿真可醉人。张先生客厅里挂着一副有正书局印的邓完白隶书长联。我有一个会写字的同学,他喜欢邓完白,他也有这一副对联;所以我这时如见故人一般。张先生出来了。他比我高得多,脸也比我长得多。一眼看出是个顶能干的人。我向他道歉来得太晚,他也向我道歉,说刚好有个约会,不能留我吃饭。谈了不大工夫,十二点过了,我告辞。到门口,原车还在,坐着车吃饭去。过了一两天,我就搬行李来了。这回却坐了火车,是从环城铁路朝阳门站上车的。

以后城内城外来往的多了,得着一个诀窍;就是在西直门一上洋车,且别想"到"清华,不想着不想着也就到了。——香山汽车也搭过一两次,可真够瞧的。两条腿有时候简直无放处,恨不得不是自己的。有一回,在海甸下了汽车,在现在"西园"后面那个小饭馆里,拣了临街一张四方桌,坐在长凳上,要一碟苜蓿肉,两张家常饼,二两白玫瑰,吃着喝着,也怪有意思;而且还在那桌上写了《我的南方》一首歪诗。那时海甸到清华一路常有穷女人或孩子跟着车要钱。他们除"您修好"等等常用语句外,有时会说"您将来作校长",这是别处听不见的。

中国20世纪名家散文经典

瑞士

瑞士有"欧洲的公园"之称。起初以为有些好风景而已；到了那里，才知无处不是好风景，而且除了好风景似乎就没有什么别的。这大半由于天然，小半也是人工。瑞士人似乎是靠游客活的，只看很小的地方也有若干若干的旅馆就知道。他们拼命的筑铁道通轮船，让爱逛山的爱游湖的都有落儿；而且车船两便，票在手里，爱怎么走就怎么走。瑞士是山国，铁道依山而筑，隧道极少；所以老是高高低低，有时像差得很远的。还有一种爬山铁道，这儿特别多。狭狭的双轨之间，另加一条特别轨：有时是一个个方格儿，有时是一个个钩子；车底下带一种齿轮似的东西，一步步咬着这些方格儿，这些钩子，慢慢的爬上爬下。这种铁道不用说工程大极了；有些简直是笔陡笔陡的。

逛山的味道实在比游湖好。瑞士的湖水一例是淡蓝的，真正平得像镜子一样。太阳照着的时候，那水在微风里摇晃着，宛然是西方小姑娘的眼。若遇着阴天或者下小雨，湖上迷迷濛濛的，水天混在一块儿，人如在睡梦里。也有风大的时候；那时水上便皱起粼粼的细纹，有点像颦眉的西子。可是这些变幻的光景在岸上或山上才能整个儿看见，在湖里倒不能领略许多。况且轮船走得究竟慢些，常觉得看来看去还是湖，不免也腻味。逛山就不同，一会儿看见湖，一会儿看不见；本

来湖在左边,不知怎么一转弯,忽然挪到右边了。湖上固然可以看山,山上还可看山,阿尔卑斯有的是重峦叠嶂,怎么看也不会穷。山上不但可以看山,还可以看谷;稀稀疏疏错错落落的房舍,仿佛有鸡鸣犬吠的声音,在山肚里,在山脚下。看风景能够流连低徊固然高雅,但目不暇接的过去,新境界层出不穷,也未尝不淋漓痛快;坐火车逛山便是这个办法。

卢参(Luzerne)在瑞士中部,卢参湖的西北角上。出了车站,一眼就看见那汪汪的湖水和屏风般的青山,真有一股爽气扑到人的脸上。与湖连着的是劳思河,穿过卢参的中间。河上低低的一座古水塔,从前当作灯塔用;这儿称灯塔为"卢采那",有人猜"卢参"这名字就是由此而出。这座塔低得有意思;依傍着一架曲了又曲的旧木桥,倒配了对儿。这架桥带顶,像廊子;分两截,近塔的一截低而窄,那一截却突然高阔起来,仿佛彼此不相干,可是看来还只有一架桥。不远儿另是一架木桥,叫龛桥,因上有神龛得名,曲曲的,也古。许多对柱子支着桥顶,顶底下每一根横梁上两面各钉着一大幅三角形的木板画,总名"死神的跳舞"。每一幅配搭的人物和死神跳舞的姿态都不相同,意在表现社会上各种人的死法。画笔大约并不算顶好,但这样上百幅的死的图画,看了也就够劲儿。过了河往里去,可以看见城墙的遗迹。墙依山而筑,蜿蜒如蛇;现在却只见一段一段的嵌在住屋之间。但九座望楼还好好的,和水塔一样都是多角锥形;多年的风吹日晒雨淋,颜色是黯淡得很了。

冰河公园也在山上。古代有一个时期北半球全埋在冰雪里,瑞士自然在内。阿尔卑斯山上积雪老是不化,越堆越多。在底下的渐渐的结成冰,最底下的一层渐渐的滑下来,顺着山势,往谷里流去。这就是冰河。冰河移动的时候,遇着夏季,便大量的溶化。这样溶化下来的一股大水,力量无穷;石头上一个小缝儿,在一个夏天里,可以让冲成深深的大潭。这个叫磨穴。有时大石块被带进潭里去,出不来,便只在那儿跟着水转。初起有棱角,将潭壁上磨了许多道儿;日子多了,棱角慢慢光了,就成了一个大圆球,还是转着。这个叫磨石。冰河公园便以这类遗迹得名。大大小小的石潭,大大小小的石球,现在是安静了;但那粗糙的样子还能教你想见多少万年前大自然的气力。可是奇怪,这些不言不语的顽石,居然背着多少万年的历史,比我们人类还老得多多;要没人卓古证今地说,谁相信。这样讲,古诗人慨叹"磊磊涧中石",似乎也很有些道理在里头了。这些遗迹本来一半埋在乱石堆里,一半埋在草地里,直到一八七二年秋天才偶然间被发现。还发现了两种化石:一种上是些蚌壳,足见阿尔卑斯脚下这一块土原来是滔滔的大海。另一种上是片棕叶,又足见此地本有热带的大森林。这两期都在冰河期前,日

子虽然更杳茫,光景却还能在眼前描画得出,但我们人类与那种大自然一比,却未免太微细了。

立矶山(Rigi)在卢参之西,乘轮船去大约要一点钟。去时是个阴天,雨意很浓。四周陡峭的青山的影子冷冷的沉在水里。湖面儿光光的,像大理石一样。上岸的地方叫威兹老,山脚下一座小小的村落,疏疏散散遮遮掩掩的人家,静透了。上山坐火车,只一辆,走得可真慢,虽不像蜗牛,却像牛之至。一边是山,太近了,不好看。一边是湖,是湖上的山;从上面往下看,山像一片一片儿插着,湖也像只有一薄片儿。有时窗外一座大崖石来,便什么都不见;有时一片树木来了,只好从枝叶的缝儿里张一下。山上和山下一样,静透了,常常听到牛铃儿叮儿当的。牛戴着铃儿,为的是跑到那儿都好找。这些牛真有些"不知汉魏",有一回居然挡住了火车;开车的还有山上的人帮着,吆喝了半天,才将它们哄走。但是谁也没有着急,只微微一笑就算了。山高五千九百零五英尺,顶上一块不大的平场。据说在那儿可以看见周围九百里的湖山,至少可以看见九个湖和无数的山峰。可是我们的运气坏,上山后云便越浓起来;到了山顶,什么都裹在云里,几乎连我们自己也在内。在不分远近的白茫茫里闷坐了一点钟,下山的车才来了。

交湖(Interlaken)在卢参的东南。从卢参去,要坐六点钟的火车。车子走过勃吕尼山峡。这条山峡在瑞士是最低的,可是最有名。沿路的风景实在太奇了。车子老是挨着一边儿山脚下走,路很窄。那边儿起初也只是山,青青青青的。越望上走,那些山越高了,也越远了,中间豁然开朗,一片一片的谷,是从来没看见过的山水画。车窗里直望下去,却往往只见一丛丛的树顶,到处是深的绿,在风里微微波动着。路似乎颇弯曲的样子,一座大山峰老是看不完;瀑布左一条右一条的,多少让山顶上的云掩护着,清淡到像一些声音都没有,不知转了多少转,到勃吕尼了。这儿高三千二百九十六英尺,差不多到了这条峡的顶。从此下山,不远便是勃利安湖的东岸,北岸就是交湖了。车沿着湖走。太阳出来了,隔岸的高山青得出烟,湖水在我们脚下百多尺,闪闪的像珐琅一样。

交湖高一千八百六十六英尺,勃利安湖与森湖交会于此。地方小极了,只有一条大街;四周让阿尔卑斯的群峰严严的围着。其中少妇峰最为秀拔,积雪皑皑,高出云外。街北有两条小径。一条沿河,一条在山脚下,都以幽静胜。小径的一端,依着座小山的形势参差的安排着些别墅般的屋子。街南一块平原,只有稀稀的几个人家,显得空旷得不得了。早晨从旅馆的窗子

看,一片清新的朝气冉冉地由远而近,仿佛在古时的村落里。街上满是旅馆和铺子;铺子不外卖些纪念品,咖啡,酒饭,等等,都是为游客预备的;还有旅行社,更是的。这个地方简直是游客的地方,不像属于瑞士人。纪念品以刻木为最多,大概是些小玩意儿;是一种涂紫色的木头,虽然刻得粗略,却有气力。在一家铺子门前看见一个美国人在说,"你们这些东西都没有用处;我不喜欢玩艺儿。"买点纪念品而还要考较用处。此君真美国的可以了。

从交湖可以乘车上少妇峰,路上要换两次车。在老台勃鲁能换爬山电车,就是下面带齿轮的。这儿到万根,景致最好看。车子慢慢爬上去,窗外展开一片高山与平陆,宽旷到一眼望不尽。坐在车中,不知道车子如何爬法;却看那边山上也有一条陡峻的轨道,也有车子在上面爬着,就像一只甲虫。到万格那尔勃可见冰川,在太阳里亮晶晶的。到小夏代格再换车,轨道中间装上一排铁钩子,与车底下的齿轮好咬得更紧些。这条路直通到少妇峰前头,差不多整个儿是隧道;因为山上满积着雪,不得不打山肚里穿过去。这条路是欧洲最高的铁路,费了十四年工夫才造好,要算近代顶伟大的工程了。

在隧道里走没有多少意思,可是哀格望车站值得看。那前面的看廊是从山岩里硬凿出来的。三个又高又大又粗的拱门般的窗洞,教你觉得自己藐小。望出去很远,五千九百零四英尺下的格林德瓦德也可见。少妇峰站的看廊却不及这里;一眼尽是雪山,雪水从檐上滴下来,别的什么都没有。虽在一万一千三百四十二英尺的高处,而不能放开眼界,未免令人有些怅怅。但是站里有一架电梯,可以到山顶上去。这是小小一片高原,在明西峰与少妇峰之间,三百二十英尺长,厚厚的堆着白雪。雪上虽只是淡淡的日光,乍看竟耀得人睁不开眼。这儿可望得远了。一层层的峰峦起伏着,有戴雪的,有不戴的;总之越远越淡下去。山缝里躲躲闪闪一些玩具般的屋子,据说便是交湖了。原上一头插着瑞士白十字国旗,在风里飒飒的响,颇有些气势。山上不时地雪崩,沙沙沙沙流下来像水一般,远看很好玩儿。脚下的雪滑极,不走惯的人寸步都得留神才行。少妇峰的顶还在二千三百二十五英尺之上,得凭着自己的手脚爬上去。

下山还在小夏代格换车,却打这儿另走一股道,过格林德瓦德直到交湖,路似乎平多了。车子绕明西峰走了好些时候。明西峰比少妇峰低些,可是大。少妇峰秀美得好,明西峰雄奇得好。车子紧挨着山脚转,陡陡的山势似乎要向窗子里直压下来,像传说中的巨人。这一路有几条瀑布;瀑布下的溪流快极了,翻着白沫,老像沸着的锅子。早九点多在交湖上车,回去是五点多。

中国 20 世纪名家散文经典

　　司皮也兹（Spiez）是玲珑可爱的一个小地方；临着森湖，如浮在湖上。路依山而建，共有四五层，台阶似的。街上常看不见人。在旅馆楼上待着，远处偶然有人过去，说话声音听得清清楚楚的。傍晚从露台上望湖，山脚下的暮霭混在一抹轻蓝里，加上几星儿刚放的灯光，真有味。孟特罗（Montreux）的果子可可糖也真有味。日内瓦像上海，只湖中大喷水，高二百余英尺，还有卢梭岛及他出生的老屋，现在已开了古董铺的，可以看看。

莱茵河

莱茵河（The Rhine）发源于瑞士阿尔卑斯山中，穿过德国东部，流入北海，长约二千五百里。分上中下三部分。从美因兹（Mayence Mains）到哥龙（Cologne）算是"中莱茵"；游莱茵河的都走这一段儿。天然风景并不异乎寻常的好；古迹可异乎寻常的多。尤其是美因兹与考勃伦兹（Koblenz）之间，两岸山上布满了旧时的堡垒，高高下下的，错错落落的，斑斑驳驳的；有些已经残破，有些还完好无恙。这中间住过英雄，住过盗贼，或据险自豪，或纵横驰骤，也曾热闹过一番。现在却无精打采，任凭日晒风吹，一声儿不响。坐在轮船上两边看，那些古色古香各种各样的堡垒历历的从眼前过去；仿佛自己已经跳出了这个时代而在那些堡垒里过着无拘无束的日子。游这一段儿，火车却不如轮船；朝日不如残阳，晴天不如阴天，阴天不如月夜——月夜，再加上几点儿萤火，一闪一闪的在寻觅荒草里的幽灵似的。最好还得爬上山去，在堡垒内外徘徊徘徊。

这一带不但史迹多，传说也多。最凄艳的自然是脍炙人口的声闻岩头的仙女了。声闻岩在河东岸，高四百三十英尺，一大片暗淡的悬岩，嶙嶙岣岣的；河到岩南，向东拐个小弯，这里有顶大的回声，岩因此得名。相传往日岩头有个仙女美极，终日歌唱不绝。一个船夫傍晚行船，走过岩下。听见她的歌声，仰头一看，不觉忘其所以，连船带人都撞碎在岩上。后来又死了一位伯爵的儿子。这可闯下大祸来了。伯爵派兵遣将，给儿子报仇。他们打算捉住她，锁起来，从岩顶直摔下河

里去。但是她不愿死在他们手里,她呼唤莱茵母亲来接她;河里果然白浪翻腾,她便跳到浪里。从此声闻岩下听不见歌声,看不见倩影,只剩晚霞在岩头明灭。德国大诗人海涅有诗咏此事;此事传播之广,这篇诗也有关系的。友人淦克超先生曾译第一章云:

　　传闻旧低徊,我心何悒悒。
　　两峰隐夕阳,莱茵流不息。
　　峰际一美人,粲然金发明,
　　清歌时一曲,余音响入云。
　　凝听复凝望,舟子忘所向,
　　怪石耿中流,人与舟俱丧。

这座岩现在是已穿了隧道通火车了。

哥龙在莱茵河西岸,是莱茵区最大的城,在全德国数第三。从甲板上看教堂的钟楼与尖塔这儿那儿都是的。虽然多么繁华一座商业城,却不大有俗尘扑到脸上。英国诗人柯勒列治说:

　　人知莱茵河,洗净哥龙市;
　　水仙你告我,今有何神力,
　　洗净莱茵水?

那些楼与塔镇压着尘土,不让飞扬起来,与莱茵河的洗刷是异曲同工的。哥龙的大教堂是哥龙的荣耀;单凭这个,哥龙便不死了。这是戈昔式,是世界上最宏大的戈昔式教堂之一。建筑在一二四八年,到一八八零年才全部落成。欧洲教堂往往如此,大约总是钱不够之故。教堂门墙伟丽,尖拱和直棱,特意繁密,又雕了些小花,小动物,和《圣经》人物,零星点缀着;近前细看,其精工真令人惊叹。门墙上两尖塔,高五百十五英尺,直入云霄。戈昔式要的是高而灵巧,让灵魂容易上通于天。这也是月光里看好。淡蓝的天干干净净的,只有两条尖尖的影子映在上面;像是人天仅有的通路,又像是人类祈祷的一双胳膊。森严肃穆,不说一字,抵得千言万语。教堂里非常宽大,顶高一百六十英尺。大石柱一行行的,高的一百四十八英尺,低的也六十英尺,都可合抱;在里面走,就像在大森林里,和世界隔绝。尖塔可以上去,玲珑剔透,有凌云之势。塔下通回廊。廊中向下看教堂里,觉得别人小得可怜,自己高得可怪,真是颠倒梦想。

柏林

柏林的街道宽大,干净,伦敦巴黎都赶不上的;又因为不景气,来往的车辆也显得稀些。在这儿走路,尽可以从容自在的呼吸空气,不用张张望望躲躲闪闪。找路也顶容易,因为街道大概是纵横交切,少有"旁逸斜出"的。最大最阔的一条叫菩提树下,柏林大学,国家图书馆,新国家画院,国家歌剧院都在这条街上。东头接着博物院洲,大教堂,故宫;西边到著名的勃朗登堡门为止,长不到二里。过了那座门便是梯尔园,街道还是直伸下去——这一下可长了,三十七八里。勃朗登堡门和巴黎凯旋门一样,也是记功的。建筑在十八世纪末年,有点仿雅典奈昔克里司门的式样。高六十六英尺,宽六十八码半;两边各有六根多力克式石柱子。顶上是站在驷马车里的胜利神像,雄伟庄严,表现出德意志国都的神采。那神像在一八零七年被拿破仑当作胜利品带走,但七年后便又让德国的队伍带回来了。

从菩提树下西去,一出这座门,立刻神气清爽,眼前别有天地;那空阔,那望不到头的绿树,便是梯尔园。这是柏林最大的公园,东西六里,南北约二里。地势天然生得好,加上树种得非常巧妙,小湖小溪,或隐或显,也安排的是地方。大道像轮子的辐,凑向轴心去。道旁齐齐的排着葱郁的高树;树下有时候排着些白石雕像,在深绿的背景上越显得洁白。小道

像树叶上的脉络，不知有多少。跟着道走，总有好地方，不辜负你。园子里花坛也不少。罗森花坛是出名的一个，玫瑰最好。一座天然的围墙，圆圆的绕着，上面密密的厚厚的长着绿的小圆叶子；墙顶参差不齐。坛中有两个小方池，满飘着雪白的水莲花，玲珑的托在叶子上，像惺忪的星眼。两池之间是一个皇后的雕像；四围的花香花色好像她的供养。梯尔园人工胜于天然。真正的天然却又是一番境界。曾走过市外"新西区"的一座林子。稀疏的树，高而瘦的干子，树下随意弯曲的路，简直教人想到倪云林的画本。看着没有多大，但走了两点钟，却还没走完。

柏林市内市外常看见运动员风的男人女人。女人大概都光着脚亮着胳膊，雄赳赳的走着，可是并不和男人一样。她们不像巴黎女人的苗条，也不像伦敦女人的拘谨，却是自然得好。有人说她们太粗，可是有股劲儿。司勃来河横贯柏林市，河上有不少划船的人。往往一男一女对坐着，男的只穿着游泳衣，也许赤着膊只穿短裤子。看的人绝不奇怪而且有喝彩的。曾亲见一个女大学生指着这样划着船的人说，"美啊！"赞美身体，赞美运动，已成了他们的道德。星期六星期日上水边野外看去，男男女女老老少少谁都带一点运动员风。再进一步，便是所谓"自然运动"。大家索性不要那捞什子衣服，那才真是自然生活了。这有一定地方，当然不会随处见着。但书籍杂志是容易买到的。也有这种电影。那些人运动的姿势很好看，很柔软，有点儿像太极拳。在长天大海的背景上来这一套，确是美的，和谐的。日前报上说德国当局要取缔他们，看来未免有些个多事。

柏林重要的博物院集中在司勃来河中一个小洲上。这就叫作博物院洲。虽然叫作洲，因为周围陆地太多，河道几乎挤得没有了，加上十六道桥，走上去毫不觉得身在洲中。洲上总共七个博物院，六个是通连着的。最奇伟的是勃嘉蒙（Pergamon）与近东古迹两个。勃嘉蒙在小亚细亚，是希腊的重要城市，就是现在的贝加玛。柏林博物院团在那儿发掘，掘出一座大享殿，是祭大神宙斯用的。这座殿是二千二百年前造的，规模宏壮，雕刻精美。掘出的时候已经残破；经学者苦心研究，知道原来是什么样子，便照着修补起来，安放在一间特建的大屋子里。屋子之大，让人要怎么看这座殿都成。屋顶满是玻璃，让光从上面来，最均匀不过；墙是淡蓝色，衬出这座白石的殿越发有神儿。殿是方锁形，周围都是爱翁匿克式石柱，像是个廊子。当锁口的地方，是若干层的台阶儿。两头也有几层，上面各有殿基；殿基上，柱子下，便是那著名的"壁雕"。壁雕（Frieze）是希腊建筑里特别的装饰；在狭长的石条子上半深浅的雕刻着些故事,嵌在墙壁中间。这种壁雕颇有名作。如现存在不列颠博物院里的雅典巴昔农神殿的壁雕便是。这里的是一百三十二码长,有一部分已经移到殿对面的墙上去。所刻的故事是奥灵匹亚诸神与地之诸子巨人们的战争。其中人物精力饱满,历劫如生。另一间大屋里安放着罗马建筑的残迹。一是大三座门,上下两层,上层全为装饰用。两层各用六对哥林斯式的石柱,与门相间着,隔出略带曲折的廊子。上层三座门是实的,里面各安着一尊雕像,全体整齐秀美之至。一是小神殿。两样都在第二世纪的时候。

近东古迹院里的东西是十九世纪末二十世纪初年德国东方学会在巴比仑和亚述发掘出来的。中间巴比仑的以色他门(Ischtar Gateway)最为壮丽。门建筑在二千五百年前奈补卡德乃沙王第二的手里。门圈儿高三十九英尺,城垛儿四十九英尺,全用蓝色珐琅砖砌成。墙上浮雕着一对对的龙(与中国所谓龙不同)和牛,黄的白的相间着;上下两端和边上也是这两色的花纹。龙是巴比仑城隍马得的圣物,牛是大神亚达的圣物。这些动物的像稀疏的排列着,一面墙上只有两行,犄角上只有一行;形状也单纯划一。色彩在那蓝的地子上,却非常之鲜明。看上去真像大幅缂丝的图案似的。还有巴比仑王宫里正殿的面墙,是与以色他门同时作的,颜色鲜丽也一样,只不过以植物图案为主罢了。马得祭道两旁曲折的墙基也用蓝珐琅砖;上面却雕着向前走的狮子。这个祭道直通以色他门,现在也修补好了一小段,仍旧安在以色他门前面。另有一件模型,是整个儿的巴比仑城。这也可以慰情聊胜无了。亚述巴先宫的面墙放在以色他门的对面,当然也是修补起来的;周围正正的拱门,一层层又细又密的柱子,在许多直线里透出秀气。

新博物院第一层中央是一座厅。两道宽阔而华丽的楼梯仿佛占住了那间大屋子,但那间屋子还是照样的觉得大不可言。屋里什么都高大;迎着楼梯两座复制的大雕像,两边墙上大幅的历史壁画,一进门就让人觉得万千的气象。德意志人的魄力,真有他们的。楼上本是雕版陈列室,今年改作哥德展览会。有哥德和他朋友们的像,他的画,他的书的插图,等等。《浮士德》的插图最多,同一件事各人画来趣味各别。楼下是埃及古物陈列室,大大小小的"木乃伊"都有;小孩的也有。有些在头部放着一块板,板上画着死者的面相;这是用熔蜡画的,画法已失传。这似乎是古人一件聪明的安排,让千秋万岁后,还能辨认他们的面影。另有人种学博物院在别一条街上,分两院。所藏既丰富,又多罕见的。第一院吐鲁番的壁画最多。那些完好的真是妙庄严相;那些零碎的也古色古香。中国日本的东西不少,陈列得有系统极了,中日人自己动手,怕也不过如此。第二院藏的日本的漆器与画很好。史前的材料都收在这院里。有三间屋专陈列一八七一到一八九零希利曼(Heinrich Schlieman)发掘特罗衣(Troy)城所得的遗物。

故宫在博物院洲之北,一九二一年改为博物院,分历史的工艺的两部分。历史的部分都是王族用过的公私屋子。这些屋子每间一个样子;屋顶,墙壁,地板,颜色,陈设,各有各的格调。但辉煌精致,是异曲同工的。有一间屋顶作穹隆形状,蓝地金星,俨然夜天的光景。又一间张着一大块伞形的绸子,像在遮着太阳。又一间用了"古络钱"纹作全室的装饰。壁上或画画,或挂画。地板用细木头嵌成种种花样,光滑无比。外国的宫殿外观常不如中国的宏丽,但里边装饰的精美,我们却断乎不及。故宫西头是皇储旧邸。一九一九年因为国家画院的画拥挤不堪,便将近代的作品挪到这儿,陈列在前边的屋子里。大部分是印象派表现派,也有立体派。表现派是德国自己的画派。原始的精神,狂热的色调,粗野模糊的构图,你像在大野里大风里大火里。有一件立体派的雕刻,是三个人像。虽然多是些三角形,直线,可是一个有一个的神气,彼此还互相照应,像真会说话一般。表现派的精神现在还多多少少存在:柏林魏坦公司六月间有所谓"民众艺术展览会",出售小件用具和玩物。玩物里如小动物孩子头之类,颇有些奇形怪状,别具风趣的。还有展览场六月间的展览里,有一部是剪贴画。用颜色纸或布拼凑成形,安排在一块地子上,一面加上些沙子等,教人有实体之感,一面却故意改变形体的比例与线条的曲直,力避写实的手法。有些现代人大约"是"要看了这种手艺才痛快的。

这一回展览里有好些小家屋的模型,有大有小。大概造起来省钱;屋子里空气,光,太阳都够现代人用。没有那些无用的装饰,只看见横竖的直线。用颜色,或用对照的颜色,教人看一所屋子是"整个儿",不零碎,不琐屑。小家屋如此,"大厦"也如此。德国的建筑与荷兰不同。他们注重实用,以简单为美,有时候未免太朴素些。近年来柏林这种新房子造得不少。这已不是少数艺术家的试验而是一般人的需要了。"新西区"一带便都是的。那一带住屋小而巧,里面的装饰干净利落,不显一点板滞。"大厦"多在东头亚历山大场,似乎美观的少。有些满用横线,像夹沙糕,有些满用直线,这自然说的是窗子。用直线的据说是美国影响。但美国房屋高入云霄,用直线合式;柏林的低多了,又向横里伸张,用直线便大大的不谐和了。"大厦"之外还有"广场",刚才说的展览场便是其一。这个广场有八座大展览厅,连附属的屋子共占地十八万二千平方英尺;空场子合计起来共占地六十五万平方英尺。

乍走进去的时候，摸不着头脑，仿佛连自己也会丢掉似的。建筑都是新式。整个的场子若在空中看，是一幅图案，轻灵而不板重。德意志体育场，中央飞机场，也都是这一类新造的广场。前两个在西，后一个在南，自然都在市外。此外电影院跳舞场往往得风气之先，也有些新式样。如铁他尼亚宫电影院，那台，那灯，那花楼，不是用圆，用弧线，便是用与弧线相近的曲线，要的也是一个干净利落罢了。台上一圈儿一圈儿有些像排箫的是管风琴。管风琴安排起来最累赘，这儿的布置却新鲜悦目，也许电影管风琴简单些，才可以这么办。颜色用白银与淡黄对照，教人常常清醒。祖国舞场也是新式，但多用直线形；颜色似乎多一种黑。这里面有许多咖啡室。日本室便按日本式陈设，土耳其室便按土耳其式。还有莱茵室，在壁上画着莱茵河的风景，用好些小电灯点缀在天蓝的背景上，看去略得河上的夜的意思——自然，屋里别处是不用灯的。还有雷电室，壁上画着雷电的情景，用电光运转；电射雷鸣，与音乐应和着。爱热闹的人都上那儿去。

　　柏林西南有个波次丹（Potsdam），是佛来德列大帝的城。城外有个无愁园，园里有个无愁宫，便是大帝常住的地方。大帝迷法国，这座宫，这座园子都仿凡尔赛的样子。但规模小多了，神儿差远了。大帝和伏尔泰是好朋友，他请伏尔泰在宫里住过好些日子，那间屋便在宫西头。宫西边有一架大风车。据说大帝不喜欢那风车日夜转动的声音，派人跟那产主说要买它。出乎意外，产主愣不肯。大帝恼了，又派人去说，不卖便要拆。产主也恼了，说，他会拆，我会告他。大帝想不到乡下人这么倔强，大加赏识，那风车只好由它响了。因此现在便叫它作"历史的风车"。隔无愁宫没多少路，有一座新宫，里面有一间"贝厅"，墙上地上满嵌着美丽的贝壳和宝石，虽然奇诡，却以素雅胜。

中国20世纪名家散文经典

荷 兰

　　一个在欧洲没住过夏天的中国人，在初夏的时候，上北国的荷兰去，他简直觉得是新秋的样子。淡淡的天色，寂寂的田野，火车走着，像没人理会一般。天尽头处偶尔看见一架半架风车，动也不动的，像向天揸开的铁手。在瑞士走，有时也是这样一劲儿的静；可是这儿的肃静，瑞士却没有。瑞士大半是山道，窄狭的，弯曲的，这儿是一片广原，气象自然不同。火车渐渐走近城市，一溜房子看见了。红的黄的颜色，在那灰灰的背景上，越显得鲜明照眼。那尖屋顶原是三角形的底子，但左右两边近底处各折了一折，便多出两个角来；机灵里透着老实，像个小胖子，又像个小老头儿。

　　荷兰人有名的会盖房子。近代谈建筑，数一数二是荷兰人。快到罗特丹(Rotterdam)的时候，有一家工厂，房屋是新样子。房子分两截，近处一截是一道内曲线，两大排玻璃窗子反射着强弱不同的光。接连着的一截是比较平正些的八层楼，窗子也是横排的。"楼梯间"满用玻璃，外面既好看，上楼又明亮好走，比旧式阴森森的楼梯间，只在墙上开着小窗户的自然好多了。整排不断的横窗户也是现代建筑的特色；靠着钢骨水泥，才能这样办。这家工厂的横窗户有两个式样，窗宽墙窄是一式，墙宽窗窄又是一式。有人说这种墙和窗子像面包夹火腿；但那是面包那是火腿却弄不明白。又有人说这种房子仿佛满支在玻璃上,老教人疑心要倒塌似的。可是我只觉得一条条连接不断的横线都有大气力,足以支撑这座大屋子而有余,而且一眼看下去,痛快极了。

海牙和平宫左近,也有不少新式房子,以铺面为多,与工厂又不同。颜色要鲜明些,装饰风也要重些,大致是清秀玲珑的调子。最精致的要数那一座"大厦",是分租给人家住的。是不规则的几何形。约莫居中是高耸的通明的楼梯间,界划着黑钢的小方格子。一边是长条子,像伸着的一只胳膊;一边是方的。每层楼都有栏杆,长的那边用蓝色,方的那边用白色,衬着淡黄的窗子。人家说荷兰的新房子就像一只轮船,真不错。这些栏杆正是轮船上的玩艺儿。那梯子间就是烟囱了。大厦前还有一个狭长的池子,浅浅的,尽头处一座雕像。池旁种了些花草,散放着一两张椅子。屋子后面没有栏杆,可是水泥墙上简单的几何形的界划,看了也非常爽目。那一带地方很宽阔,又清静,过午时大厦满在太阳光里,左近一些碧绿的树掩映着,教人舍不得走。亚姆斯特丹(Amsterdam)的新式房子更多。皇宫附近的电报局,样子打得巧,斜对面那家电气公司却一味的简朴;两两相形起来,倒有点意思。别的似乎都赶不上这两所好看。但"新开区"还有整大片的新式建筑,没有得去看,不知如何。

荷兰人又有名的会画画。十七世纪的时候,荷兰脱离了西班牙的羁绊,渐渐的兴盛,小康的人家多起来了。他们衣食既足,自然想着些风雅的玩意儿。那些大幅的神话画宗教画,本来专供装饰宫殿小教堂之用。他们是新国,用不着这些。他们只要小幅头画着本地风光的。人像也好,风俗也好,景物也好,只要"荷兰的"就行。在这些画里,他们亲亲切切的看见自己。要求既多,供给当然跟着。那时画是上市的,和皮鞋与蔬菜一样,价钱也差不多。就中风俗画(Genre picture)最流行。直到现在,一提起荷兰画家,人总容易想起这种画。这种画的取材是极平凡的日常生活;而且限于室内,采的光往往是灰暗的。这种材料的生命在亲切有味或滑稽可喜。一个卖野味的铺子可以成功一幅画,一顿饭也可以成功一幅画。有些滑稽太过,便近乎低级趣味。譬如海牙毛利丘司(Mauri shuis)画院所藏的莫兰那(Molenaer)画的《五觉图》。《嗅觉》一幅,画一妇人捧着小孩,他正在拉屎。《触觉》一幅更奇,画一妇人坐着,一男人探手入她的衣底;妇人便举起一只鞋,要向他的头上打下去。这画院里的名画却真多。陀(Dou)的《年轻的管家妇》,琐琐屑屑的画出来,没有一些地方不熨贴。鲍特(Potter)的《牛》工极了,身上一个蝇子都没有放过,但是活极了,那牛简直要从墙上缓缓的走下来;布局也单

纯得好。卫米尔(Vermeer)画他本乡代夫脱(Delft)的风景一幅，充分表现那静肃的味道。他是小风景画家，以善分光影和精于布局著名。风景画取材杂，要安排得停当是不容易的。荷兰画像，哈司(Hals)是大师。但他的好东西都在他故乡哈来姆(Haorlem)，别处见不着。亚姆斯特丹的力克士博物院(Ryks Museum)中有他一幅《俳优》，是一个弹着琵琶的人，神气颇足。这些都是十七世纪的画家。

但是十七世纪荷兰最大的画家是冉伯让(Rembrandt)。他与一般人不同，创造了个性的艺术；将自己的思想感情，自己这个人放进他画里去。他画画不再伺候人，即使画人像，画宗教题目，也还分明的见出自己。十九世纪艺术的浪漫运动只承认表现艺术家的个性的作品有价值，便是他的影响。他领略到精神生活里神秘的地方，又有深厚的情感。最爱用一片黑作背景；但那黑是活的不是死的。黑里渐渐透出黄黄的光，像压着的火焰一般；在这种光里安排着他的人物。像这样的光影的对照是他的绝技；他的神秘与深厚也便从这里见出。这不仅是浮泛的幻想，也是贴切的观察；在他作品里梦和现实混在一块儿。有人说他从北国的烟云里悟出了画理，那也许是真的。他会看到氤氲的底里去。他的画像最能表现人的心理，也便是这个缘故。

毛利丘司里有他的名作《解剖班》《西面在圣殿中》。前一幅写出那站着在说话的大夫从容不迫的样子。一群学生围着解剖台，有些坐着，有些站着；毛着腰的，侧着身子的，直挺挺站着的，应有尽有。他们的头，或俯或仰，或偏或正，没有两个人相同。他们的眼看着尸体，看着说话的大夫，或无所属，但都在凝神听话。写那种专心致志的光景，维妙维肖。后一幅写殿宇的庄严，和参加的人的圣洁与和蔼，一种虔敬的空气弥漫在画面上，教人看了会沉静下去。他的另一杰作《夜巡》在力克士博物院里。这里一大群武士，都拿了兵器在守望着敌人。一位爵爷站在前排正中间，向着旁边的弁兵有所吩咐；别的人有的在眺望，有的在指点，有的在低低的谈论，右端一个打鼓的，人和鼓都只露了一半；他似乎焦急着，只想将槌子敲下去。左端一个人也在忙忙的伸着右手整理他的枪口。他的左胳膊底下钻出一个孩子，露着惊惶的脸。人物的安排，交互的用疏密与明暗；乍看不匀称，细看再匀称没有。这幅画里光的运用最巧妙；那些浓淡浑析的地方，便是全画的精神所在。冉伯让是雷登(Leyden)人，晚年住在亚姆斯特丹。他的房子还在，里面陈列着他的腐刻画与钢笔毛笔画。腐刻画是用药水在铜上刻出画来，他是大匠手；钢笔画毛笔画他也擅长。这里还有他的一座铜像，在用他的名字的广场上。

中国 20 世纪名家散文经典

海牙是荷兰的京城,地方不大,可是清静。走在街上,在淡淡的太阳光里,觉得什么都可以忘记了的样子。城北尤其如此。新的和平宫就在这儿,这所屋是一个人捐了作国际法庭用的。屋不多,里面装饰得很好看。引导人如数家珍的指点着,告诉游客这些装饰品都是世界各国捐赠的。楼上正中一间大会议厅,他们称为日本厅;因为三面墙上都挂着日本的大幅的缂丝,而这几幅东西是日本用了多少多少人在不多的日子里特地赶作出来给这所和平宫用的。这几幅都是花鸟,颜色鲜明,织得也细致;那日本特有的清丽的画风整个儿表现着。中国送的两对景泰蓝的大壶(古礼器的壶)也安放在这间厅里。厅中间是会议席,每一张椅子背上有一个缎套子,绣着一国的国旗;那国的代表开会时便坐在这里。屋左屋后是花园;亭子、喷水、雕像、花木,等等,错综的点缀着,明丽深曲兼而有之。也不十二分大,却老像走不尽的样子。从和平宫向北去,电车在稀疏的树林子里走。满车中绿阴阴的,斑驳的太阳光在车上在地下跳跃着过去。不多一会儿就到海边了。海边热闹得很,玩儿的人来往不绝。长长的一带沙滩上,满放着些藤篓子——实在是些轿式的藤椅子,预备洗完澡坐着晒太阳的。这种藤篓子的顶像一个瓢,又圆又胖,那拙劲儿真好。更衣的小木屋也多。大约天气还冷,沙滩上只看见零零落落的几个人。那北海的海水白白的展开去,没有一点风涛,像个顶听话的孩子。

亚姆斯特丹在海牙东北,是荷兰第一个大城。自然不及海牙清静。可是河道多,差不多有一道街就有一道河,是北国的水乡;所以有"北方威尼斯"之称。桥也有三百四十五座,和威尼斯简直差不多。河道宽阔干净,却比威尼斯好;站在桥上顺着河望过去,往往水木明瑟,引着你一直想见最远最远的地方。亚姆斯特丹东北有一个小岛,叫马铿(Marken)岛,是个小村子。那边的风俗服装古里古怪的,你一脚踏上岸就会觉得回到中世纪去了。乘电车去,一路经过两三个村子。那是个阴天。漠漠的风烟,红黄相间的板屋,正在旋转着让船过去的桥,都教人耳目一新。到了一处,在街当中下了车,由人指点着找着了小汽轮。海上坦荡荡的,远处一架大风车在慢慢的转着。船在斜风细雨里走,渐渐从朦胧里看见马铿岛。这个岛真正"不满眼",一道堤低低的环绕着。据说岛只高出海面几尺,就仗着这一点儿堤挡住了那茫茫的海水。岛上不过二三十个人家,都是尖顶的板屋;下面一律搭着架子,因为隔水太近了。板屋是红黄黑三色相间着,每所都如此。岛上男人未多见,也许打渔去了;女人穿着红黄白蓝黑各色相间的衣裳,和他们的屋子相配。总而言之,一到了岛上,虽在黯淡的北海上,眼前却亮起来了。岛上

各家都预备着许多纪念品,争着将游客让进去;也有装了一大柳条筐,一手抱着孩子,一手挽着筐子在路上兜售的。自然作这些事的都是些女人。纪念品里有些玩意儿不坏;如小木鞋,像我们的毛窝的样子;如长的竹烟袋儿,烟袋锅的脖子上挂着一双顶小的木鞋,的里瓜拉的;如手绢儿,一角上绒绣着岛上的女人,一架大风车在她们头上。

　　回来另是一条路,电车经过另一个小村子叫伊丹(Edam)。这儿的干酪四远驰名,但那一座挨着一座跨在一条小河上的高架吊桥更有味。望过去足有二三十座,架子像城门圈一般;走上去便微微摇晃着。河直而窄,两岸不多几层房屋,路上也少有人,所以仿佛只有那一串儿的桥轻轻的在风里摆着。这时候真有些觉得是回到中世纪去了。

巴黎

塞纳河穿过巴黎城中，像一道圆弧。河南称为左岸，著名的拉丁区就在这里。河北称为右岸，地方有左岸两个大，巴黎的繁华全在这一带；说巴黎是"花都"，这一溜儿才真是的。右岸不是穷学生苦学生所能常去的，所以有一位中国朋友说他是左岸的人，抱"不过河"主义；区区一衣带水，却分开了两般人。但论到艺术，两岸可是各有胜场；我们不妨说整个儿巴黎是一座艺术城。从前人说"六朝"卖菜佣都有烟水气，巴黎人谁身上大概都长着一两根雅骨吧。你瞧公园里，大街上，有的是喷水，有的是雕像，博物院处处是，展览会常常开；他们几乎像呼吸空气一样呼吸着艺术气，自然而然就雅起来了。

右岸的中心是刚果方场。这方场很宽阔，四通八达，周围都是名胜。中间巍巍的矗立着埃及拉米塞司第二的纪功碑。碑是方锥形，高七十六英尺，上面刻着象形文字。一八三六年移到这里，转眼就是一百年了。左右各有一座铜喷水，大得很。水池边环列着些铜雕像，代表着法国各大城。其中有一座代表司太司堡。自从一八七零年那地方割归德国以后，法国人每年七月十四国庆日总在像上放些花圈和大草叶，终年的搁着让人警醒。直到一九一八年十一月和约告成，司太司堡重归法国，这才停止。纪功碑与喷水每星期六晚用弧光灯照耀。那碑像从幽暗中颖脱而出；那水像山上崩腾下来的雪。

这场子原是法国革命时候断头台的旧址。在"恐怖时代",路易十六与王后,还有各党各派的人轮班在这儿低头受戮。但现在一点痕迹也没有了。

场东是砖厂花园。也有一个喷水池;白石雕像成行,与一丛丛绿树掩映着。在这里徘徊,可以一直徘徊下去,四围那些纷纷的车马,简直若有若无。花园是所谓法国式,将花草分成一畦畦的,各各排成精巧的花纹,互相对称着。又整洁,又玲珑,教人看着赏心悦目;可是没有野情,也没有蓬勃之气,像北平的叭儿狗。这里春天游人最多,挤挤挨挨的。有时有音乐会,在绿树荫中。乐韵悠扬,随风飘到场中每一个人的耳朵里。再东是加罗塞方场,只隔着一道不宽的马路。路易十四时代,这是一个校场。场中有一座小凯旋门,是拿破仑造来纪胜的,仿罗马某一座门的式样。拿破仑叫将从威尼斯圣马克堂抢来的驷马铜像安在门顶上。但到了一八一四年,那铜像终于回了老家。法国只好换上一个新的,光彩自然差得多。

刚果方场西是大名鼎鼎的仙街,直达凯旋门。有四里半长。凯旋门地势高,从刚果方场望过去像没多远似的。一走可就知道。街的东半截儿,两旁简直是园子,春天绿叶子密密地遮着;西半截儿才真是街。街道非常宽敞。夹道两行树,笔直笔直的向凯旋门奔凑上去。凯旋门巍峨爽朗的盘踞在街尽头,好像在半天上。欧洲名都街道的形势,怕再没有赶上这儿的;称为"仙街",不算说大话。街上有戏院,舞场,饭店,够游客们玩儿乐的。凯旋门一八零六年开工,也是拿破仑造来纪功的。但他并没有看它的完成。门高一百六十英尺,宽一百六十四英尺,进身七十二英尺,是世界凯旋门中最大的。门上雕刻着一七九二至一八一五年间法国战事片段的景子,都出于名手。其中罗特(Burguudian Rude,十九世纪)的"出师"一景,慷慨激昂,至今还可以作我们的气。这座门更有一个特别的地方:在拿破仑周忌那一天,从仙街向上看,团团的落日恰好扣在门圈儿里。门圈儿底下是一个无名兵士的墓;他埋在这里,代表大战中死难的一百五十万法国兵。墓是平的,地上嵌着文字;中央有个纪念火,焰子粗粗的,红红的,在风里摇晃着。这个火每天由参战军人团团员来点。门顶可以上去,乘电梯或爬石梯都成;石梯是二百七十三级。上面看,周围不下十二条林阴路,都辐辏到门下,宛然一个大车轮子。

刚果方场东北有四道大街衔接着,是巴黎最繁华的地方。大铺子差不多都在这一带,珠宝市也在这儿。各店家陈列窗里五花八门,五光十色,珍奇精巧,兼而有之;管保你走一天两天看不完,也看不倦。步道上人挨挨凑凑,常要躲闪着过去。电灯一亮,更不容易走。街上"咖啡"东一处西一处的,沿街安着座儿,有点儿像北平中山公园里的茶座儿。客人慢慢的喝着咖啡或别的,慢慢的抽烟,看来往的人。"咖啡"本是法国的玩艺儿;巴黎差不多每道街都有,怕是比那儿都多。巴黎人喝咖啡几乎成了癖,就像我国南方人爱上茶馆。"咖啡"里往往备有纸笔,许多人都在那儿写信;还有人让"咖啡"收信,简直当作自己的家。文人画家更爱坐"咖啡";他们爱的是无拘无束,容易会朋友,高谈阔论。爱写信固然可以写信,爱作诗也可以作诗。大诗人魏尔仑(Verlalne)的诗,据说少有不在"咖啡"里写的。坐"咖啡"也有派别。一来"咖啡"是熟的好,二来人是熟的好。久而久之,某派人坐某"咖啡"便成了自然之势。这所谓派,当然指文人艺术家而言。一个人独自去坐"咖啡",偶尔一回,也许不是没有意思,常去却未免寂寞得慌;这也与我国南方人上茶馆一样。若是外国人而又不懂话,那就更可不必去。巴黎最大的"咖啡"有三个,却都在左岸。这三座"咖啡"名字里都含着"圆圆的"意思,都是文人艺术家荟萃的地方。里面装饰满是新派。其中一家,电灯壁画满是立体派,据说这些画全出于名家之手。另一家据说时常陈列着当代画家的作品,待善价而沽之。坐"咖啡"之外还有站"咖啡",却有点像我国南方的喝柜台酒。这种"咖啡"大概小些。柜台长长的,客人围着要吃的喝的。吃喝都便宜些,为的是不用多伺候你,你吃喝也比较不舒服些。站"咖啡"的人脸向里,没有甚么看的,大概吃喝完了就走。但也有人用胳膊肘儿斜靠在柜台上,半边身子偏向外,写意地眺望,谈天儿。巴黎人吃早点,多半在"咖啡"里。普通是一杯咖啡,两三个月芽饼就够了,不像英国人吃得那么多。月芽饼是一种面包,月芽形,酥而软,趁热吃最香;法国人本会烘面包,这一种不但好吃,而且好看。

卢森堡花园也在左岸,因卢森堡宫而得名。宫建于十七世纪初年,曾用作监狱,现在是上议院。花园甚大。里面有两座大喷水,背对背紧挨着。其一是梅迭契喷水,雕刻的是亚西司(Acis)与加拉台亚(Galatea)的故事。巨人波力非摩司(Polyphamos)爱加拉台亚。他晓得她喜欢亚西司,便向他头上扔下一块大石头,将他打死。加拉台亚无法使亚西司复活,只将他变成一道河水。这个故事用在一座喷水上,倒有些远意。园中绿树成行,浓荫满地,白石雕像极多,也有铜的。巴黎的雕像真如家常便饭。花园南头,自成一局,是一条荫道。最南头,天文台前面又是一座喷水,中央四个力士高高的扛着四限仪,下边环绕着四对奔马,气象雄伟得很。这是卡波(Carpeaus,十九世纪)所作。卡波与罗特同为写实派,所作以形线柔美着。

沿着塞纳河南的河墙,一带旧书摊儿,六七里长,也是左岸特有的风光。

有点像北平东安市场里旧书摊儿。可是背景太好了。河水终日悠悠的流着,两头一眼望不尽;左边卢佛宫,右边圣母堂,古香古色的。书摊儿黯黯的,低低的,窄窄的一溜;一小格儿一小格儿,或连或断,可没有东安市场里的大。摊上放着些破书;旁边小凳子上坐着掌柜的。到时候将摊儿盖上,锁上小铁锁就走。这些情形也活像东安市场。

铁塔在巴黎西头,塞纳河东岸,高约一千英尺,算是世界上最高的塔。工程艰难浩大,建筑师名爱非尔(Eiffel),也称为爱非尔塔。全塔用铁骨造成,如网状,空处多于实处,轻便灵巧,亭亭直上,颇有戈昔式的余风。塔基占地十七亩,分三层。头层离地一百八十六英尺,二层三百七十七英尺,三层九百二十四英尺,连顶九百八十四英尺。头二层有"咖啡",酒馆及小摊儿等。电梯步梯都有,电梯分上下两厢,一厢载直上直下的客人,一厢载在头层停留的客人。最上层却非用电梯不可。那梯口常常拥挤不堪。壁上贴着"小心扒手"的标语,收票人等嘴里还不住的唱道,"小心呀!"这一段儿走得可慢极,大约也是"小心"吧。最上层只有卖纪念品的摊儿和一些问心机。这种问心机欧洲各游戏场中常见;是些小铁箱,一箱管一事。放一个钱进去,便可得到回答;回答若干条是印好的,指针所停止的地方就是专答你。也有用电话回答的。譬如你要问流年,便向流年箱内投进钱去。这实在是一种开心的玩艺儿。这层还专设一信箱;寄的信上盖铁塔形邮戳,好让亲友们留作纪念。塔上最宜远望,全巴黎都在眼下。但尽是密匝匝的房子,只觉应接不暇而无苍茫之感。塔上满缀着电灯,晚上便是种种广告;在暗夜里这种明妆倒值得一番领略。隔河是特罗卡代罗(Trocadéro)大厦,有道桥笔直的通着。这所大厦是为一八七八年的博览会造的。中央圆形,圆窗圆顶,两支高高的尖塔分列顶侧;左右翼是新月形的长房。下面许多级台阶,阶下一个大喷水池,也是圆的。大厦前是公园,铁塔下也是的;一片空阔,一片绿。所以大厦远看近看都显出雄巍巍的。大厦的正厅可容五千人。它的大在横里;铁塔的大在直里。一横一直,恰好称得住。

歌剧院在右岸的闹市中。门墙是威尼斯式,已经乌暗暗的,走近前细看,才见出上面精美的雕饰。下层一排七座门,门间都安着些小雕像。其中罗特的《舞群》,最有血有肉,有情有力。罗特是写实派作家,所以如此。但因为太生动了,当时有些人还见不惯;一八六九年这些雕像揭幕的时候,一个宗教狂的人,趁夜里悄悄的向这群像上倒了一瓶墨水。这件事传开了,然而罗特却因此成了一派。院里的楼梯以宏丽著名。全用大理石,又白,又滑,又宽;栏杆是低低儿的。加上罗马式圆拱门,一对对爱翁匿克式石柱,雕像上的电灯烛,真是堆花簇锦一般。那一片电灯光像海,又像月,照着你缓缓走上梯去。幕间休息的时候,大家都离开座儿各处走。这儿休息的时间特别长,法国人乐意趁这闲工夫在剧院里散散步,谈谈话,来一点吃的喝的。休息室里散步的人最多。这是一间顶长顶高的大厅,华丽的灯光淡淡的布满了一屋子。一边是成排的落地长窗,一边是几座高大的门;墙上略略有些装饰,地下铺着毯子。屋里空落落的,客人穿梭般来往。太太小姐们大多穿着各色各样的晚服,露着脊子和膀子。"衣香鬓影",这里才真够味儿。歌剧院是国家的,只演古典的歌剧,间或也演队舞(Ballet),总是堂皇富丽的玩艺儿。

　　国葬院在左岸。原是巴黎护城神圣也奈韦夫(St.Geneviéve)的教堂;大革命后,一般思想崇拜神圣不如崇拜伟人了,于是改为这个;后来又改回去两次,一八五五年才算定了。伏尔泰,卢梭,雨果,左拉,都葬在这里。院中很为宽宏,高大的圆拱门,架着些圆顶,都是罗马式。顶上都有装饰的图案和画。中央的穹隆顶高二百七十二英尺,可以上去。院中壁上画着法国与巴黎的历史故事,名笔颇多。沙畹(Puvis de Chavannes,十九世纪)的便不少。其中《圣也奈韦夫俯视着巴黎城》一幅,正是月圆人静的深夜,圣还独对着油盏火;她似乎有些倦了,慢慢踱出来,凭栏远望,全巴黎城在她保护之下安睡了;瞧她那慈祥和蔼一往情深的样子。圣也奈韦夫于五世纪初年,生在离巴黎二十四里的囊台儿村(Nanterre)里。幼时听圣也曼讲道,深为感悟。圣也曼也说她根器好,着实勉励了一番。后来她到巴黎,尽力于救济事业。五世纪中叶,匈奴将来侵巴黎,全城震惊。她力劝人民镇静,依赖神明,颇能教人相信。匈奴到底也没来成。以后巴黎真经兵乱,她于救济事业加倍努力。她活了九十岁。晚年倡议在巴黎给圣彼得与圣保罗修一座教堂。动工的第二年,她就死了。等教堂落成,却发见她已葬在里头;此外还有许多奇异的传说。因此这座教堂只好作为奉祀她的了。这座教堂便是现在的国葬院。院的门墙是希腊式,三角楣下,一排哥林斯式的石柱。院旁有圣爱的昂堂,不大。现在是圣也奈韦夫埋灰之所。祭坛前的石刻花屏极华美。是十六世纪的东西。

　　左岸还有伤兵养老院。其中兵甲馆,收藏废弃的武器及战利品。有一间满悬着三色旗,屋顶上正悬着,两壁上斜插着,一面挨一面的。屋子很长,一进去但觉千层百层鲜明的彩色,静静的交映着。院有穹隆顶,高三百四十英尺,直径八十六英尺,造于十七世纪中,优美庄严,胜于国葬院的。顶下原是一个教堂,拿破仑墓就在这里。堂外有宽大的台阶儿,有多力克式与哥林

斯式石柱。进门最叫你舒服的是那屋里的光。那是从染色玻璃窗射下来的淡淡的金光,软得像一股水。堂中央一个窨,圆的,深二十英尺,直径三十六英尺,花岗石柩居中,十二座雕像环绕着,代表拿破仑重要的战功;像间分六列插着五十四面旗子,是他的战利品。堂正面是祭坛;周围许多龛堂,埋着王公贵人。一律圆拱门;地上嵌花纹,窨中也这样。拿破仑死在圣海仑岛,遗嘱愿望将骨灰安顿在塞纳河旁,他所深爱的法国人民中间。待他死后十九年,一八四零年,这愿望才达到了。

塞纳河里有两个小洲,小到不容易觉出。西头的叫城洲,洲上两所教堂是巴黎的名迹。洲东的圣母堂更为煊赫。堂成于十二世纪,中间经过许多变迁,到十九世纪中叶重修,才有现在的样子。这是"装饰的戈昔式"建筑的最好的代表。正面朝西,分三层。下层三座尖拱门。这种门很深,门圈儿是一棱套着一棱的,越往里越小;棱间与门上雕着许多大像小像,都是《圣经》中的人物。中层是窗子,两边的尖拱形,分雕着亚当夏娃像;中央的浑圆形,雕着"圣处女"像。上层是栏杆。最上两座钟楼,各高二百二十七英尺;两楼间露出后面尖塔的尖儿,一个伶俐瘦劲的身影。这座塔是勒丢克(Viellet le Duc,十九世纪)所造,比钟楼还高五十八英尺;但从正面看,像一般高似的,这正是建筑师的妙用。朝南还有一个旁门,雕饰也繁密得很。从背后看,左右两排支墙(Buttress)像一对对的翅膀,作飞起的势子。支墙上虽也有些装饰,却不为装饰而有。原来戈昔式的房子高,窗子大,墙的力量支不住那些石头的拱顶,因此非从墙外想法不可。支墙便是这样来的。这是戈昔式的致命伤;许多戈昔式建筑容易圮毁,正是为此。堂里满是彩绘的高玻璃窗子,阴森森的,只看见石柱子,尖拱门,肋骨似的屋顶。中间神堂,两边四排廊路,周围三十七间龛堂,像另自成个世界。堂中的讲坛与管风琴都是名手所作。歌队座与牧师座上的动植物木刻,也以精工著。戈昔式教堂里雕绘最繁;其中取材于教堂所在地的花果的尤多。所雕绘的大抵以近真为主。这种一半为装饰,一半也为教导,让那些不识字的人多知道些事物,作用和百科全书差不多。堂中有宝库,收藏历来珍贵的东西,如金龛,金十字架之类,灿烂耀眼。拿破仑于一八零四年在这儿加冕,那时穿的长袍也陈列在这个库里。北钟楼许人上去,可以看见墙角上石刻的妖兽,奇丑怕人,俯视着下方,据说是吐溜水的。雨果写过《巴黎圣母院》一部小说,所叙是四百年前的情形,有些还和现在一样。

圣龛堂在洲西头,是全巴黎戈昔式建筑中之最美丽者。罗斯金更说是

"北欧洲最珍贵的一所戈昔式"。在一二三八那一年,"圣路易"王听说君士坦丁皇帝包尔温将"棘冠"押给威尼斯商人,无力取赎,"棘冠"已归商人们所有,急得什么似的。他要将这件无价之宝收回,便异想天开的在犹太人身上加了一种"苛捐杂税"。过了一年,"棘冠"果然弄回来,还得了些别的小宝贝,如"真十字架"的片段,等等。他这一乐非同小可,命令某建筑师造一所教堂供奉这些宝物;要造得好,配得上。一二四五年起手,三年落成。名建筑家勒丢克说,"这所教堂内容如此复杂,花样如此繁多,活儿如此利落,材料如此美丽,真想不出在那样短的时期里如何成功的。"这样两个龛堂,一上一下,都是金碧辉煌的。下堂尖拱重叠,纵横交互;中央拱抵而阔,所以地方并不大而极有开朗之势。堂中原供的"圣处女"像,传说灵迹甚多。上堂却高多了,有彩绘的玻璃窗子十五堵;窗下沿墙有龛,低得可怜相。柱上相间地安着十二使徒像;有两尊很古老,别的都是近世仿作。玻璃绘画似乎与戈昔艺术分不开;十三世纪后者最盛,前者也最盛。画法用许多颜色玻璃拼合而成,相连处以铅焊之,再用铁条夹住。着色有浓淡之别。淡色所以使日光柔和缥缈。但浓色的多,大概用深蓝作底子,加上点儿黄白与宝石红,取其衬托鲜明。这种窗子也兼有装饰与教导的好处;所画或为几何图案,或为人物故事。还有一堵"玫瑰窗",是象征"圣处女"的;画是圆形,花纹都从中心分出。据说这堵窗是玫瑰窗中最亲切有味的,因为它的温暖的颜色比别的更接近看的人。但这种感想东方人不会有。这龛堂有一座金色的尖塔,是勒丢克造的。

毛得林堂在刚果方场之东北,造于近代。形式仿希腊神庙,四面五十二根哥林斯式石柱,围成一个廊子。壁上左右各有一排大龛子,安着群圣的像。堂里也是一行行同式的石柱;却使用各种颜色的大理石,华丽悦目。圣心院在巴黎市外东北方,也是近代造的,至今还未完成,堂在一座小山的顶上,山脚下有两道飞阶直通上去。也通索子铁路。堂的规模极宏伟,有四个穹隆顶,一个大的,带三个小的,都是卑赞廷式;另外一座方形高钟楼,里面的钟重二万九千斤。堂里能容八千人,但还没有加以装饰。房子是白色,台阶也是的,一种单纯的力量压得住人。堂高而大,巴黎周围若干里外便可看见。站在堂前的平场里,或爬上穹隆顶里,也可看个五六十里。造堂时工程浩大,单是打地基一项,就花掉约四百万元;因为土太松了,撑不住,根基要一直打到山脚下。所以有人半真半假地说,就是移了山,这教堂也不会倒的。

巴黎博物院之多,真可算甲于世界。就这一桩儿,便可叫你流连忘返。

但须徘徊玩索才有味,走马看花是不成的。一个行色匆匆的游客,在这种地方往往无可奈何。博物院以卢佛宫(Louvre)为最大;这是就全世界论,不单就巴黎论。卢佛宫在加罗塞方场之东;主要的建筑是口字形,南头向西伸出一长条儿。这里本是一座堡垒,后来改为王宫。大革命后,各处王宫里的画,宫苑里的雕刻,都保存在此;改为故宫博物院,自然是很顺当的。博物院成立后,历来的政府都尽力搜罗好东西放进去;拿破仑从各国"搬"来大宗的画,更为博物院生色不少。宫房占地极宽,站在那方院子里,颇有海阔天空的意味。院子里养着些鸽子,成群地孤单地仰着头挺着胸在地上一步步地走,一点不怕人。撒些饼干面包之类,它们便都向你身边来。房子造得秀雅而庄严,壁上安着许多王公的雕像。熟悉法国历史的人,到此一定会发思古之幽情的。

卢佛宫好像一座宝山,蕴藏的东西实在太多,教人不知从那儿说起好。画为最,还有雕刻,古物,装饰美术等等,真是琳琅满目。乍进去的人一时摸不着头脑,往往弄得糊里糊涂。就中最脍炙人口的有三件。一是达文齐的《蒙那丽沙》像,大约作于一五零五年前后,是觉孔达(Joconda)夫人的画像。相传达文齐这幅像画了四个年头,因为要那甜美的微笑的样子,每回"临像"的时候,总请些乐人弹唱给她听,让她高高兴兴坐着。像画好了,他却爱上她了。这幅画是佛兰西司第一手里买的,他没有准儿许认识那女人。一九一一年画曾被人偷走,但两年之后,到底从意大利找回来了。十六世纪中叶,意大利已公认此画为不可有二的画像杰作,作者在与造化争巧。画的奇处就在那一丝儿微笑上。那微笑太飘忽了,太难捉摸了,好像常常在变幻。这果然是个"奇迹",不过也只是造形的"奇迹"罢了。这儿也有些理想在内;达文齐笔下夹带了一些他心目中的圣母的神气。近世讨论那微笑的可太多了。诗人,哲学家,有的是;他们都想找出点儿意义来。于是蒙那丽沙成为一个神秘的浪漫的人了;她那微笑成为"人狮(Sphinx)的凝视"或"鄙薄的讽笑"了。这大概是她与达文齐都梦想不到的吧。二是米罗(Milo)《爱神》像。一八二零年米罗岛一个农人发现这座像,卖给法国政府只卖了五千块钱。据近代考古家研究,这座像当作于纪元前一百年左右。那两只胳膊都没有了;它们是怎么个安法,却大大费了一班考古家的心思。这座像不但有生动的形态,而且有温暖的骨肉。她又强壮,又清明;单纯而伟大,朴真而不奇。所谓清明,是身心都健的表象,与麻木不同。这种作风颇与纪元前五世纪希腊巴昔农(Panthenon)庙的监造人,雕刻家费铁亚司(Phidias)相近。因此法国学者雷那西(S·Reinach,新近去世)在他的名著《亚波罗》(美术史)中相信这座像作于纪元前四世纪中。他并且相信这座像不是爱神微那司而是海女神安非特利特(Amphitrite);因为它没有细腻,缥缈,娇羞,多情的样子。三是沙摩司雷司(Samothrace)的《胜利女神像》。女神站在冲波而进的船头上,吹着一支喇叭。但是现在头和手都没有了,剩下翅膀与身子。这座像是还愿的。纪元前三零六年波立尔塞特司(Demetrius Poliorcetes)在塞勃勒司(Cyprus)岛打败了埃及大将陶来买(Ptolemy)的水师,便在沙摩司雷司岛造了这座像。衣裳雕得最好;那是一件薄薄的软软的衣裳,光影的准确,衣褶的精细流动;加上那下半截儿被风吹得好像弗弗有声,上半截儿却紧紧的贴着身子,很有趣的对照着。因为衣裳雕得好,才显出那筋肉的力量;那身子在摇晃着,在挺进着,一团胜利的喜悦的劲儿。还有,海风呼呼的吹着,船尖儿嗤嗤的响着,将一片碧波分成两条长长的白道儿。

卢森堡博物院专藏近代艺术家的作品。他们或新故,或还生存。这里比卢佛宫明亮得多。进门去,宽大的甬道两旁,满陈列着雕像等;里面却多是画。雕刻里有彭彭(Pompon)的《狗熊》与《水禽》等,真是大巧若拙。彭彭现在大概有七八十岁了,天天上动物园去静观禽兽的形态。他熟悉它们,也亲爱它们,所以作出来的东西神气活现;可是形体并不像照相一样地真切,他在天然的曲线里加上些小小的棱角,便带着点"建筑"的味儿。于是我们才看见新东西。那《狗熊》和实物差不多大,是石头的;那《水禽》等却小得可以供在案头,是铜的。雕像本有两种手法,一是干脆地砍石头;二是先用泥塑,再浇铜。彭彭从小是石匠,石头到他手里就像豆腐。他是巧匠而兼艺术家。动物雕像盛于十九世纪的法国;那时候动物园发达起来,供给艺术家观察,研究,描摹的机会。动物素描之成为画的一支,也从这时候起。院里的画受后期印象派的影响,找寻人物的"本色"(local colour),大抵是鲜明的调子。不注重画面的"体积"而注重装饰的效用。也有细心分别光影的,但用意还在找寻颜色,与印象派之只重光影不一样。

砖场花园的南犄角上有网球场博物院,陈列外国近代的画与雕像。北犄角上有奥兰纪利博物院,陈列的东西颇杂,有马奈(Manet,十九世纪法国印象派画家)的画与日本的浮世绘等。浮世绘的着色与构图给十九世纪后半期法国画家极深的影响。摩奈(Monet)画院也在这里。他也是法国印象派巨子,一九二六年才过去。印象派兴于十九世纪中叶,正是照相机流行的时候。这派画家想赶上照相机,便专心致志的分别光影;他们还想赶过照相机,照相没有颜色而他们有。他们只用原色;所画的画近看但见一处处的颜色块儿,在相当的距离看,才看出光影分明的全境界。他们的看法是迅速的

综合的,所以不重"本色"(人物固有的颜色,随光影而变化),不重细节。摩奈以风景画著于世;他不但是印象派,并且是露天画派(Plein airiste)。露天画派反对画室里的画,因为都带着那黑影子;露天里就没有这种影子。这个画院里有摩奈八幅顶大的画,太大了,只好嵌在墙上。画院只有两间屋子,每幅画就是一堵墙,画的是荷花在水里。摩奈欢喜用蓝色,这几幅画也是如此。规模大,气魄厚,汪汪欲溢的池水,疏疏密密的乱荷,有些像在树荫下,有些像在太阳里。据内行说,这些画的章法,简直前无古人。

罗丹博物院在左岸。大战后罗丹的东西才收集在这里;已完成的不少,也有些未完成的。有群像,单像,胸像;有石膏仿本。还有画稿,塑稿。还有罗丹的遗物。罗丹是十九世纪雕刻大师;或称他为自然派,或称他为浪漫派。他有匠人的手艺,诗人的胸襟;他借雕刻来表现自己的情感。取材是不平常的,手法也是不平常的。常人以为美的,他觉得已无用武之地;他专找常人以为丑的,甚至于借重性交的姿势。又因为求表现的充分,不得不夸饰与变形。所以他的东西乍一看觉得"怪",不是玩艺儿。从前的雕刻讲究光洁,正是"裁缝不露针线迹"的道理;而浪漫派艺术家恰相反,故意要显出笔触或刀痕,让人看见他们在工作中情感激动的光景。罗丹也常如此。他们又多喜欢用塑法,因为泥随意些,那凸凸凹凹的地方,那大块儿小条儿,都可以看得清楚。

克吕尼馆(Cluny)收藏罗马与中世纪的遗物颇多,也在左岸。罗马时代执政的宫在这儿。后来法兰族诸王也住在这宫里。十五世纪的时候,宫毁了,克吕尼寺僧改建现在这所房子,作他们的下院,是"后期戈昔"与"文艺复兴"的混合式。法国王族来到巴黎,在馆里暂住过的,也很有些人。这所房子后来又归了一个考古家。他搜集了好些古董;死后由政府收买,并添凑成一万件。画,雕刻,木刻,金银器,织物,中世纪上等家具,瓷器,玻璃器,应有尽有。房子还保存着原来的样子。入门就如活在几百年前的世界里,再加上陈列的零碎的东西,触鼻子满是古气。与这个馆毗连着的是罗马时代的浴室,原分冷浴热浴等,现在只看见些残门断柱(也有原在巴黎别处的),寂寞的安排着。浴室外是园子,树间草上也散布着古代及中世纪巴黎建筑的一鳞一爪,其中"圣处女门"最秀雅。

此外巴黎美术院(即小宫),装饰美术院都是杂拌儿。后者中有一间扇室,所藏都是十八世纪的扇面,是某太太的遗赠。十八世纪中国玩艺儿在欧洲颇风行,这也可见一斑。扇面满是西洋画,精工鲜丽;几百张中,只有一张中国人物,却板滞无生气。又有吉买博物院(Guimet),收藏远东宗教及美术的资料。伯希和取去敦煌的佛画，多数在这里。日本小画也有些。还有蜡人馆。据说那些蜡人作得真像，可是没见过那些人或他们的照相的，就感不到多大兴味，所以不如画与雕像。不过"隧道"里阴惨惨的，人物也代表着些阴惨惨的故事，却还可看。楼上有镜宫，满是镜子，顶上与周围用各色电光照耀，宛然千门万户，像到了万花筒里。

一九三二年春季的官"沙龙"在大宫中，顶大的院子里罗列着雕像；楼上下八十几间屋子满是画，也有些装饰美术。内行说，画像太多，真有"官"气。其中有安南阮某一幅，奖银牌；中国人一看就明白那是阮氏祖宗的影像。记得有个笑话，说一个贼混入人家厅堂偷了一幅古画，卷起夹在腋下。跨出大门，恰好碰见主人。那贼情急智生，便将画卷儿一扬，问道，"影像，要买吧？"主人自然大怒，骂了一声走进去。贼于是从容溜之乎也。那位安南阮某与此贼可谓异曲同工。大宫里，同时还有一个装饰艺术的"沙龙"，陈列的是家具，灯，织物，建筑模型等等，大都是立体派的作风。立体派本是现代艺术的一派，意大利最盛。影响大极了，建筑，家具，布匹，织物，器皿，汽车，公路，广告，书籍装订，都有立体派的份儿。平静，干脆，是古典的精神，也是这时代重理智的表现。在这个"沙龙"里看，现代的屋子内外都俨然是些几何的图案，和从前华丽的藻饰全异。还有一个"沙龙"，专陈列幽默画。画下多有说明。各画或描摹世态，或用大小文野等对照法，以传出那幽默的情味。有一幅题为《长裙子》，画的是夜宴前后客室中的景子：女客全穿短裙子，只有一人穿长的，大家的眼睛都盯着她那长出来的一截儿。她正在和一个男客谈话，似乎不留意。看她的或偏着身子，或偏着头，或操着手，或用手托着腮（表示惊讶），倚在丈夫的肩上，或打着看戏用的放大镜子，都是一副尴尬面孔。穿长裙子的女客在左首，左首共三个人；中央一对夫妇，右首三个女人，疏密向背都恰好；还点缀着些不在这一群里的客人。画也有不幽默的，也有太恶劣的；本来幽默并不容易。

巴黎的坟场，东头以倍雷拉谢斯（Père Lachaise）为最大，占地七百二十亩，有二里多长。中间名人的坟颇多，可是道路纵横，找起来真费劲儿。阿培拉德与哀绿绮思两坟并列，上有亭子盖着；这是重修过的。王尔德的坟本葬在别处；死后九年，也迁到此场。坟上雕着个大飞人，昂着头，直着脚，长翅膀，像是合埃及的"狮人"与亚述的翅儿牛而为一，雄伟飞动，与王尔德并不很称。这是英国当代大雕刻家爱勃司坦（Epstein）的巨作；钱是一位倾慕王尔德的无名太太捐的。场中有巴什罗米（Bartholomé）雕的一座纪念碑，题为《致死者》。碑分上下两层,上层中间是死门,进去的两个人倒也行无所事的;两侧向门走的人群却牵牵拉拉,哭哭啼啼,跌跌倒倒,不得开交似的。下层像是生者的哀伤。此外北头的蒙马特,南头的蒙巴那斯两坟场也算大。茶花女埋在蒙马特场,题曰一八二四年正月十五日生,一八四七年二月三日卒。小仲马,海涅也在那儿。蒙巴那斯场有圣白孚,莫泊桑,鲍特莱尔等;鲍特莱尔的坟与纪念碑不在一处,碑上坐着一个悲伤的女人的石像。

巴黎的夜也是老牌子。单说六个地方。非洲饭店带澡堂子,可以洗蒸气澡,听黑人浓烈的音乐;店员都穿着埃及式的衣服。三藩咖啡看"爵士舞",小小的场子上一对对男女跟着那繁声促节直扭腰儿。最惊动的是那小圆木筒儿,里面像装着豆子之类。不时的紧摇一阵子。圆屋听唱法国的古歌;一扇门背后的墙上油画着蹲着在小便的女人。红磨坊门前一架小红风车,用电灯作了轮廓线;里面看小戏与女人跳舞。这在蒙马特区。蒙马特是流浪人的区域。十九世纪画家住在这一带的不少,画红磨坊的常有。塔巴林看女人跳舞,不穿衣服,意在显出好看的身子。里多在仙街,最大。看变戏法,听威尼斯夜曲。里多岛本是威尼斯娱乐的地方。这儿的里多特意砌了一个池子,也有一支"刚朵拉",夜曲是男女对唱,不过意味到底有点儿两样。

巴黎的野色在波隆尼林与圣克罗园里才可看见。波隆尼林在西北角,恰好在塞因河河套中间,占地一万四千多亩,有公园,大路,小路,有两个湖,一大一小,都是长的;大湖里有两个洲,也是长的。要领略林子的好处,得闲闲的拣深僻的地儿走。圣克罗园还在西南,本有离宫,现在毁了,剩下些喷水和林子。林子里有两条道儿很好。一条渐渐高上去,从树里两眼望不尽;一条窄而长,漏下一线天光;远望路口,不知是云是水,茫茫一大片。但真有野味的还得数枫丹白露的林子。枫丹白露在巴黎东南,一点半钟的火车。这座林子有二十七万亩,周围一百九十里。坐着小马车在里面走,幽静如远古的时代。太阳光将树叶子照得透明,却只一圈儿一点儿的洒到地上。路两旁的树有时候太茂盛了,枝叶交错成一座拱门,低低的;远看去好像拱门那面另有一界。林子里下大雨,那一片沙沙沙沙的声音,像潮水,会把你心上的东西冲洗个干净。林中有好几处山峡,可以试腰脚,看野花野草,看旁逸斜出,稀奇古怪的石头,像枯骨,像刺猬。亚勃雷孟峡就是其一,地方大,石头多,又是忽高忽低,走起来好。

枫丹白露宫建于十六世纪,后经重修。拿破仑一八一四年临去爱而巴岛的时候,在此告别他的诸将。这座宫与法国历史关系甚多。宫房外观不美,里面却精致,家具等等也考究。就中侍从武官室与亨利第二厅最好看。前者的地板用嵌花的条子板;小小的一间屋,共用九百条之多。复壁板上也雕绘着繁细的花饰,炉壁上也满是花儿,挂灯也像花正开着。后者是一间长厅,其大少有。地板用了二万六千块,一色,嵌成规规矩矩的几何图案,光可照人。厅中间两行圆拱门。门柱下截镶复壁板,上截镶油画;楣上也画得满满的。天花板极意雕饰,金光耀眼。宫外有园子,池子,但赶不上凡尔赛宫的。

凡尔赛宫在巴黎西南,算是近郊。原是路易十三的猎宫,路易十四觉得这个地方好,便大加修饰。路易十四是所谓"上帝的代表",凡尔赛宫便是他的庙宇。那时法国贵人多一半住在宫里,伺候王上。他的侍从共一万四千人;五百人伺候他吃饭,一百个贵人伺候他起床,更多的贵人伺候他睡觉。那时法国艺术大盛,一切都成为御用的,集中在凡尔赛和巴黎两处。凡尔赛宫里装饰力求富丽奇巧,用钱无数。如金漆彩画的天花板,木刻,华美的家具,花饰,贝壳与多用错综交会的曲线纹等,用意全在教来客惊奇:这便是所谓"罗科科式"(Rococo)。宫中有镜厅,十七个大窗户,正对着十七面同样大小的镜子;厅长二百四十英尺,宽三十英尺,高四十二英尺。拱顶上和墙上画着路易十四打胜德国,荷兰,西班牙的情形,画着他是诸国的领袖,画着他是艺术与科学的广大教主。近十几年来成为世界祸根的那和约便是一九一九年六月二十八那一天在这座厅里签的字。宫旁一座大园子,也是路易十四手里布置起来的。看不到头的两行树,有万千的气象。有湖,有花园,有喷水。花园一畦一个花样,小松树一律修剪成圆锥形,集法国式花园之大成。喷水大约有四十多处,或铜雕,或石雕,处处都别出心裁,也是集大成。每年五月到九月,每月第一星期日,和别的节日,都有大水法。从下午四点起,到处银花飞舞,雾气沾人,衬着那齐斩斩的树,软茸茸的草,觉得立着看,走着看,不拘怎么看总成。海龙王喷水池,规模特别大;得等五点半钟大水法停后,让它单独来二十分钟。有时晚上大放花炮,就在这里。各色的电彩照耀着一道道喷水。花炮在喷水之间放上去,也是一道道的;同时放许多,便氤氲起一团雾。这时候电光换彩,红的忽然变蓝的,蓝的忽然变白的,真真是一眨眼。

卢梭园在爱尔莽浓镇(Ermenonville),巴黎的东北;要坐一点钟火车,走两点钟的路。这是道地乡下,来的人不多。园子空旷得很,有种荒味。大树,怒草,小湖,清风,和中国的郊野差不多,真自然得不可言。湖里有个白杨洲,种着一排白杨树,卢梭坟就在那小洲上。日内瓦的卢梭洲在仿这个;

可是上海式的街市旁来那么个洲子,总有些不伦不类。

一九三一年夏天,"殖民地博览会"开在巴黎之东的万散园(Vincennes)里。那时每日人山人海。会中建筑都仿各地的式样,充满了异域的趣味。安南庙七塔参差,峥嵘肃穆,最为出色。这些都是用某种轻便材料制造的,去年都拆了。各建筑中陈列着各处的出产,以及民俗。晚上人更多,来看灯光与喷水。每条路一种灯,都是立体派的图样。喷水有四五处,也是新图样;有一处叫"仙人球"喷水,就以仙人球作底样,野拙得好玩儿。这些自然都用电彩。还有一处水桥,河两岸各喷出十来道水,凑在一块儿,恰好是一座弧形的桥,教人想着走上一个水晶的世界去。

罗马

罗马(Rome)是历史上大帝国的都城,想象起来,总是气象万千似的。现在它的光荣虽然早过去了,但是从七零八落的废墟里,后人还可仿佛百一。这些废墟,旧的加上新发掘的,几乎随处可见,像特意点缀这座古城的一般。这边几根石柱子,那边几段破墙,带着当年的尘土,寂寞的陷在大坑里;虽然是夏天中午的太阳,照上去也黯黯淡淡,没有多少劲儿。就中罗马市场(Forum Romanum)规模最大。这里是古罗马城的中心,有法庭,神庙,与住宅的残迹。卡司多和波鲁斯庙的三根哥林斯式的柱子,顶上还有片石相连着;在全场中最为秀拔,像三个丰姿飘洒的少年用手横遮着额角,正在眺望这一片古市场。想当年这里终日挤挤闹闹的也不知有多少人,各有各的心思,各有各的手法;现在只剩三两起游客指手画脚的在死一般的寂静里。犄角上有一所住宅,情形还好;一面是三间住屋,有壁画,已模糊了,地是嵌石铺成的;旁厢是饭厅,壁画极讲究,画的都是正大的题目,他们是很看重饭厅的。市场上面便是巴拉丁山,是饱历兴衰的地方。最早是一个村落,只有些茅草屋子;罗马共和末期,一姓贵族聚居在这里;帝国时代,更是繁华。游人走上山去,两旁宏壮的住屋还留下完整的黄土坯子,可以见出当时阔人家的气局。屋顶一片平场,原是许多花园,总名法内塞园子,也是四百年前的旧迹;现在点缀些

花木,一角上还有一座小喷泉。在这园子里看脚底下的古市场,全景都在望中了。

市场东边是斗狮场,还可以看见大概的规模;在许多宏壮的废墟里,这个算是情形最好的。外墙是一个大圆圈儿,分四层,要仰起头才能看到顶上。下三层都是一色的圆拱门和柱子,上一层只有小长方窗户和楞子,这种单纯的对照教人觉得这座建筑是整整的一块,好像直上云霄的松柏,老干亭亭,没有一些繁枝细节。里面中间原是大平场;中古时在这儿筑起堡垒,现在满是一道道颓毁的墙基,倒成了四不像。这场子便是斗狮场;环绕着的是观众的座位。下两层是包厢,皇帝与外宾的在最下层,上层是贵族的;第三层公务员坐;最上层平民坐:共可容四五万人。狮子洞还在下一层,有口直通场中。斗狮是一种刑罚,也可以说是一种裁判:罪囚放在狮子面前,让狮子去搏他;他若居然制死了狮子,便是直道在他一边,他就可自由了。但自然是让狮子吃掉的多;这些人大约就算活该。想到临场的罪囚和他亲族的悲苦与恐怖,他的仇人的痛快,皇帝的威风,与一般观众好奇的紧张的面目,真好比一场恶梦。这个场子建筑在一世纪,原是戏园子,后来才改作斗狮之用。

斗狮场南面不远是卡拉卡拉浴场。古罗马人颇讲究洗澡,浴场都造得好,这一所更其华丽。全场用大理石砌成,用嵌石铺地;有壁画,有雕像,用具也不寻常。房子高大,分两层,都用圆拱门,走进去觉得稳稳的;里面金碧辉煌,与壁画雕像相得益彰。居中是大健身房,有喷泉两座。场子占地六英亩,可容一千六百人洗浴。洗浴分冷热水蒸气三种,各占一所屋子。古罗马人上浴场来,不单是为洗澡;他们可以在这儿商量买卖,和解讼事,等等,正和我们上茶店上饭店一般作用。这儿还有好些游艺,他们公余或倦后来洗一个澡,找几个朋友到游艺室去消遣一回,要不然,到客厅去谈谈话,都是很"写意"的。现在却只剩下一大堆遗迹。大理石本来还有不少,早给搬去造圣彼得等教堂去了;零星的物件陈列在博物院里。我们所看见的只是些巍巍峨峨参参差差的黄土骨子,站在太阳里,还有学者们精心研究出来的《卡拉卡拉浴场图》的照片,都只是所谓过屠门大嚼而已。

罗马从中古以来便以教堂著名。康南海《罗马游记》中引杜牧的诗"南朝四百八十寺,多少楼台烟雨中",光景大约有些相像的;只可惜初夏去的人无从领略那烟雨罢了。圣彼得堂最精妙,在城北尼罗圆场的旧址上。尼罗在此地杀了许多基督教徒。据说圣彼得上十字架后也便葬在这里。这教堂几经兴废,现在的房屋是十六世纪初年动工,经了许多建筑师的手。密凯安杰罗七十二岁时,受保罗第三的命,在这儿工作了十七年。后人以为天使保罗第三假手于这一个大艺术家,给这座大建筑定下了规模;以后虽有增改,但大体总是依着他的。教堂内部参照卡拉卡拉浴场的式样,许多高大的圆拱门稳稳的支着那座穹隆顶。教堂长六百九十六英尺,宽四百五十英尺,穹隆顶高四百零三英尺,可是乍看不觉得是这么大。因为平常看屋子大小,总以屋内饰物等为标准,饰物等的尺寸无形中是有谱子的。圣彼得堂里的却大得离了谱子,"天使像巨人,鸽子像老鹰";所以教堂真正的大小,一下倒不容易看出了。但是你若看里面走动着的人,便渐渐觉得不同。教堂用彩色大理石砌墙,加上好些嵌石的大幅的名画,大都是亮蓝与朱红二色;鲜明丰丽,不像普通教堂一味阴沉沉的。密凯安杰罗雕的彼得像,温和光洁,别是一格,在教堂的犄角上。

圣彼得堂两边的列柱回廊像两只胳膊拥抱着圣彼得圆场;留下一个口子,却又像个玦。场中央是一座埃及的纪功方尖柱,左右各有大喷泉。那两道回廊是十七世纪时亚历山大第三所造,成于倍里尼(Pernini)之手。廊子里有四排多力克式石柱,共二百八十四根;顶上前后都有栏杆,前面栏杆上并有许多小雕像。场左右地上有两块圆石头,站在上面看同一边的廊子,觉得只有一排柱子,气魄更雄伟了。这个圆场外有一道弯弯的白石线,便是梵蒂冈与意大利的分界。教皇每年复活节站在圣彼得堂的露台上为人民祝福,这个场子内外据说是拥挤不堪的。

圣保罗堂在南城外,相传是圣保罗葬地的遗址,也是柱子好。门前一个方院子,四面廊子里都是些整块石头凿出来的大柱子,比圣彼得的两道廊子却质朴得多。教堂里面也简单空廓,没有什么东西。但中间那八十根花岗石的柱子,和尽头处那六根蜡石的柱子,纵横的排着,看上去仿佛到了人迹罕至的远古的森林里。柱子上头墙上,周围安着嵌石的历代教皇像,一律圆框子。教堂旁边另有一个小柱廊,是十二世纪造的。这座廊子围着一所方院子,在低低的墙基上排着两层各色各样的细柱子——有些还嵌着金色玻璃块儿。这座廊子精工可以说像湘绣,秀美却又像王羲之的书法。

在城中心的威尼斯方场上巍然蹯踞着的,是也马奴儿第二的纪功廊。这是近代意大利的建筑,不缺少力量。一道弯弯的长廊,在高大的石基上。前面三层石级:第一层在中间,第二三层分开左右两道,通到廊子两头。这座廊子左右上下都匀称,中间又有那一弯,便兼有动静之美了。从廊前列柱间看到暮色中的罗马全城,觉得幽远无穷。

罗马艺术的宝藏自然在梵蒂冈宫；卡辟多林博物院中也有一些，但比起梵蒂冈来就太少了。梵蒂冈有好几个雕刻院，收藏约有四千件，著名的《拉奥孔》（Laocoöön）便在这里。画院藏画五十幅，都是精品，拉飞尔的《基督现身图》是其中之一，现在却因修理关着。梵蒂冈的壁画极精彩，多是拉飞尔和他门徒的手笔，为别处所不及。有四间拉飞尔室和一些廊子，里面满是他们的东西。拉飞尔由此得名。他是乌尔比奴人，父亲是诗人兼画家。他到罗马后，极为人所爱重，大家都要教他画；他忙不过来，只好收些门徒作助手。他的特长在画人体。这是实在的人，肢体圆满而结实，有肉有骨头。这自然受了些佛罗伦司派的影响，但大半还是他的天才。他对于气韵，远近，大小与颜色也都有敏锐的感觉，所以成为大家。他在罗马住的屋子还在，坟在国葬院里。歇司丁堂与拉飞尔室齐名，也在宫内。这个神堂是十五世纪时歇司土司第四造的，长一百三十三英尺，宽四十五英尺。两旁墙的上部，都由佛罗伦司派画家装饰，有波铁乞利在内。屋顶的画满都是密凯安杰罗的，歇司丁堂著名在此。密凯安杰罗是佛罗伦司派的极峰。他不多作画，一生精华都在这里。他画这屋顶时候，以深沉肃穆的心情渗入画中。他的构图里气韵流动着，形体的勾勒也自然灵妙，还有那雄伟出尘的风度，都是他独具的好处。堂中祭坛的墙上也是他的大画，叫作《最后的审判》。这幅壁画是以后多年画的，费了他七年工夫。

罗马城外有好几处隧道，是一世纪到五世纪时候基督教徒挖下来作墓穴的，但也用作敬神的地方。尼罗搜杀基督教徒，他们往往避难于此。最值得看的是圣卡里斯多隧道。那儿还有一种热诚花，十二瓣，据说是代表十二使徒的。我们看的是圣赛巴司提亚堂底下的那一处，大家点了小蜡烛下去。曲曲折折的狭路，两旁是大大小小深深浅浅的墓穴；现在自然是空的，可是有时还看见些零星的白骨。有一处据说圣彼得住过，成了龛堂，壁上画得很好。别处也还有些壁画的残迹。这个隧道似乎有四层，占的地方也不小。圣赛巴司提亚堂里保存着一块石头，上有大脚印两个；他们说是耶稣基督的，现在供养在神龛里。另一个教堂也供着这么一块石头，据说是仿本。

缧绁堂建于第五世纪，专为供养拴过圣彼得的一条铁链子。现在这条链子还好好的在一个精美的龛子里。堂中周理乌司第二纪念碑上有密凯安杰罗雕的几座像；摩西像尤为著名。那种原始的坚定的精神和勇猛的力量从眉目上，胡须上，胳膊上，手上，腿上，处处透露出来，教你觉得见着了一个伟大的人。又有个阿拉古里堂，中有圣婴像。这个圣婴自然便是耶稣基督；是十五世纪耶路撒冷一个教徒用橄榄木雕的。他带它到罗马，供养在这个

堂里。四方来许愿的很多，据说非常灵验；它身上密层层的挂着许多金银饰器都是人家还愿的。还有好些信写给它，表示敬慕的意思。

　　罗马城西南角上，挨着古城墙，是英国坟场或叫作新教坟场。这里边葬的大都是艺术家与诗人，所以来参谒来凭吊的意大利人和别国的人终日不绝。其中最有名的自然是十九世纪英国浪漫诗人雪莱与济慈的墓。雪莱的心葬在英国，他的遗灰在这儿。墓在古城墙下斜坡上，盖有一块长方的白石；第一行刻着"心中心"，下面两行是生卒年月，再下三行是莎士比亚《风暴》中的仙歌。

　　　　　彼无毫毛损，
　　　　　海涛变化之，
　　　　　从此更神奇。

　　好在恰恰关合雪莱的死和他的为人。济慈墓相去不远，有墓碑，上面刻着道：

　　　　　这座坟里是
　　　　　英国一位少年诗人的遗体；
　　　　　他临死时候，
　　　　　想着他仇人们的恶势力，
　　　　　痛心极了，叫将下面这一句话
　　　　　刻在他的墓碑上：
　　　　　"这儿躺着一个人，
　　　　　他的名字是用水写的。"

　　末一行是速朽的意思；但他的名字正所谓"不废江河万古流"，又岂是当时人所料得到的。后来有人别作新解，根据这一行话作了一首诗，连济慈的小像一块儿刻铜嵌在他墓旁墙上。这首诗的原文是很有风趣的。

　　　　　济慈名字好，
　　　　　说是水写成；
　　　　　一点一滴水，
　　　　　后人的泪痕——

英雄枯万骨,
难如此感人。
安睡吧,
陈词虽挂漏,
高风自峥嵘。

这座坟场是罗马富有诗意的一角;有些爱罗马的人虽不死在意大利,也会遗嘱葬在这座"永远的城"的永远的一角里。

威尼斯

威尼斯（Venice）是一个别致地方。出了火车站，你立刻便会觉得；这里没有汽车，要到那儿，不是搭小火轮，便是雇"刚朵拉"（Gondola）。大运河穿过威尼斯像反写的S；这就是大街。另有小河道四百十八条，这些就是小胡同。轮船像公共汽车，在大街上走；"刚朵拉"是一种摇橹的小船，威尼斯所特有，它那儿都去。威尼斯并非没有桥；三百七十八座，有的是。只要不怕转弯抹角，那儿都走得到，用不着下河去。可是轮船中人还是很多，"刚朵拉"的买卖也似乎并不坏。

威尼斯是"海中的城"，在意大利半岛的东北角上，是一群小岛，外面一道沙堤隔开亚得利亚海。在圣马克方场的钟楼上看，团花簇锦似的东一块西一块在绿波里荡漾着。远处是水天相接，一片茫茫。这里没有什么煤烟，天空干干净净；在温和的日光中，一切都像透明的。中国人到此，仿佛在江南的水乡；夏初从欧洲北部来的，在这儿还可看见清清楚楚的春天的背影。海水那么绿，那么酽，会带你到梦中去。

威尼斯不单是明媚，在圣马克方场走走就知道。这个方场南面临着一道运河；场中偏东南便是那可以望远的钟楼。威尼斯最热闹的地方是这儿，最华妙庄严的地方也是这儿。除了西边，围着的都是三百年以上的建筑，东边居中是圣马克堂，却有了八九百年——钟楼便在它的右首。再向右是"新衙门";教堂左首是"老衙门"。这两溜儿楼房的下一层,现在满开了铺子。铺子前面是长廊,一天到晚是来来去去的人。紧接着教堂,直伸向运河去的是公爷府;这个一半属于小方场,另一半便属于运河了。

圣马克堂是方场的主人,建筑在十一世纪,原是卑赞廷式,以直线为主。十四世纪加上戈昔式的装饰,如尖拱门等;十七世纪又参入文艺复兴期的装饰,如栏杆等。所以庄严华妙,兼而有之;这正是威尼斯人的漂亮劲儿。教堂里屋顶与墙壁上满是碎玻璃嵌成的画,大概是真金色的地,蓝色和红色的圣灵像。这些像作得非常肃穆。教堂的地是用大理石铺的,颜色花样种种不同。在那种空阔阴暗的氛围中,你觉得伟丽,也觉得森严。教堂左右那两溜儿楼房,式样各别,并不对称;钟楼高三百二十二英尺,也偏在一边儿。但这两溜房子都是三层,都有许多拱门,恰与教堂的门面与圆顶相称;又都是白石造成,越衬出教堂的金碧辉煌来。教堂右边是向运河去的路,是一个小方场,本来显得空阔些,钟楼恰好填了这个空子。好像我们戏里大将出场,后面一杆旗子总是偏着取势;这方场子中的建筑,节奏其实是和谐不过的。十八世纪意大利卡那来陀(Canaletto)一派画家专画威尼斯的建筑,取材于这方场的很多。德国德莱司敦画院中有几张,真好。

公爷府里有好些名人的壁画和屋顶画,丁陶来陀(Tintoretto,十六世纪)的大画《乐园》最著名;但更重要的是它建筑的价值。运河上有了这所房子,增加了不少颜色。这全然是戈昔式;动工在九世纪初,以后屡次遭火,屡次重修,现在的据说还是原来的式样。最好看的是它的西南两面;西面斜对着圣马克方场,南面正在运河上。在运河里看,真像在画中。它也是三层:下两层是尖拱门,一眼看去,无数的柱子。最下层的拱门简单疏阔,是载重的样子;上一层便繁密得多,为装饰之用;最上层却更简单,一根柱子没有,除了疏疏落落的窗和门之外,都是整块的墙面。墙面上用白的与玫瑰红的大理石砌成素朴的方纹,在日光里鲜明得像少女一般。威尼斯人真不愧着色的能手。这所房子从运河中看,好像在水里。下两层是玲珑的架子,上一层才是屋子;这是很巧的结构,加上那艳而雅的颜色,令人有惝恍迷离之感。府后有太息桥;从前一边是监狱,一边是法院,狱囚提讯须过这里,所以得名。拜伦诗中曾咏此,因而便脍炙人口起来,其实也只是近世的东西。

威尼斯的夜曲是很著名的。夜曲本是一种抒情的曲子,夜晚在人家窗下随便唱。可是运河里也有:晚上在圣马克方场的河边上,看见河中有红绿的纸球灯,便是唱夜曲的船。雇了"刚朵拉"摇过去,靠着那个船停下,船在水中间,两边挨次排着"刚朵拉",在微波里荡着,像是两只翅膀。唱曲的有男有女，围着一张桌子坐，轮到了便站起来唱，旁边有音乐和着。曲词自然是意大利语，意大利的语音据说最纯粹，最清朗。听起来似乎的确斩截些，女人的尤其如此——意大利的歌女是出名的。音乐节奏繁密，声情热烈，想来是最流行的"爵士乐"。在微微摇摆的红绿灯球底下，颤着酽酽的歌喉，运河上一片朦胧的夜也似乎透出玫瑰红的样子。唱完几曲之后，船上有人跨过来，反拿着帽子收钱，多少随意。不愿意听了，还可摇到第二处去。这个略略像当年的秦淮河的光景，但秦淮河却热闹得多。

从圣马克方场向西北去，有两个教堂在艺术上是很重要的。一个是圣罗珂堂，旁边有一所屋子，墙上屋顶上满是画；楼上下大小三间屋，共六十二幅画，是丁陶来陀的手笔。屋里暗极，只有早晨看得清楚。丁陶来陀作画时，因地制宜，大部分只粗粗钩勒，利用阴影，教人看了觉得是几经琢磨似的。《十字架》一幅在楼上小屋内，力量最雄厚。佛拉利堂在圣罗珂近旁，有大画家铁沁（Titian，十六世纪）和近代雕刻家卡奴洼（Canova）的纪念碑。卡奴洼的，灵巧，是自己打的样子；铁沁的，宏壮，是十九世纪中叶才完成的。他的《圣处女升天图》挂在神坛后面，那朱红与亮蓝两种颜色鲜明极了，全幅气韵流动，如风行水上。倍里尼（Giovanni Bellini，十五世纪）的《圣母像》，也是他的精品。他们都还有别的画在这个教堂里。

从圣马克方场沿河直向东去，有一处公园；从一八九五年起，每两年在此地开国际艺术展览会一次。今年是第十八届；加入展览的有意，荷，比，西，丹，法，英，奥，苏俄，美，匈，瑞士，波兰等十三国，意大利的东西自然最多，种类繁极了；未来派立体派的图画雕刻，都可见到，还有别的许多新奇的作品，说不出路数。颜色大概鲜明，教人眼睛发亮；建筑也是新式，简截不啰嗦，痛快之至。苏俄的作品不多，大概是工农生活的表现，兼有沉毅和高兴的调子。他们也用鲜明的颜色，但显然没有很费心思在艺术上，作风老老实实，并不向牛犄角里寻找新奇的玩艺儿。

威尼斯的玻璃器皿，刻花皮件，都是名产，以典丽风华胜，缂丝也不错。大理石小雕像，是著名大品的缩本，出于名手的还有味。

中国 20 世纪名家散文经典

佛罗伦司

佛罗伦司（Florence）最教你忘不掉的是那色调鲜明的大教堂与在它一旁的那高耸入云的钟楼。教堂靠近闹市，在狭窄的旧街道与繁密的市房中，展开它那伟大的个儿，好像一座山似的。它的门墙全用大理石砌成，黑的红的白的线条相间着。长方形是基本图案，所以直线虽多，而不觉严肃，也不觉浪漫；白天里绕着教堂走，仰着头看，正像看达文齐的《摩那丽沙》（Mona Lisa）像，她在你头上，可也在你里头。这不独是线形温和平静的缘故，那三色的大理石，带着它们的光泽，互相显映，也给你鲜明稳定的感觉；加上那朴素而黯淡的周围，衬托着这富丽堂皇的建筑，像给它打了很牢固的基础一般。夜晚就不同些；在模糊的街灯光里，这庞然的影子便有些压迫着你了。教堂动工在十三世纪，但门墙只是十九世纪的东西；完成在一八八四年，算到现在才四十九年。教堂里非常简单，与门墙决不相同，只穹隆顶宏大而已。

钟楼在教堂的右首，高二百九十二英尺，是乔陀（Giotto，十四世纪）的杰作。乔陀是意大利艺术的开山祖师；从这座钟楼可以看出他的大匠手。这也是用颜色大理石砌成墙面；宽度与高度正合式，玲珑而不显单薄。墙面共分七层：下四层很短，是打根基的样子，最上层最长，以助上耸之势。窗户越高越少越大，最上层只有一个；在长方形中有金字塔形的妙用。

教堂对面是受洗所,以吉拜地(Ghiberti)作的铜门著名。有两扇最工,上刻《圣经》故事图十方,分远近如画法,但未免太工些;门上并有作者的肖像。密凯安杰罗(十六世纪)说过这两扇门真配作天上乐园的门,传为佳话。

教堂内容富丽的,要推送子堂,以《送子图》得名。门外廊子里有沙陀(Saro,十六世纪)的壁画,他自己和他太太都在画中;画家以自己或太太作模特儿是常见的。教堂里屋顶以金漆花纹界成长方格子,灿烂之极。门内左边有一神龛,明灯照耀,香花供养,墙上便是《送子图》。画的是天使送耶稣给处女玛利亚,相传是天使的手笔。平常遮着不让我们俗眼看;每年只复活节的礼拜五揭开一次。这是塔斯干省最尊的神龛了。

梅迭契(Medici)家庙也以富丽胜,但与别处全然不同。梅迭契家是中古时大公爵,治佛罗伦司多年。那时佛罗伦司非常富庶,他们家穷极奢华;佛罗伦司艺术的兴盛,一半便由于他们的爱好。这个家庙是历代大公爵家族的葬所。房屋是八角形的,有穹隆顶;分两层,下层是坟墓,上层是雕像与纪念碑等。上层墙壁,全用各色上好大理石作面子,中间更用宝石嵌成花纹,地也用大理石嵌花铺成;屋顶是名人的画。光彩焕发,五色纷纶;嵌工最精细,平滑如天然。佛罗伦司嵌石是与威尼斯嵌玻璃齐名的,梅迭契家造这个庙,用过两千万元,但至今并未完成;雕像座还空着一大半,地也没有全铺好。旁有新庙,是密凯安杰罗所建,朴质无华;中有雕像四座,叫作《昼》《夜》《晨》《昏》,是纪念碑的装饰,是出于密凯安杰罗的手,颇有名。

十字堂是"佛罗伦司的西寺","塔斯干的国葬院";前面是但丁的造像。密凯安杰罗与科学家格里雷的墓都在这里,但丁也有一座纪念碑;此外名人的墓还很多。佛罗伦司与但丁有关系的遗迹,除这所教堂外,在送子堂附近是他的住宅;是一所老老实实的小砖房,带一座方楼,据说那时阔人家都有这种方楼的。他与他的情人佩特拉齐相遇,传说是在一座桥旁;这个情景常见于图画中。这座有趣的桥,照画看便是阿奴河上的三一桥;桥两头各有雕像两座,风光确是不坏。佩特拉齐的住宅离但丁的也不远;她葬在一个小教堂里,就在住宅对面小胡同内。这个教堂双扉紧闭,破旧得可以,据说是终年不常开的。但丁与佩特拉齐的屋子,现在都已作别用,不能进去,只墙上钉些纪念的木牌而已。佩特拉齐住宅墙上有一块木牌,专抄但丁的诗两行,说他遇见了一个美人,却有些意思。还有一所教堂,据说原是但丁写《神曲》的地方;但书上没有,也许是"齐东野人"之语罢。密凯安杰罗住过的屋子在十字堂近旁,是他侄儿的住宅。现在是一所小博物院,其中两间屋子陈列着密凯安杰罗塑的小品,有些是名作的雏形,都奕奕有神采。在这一层上,他似乎比但丁还有幸些。

佛罗伦司著名的方场叫作官方场，据说也是历史的和商业的中心，比威尼斯的圣马克方场黯淡冷落得多。东边未周府，原是共和时代的议会，现在是市政府。要看中古时佛罗伦司的堡子，这便是个样子，建筑仿佛铜墙铁壁似的。门前有密凯安杰罗《大卫》(David)像的翻本（原件存本地国家美术院中）。府西是著名的喷泉，雕像颇多；中间亚波罗驾四马，据说是一块大理石凿成。但死板板的没有活气，与旁边有血有肉的《大卫》像一比，便看出来了。密凯安杰罗说这座像白费大理石，也许不错。府东是朗齐亭，原是人民会集的地方，里面有许多好的古雕像；其中一座像有两个面孔，后一个是作者自己。

方场东边便是乌费齐画院(Uffizi Gallery)。这画院是梅迭契家立的，收藏十四世纪到十六世纪的意大利画最多；意大利画的精华荟萃于此，比那儿都好。乔陀，波铁乞利(Botticelli，十五世纪)，达文齐（十五世纪），拉飞尔（十六世纪），密凯安杰罗，铁沁的作品，这儿都有；波铁乞利和铁沁的最多。乔陀，波铁乞利，达文齐都是佛罗伦司派，重形线与构图；拉飞尔曾到佛罗伦司，也受了些影响。铁沁是威尼斯派，重着色。这两个潮流是西洋画的大别。波铁乞利的作品如《勃里马未拉的寓言》《爱神的出生》等似乎最能代表前一派；达文齐的《送子图》，构图也极巧妙。铁沁的《佛罗拉像》和《爱神》，可以看出丰富的颜色与柔和的节奏。另有《蓝色圣母像》，沙琐费拉陀(Sossoferrato，十七世纪)所作，后来临摹的很多；《小说月报》曾印作插图。古雕像以《梅迭契爱神》《摔跤》为最：前者情韵欲流，后者精力饱满，都是神品。隔阿奴河有辟第(Pitti)画院，有长廊与乌费齐相通；这条长廊架在一座桥的顶上，里面挂着许多画像。辟第画院是辟第(Luca Pitti)立的。他和梅迭契是死冤家。可是后来扩充这个画院的还是梅迭契家。收藏的名画有拉飞尔的两幅《圣母像》《福那利那像》与铁沁的《马达来那像》等。福那利那是拉飞尔的未婚妻，是他许多名作的模特儿。铁沁此幅和《佛罗拉像》作风相近，但金发飘拂，节奏更要生动些。

两个画院中常看见女人坐在小桌旁用描花笔蘸着粉临摹小画像，这种小画像是将名画临摹在一块长方的或椭圆的小纸上，装在小玻璃框里，作案头清供之用。因为地方太小，只能临摹半身像。这也是西方一种特别的艺术，颇有些历史。看画院的人走过那些小桌子旁，她们往往请你看她们的作品；递给你扩大镜让你看出那是一笔不苟的。每件大约二十元上下。她们特别拉住些太太们，也许太太们更能赏识她们的耐心些。

十字堂邻近,许多作嵌石的铺子。黑地嵌石的图案或带图案味的花卉人物等都好;好在颜色与光泽彼此衬托,恰到佳处。有几块小丑像,趣极了。但临摹风景或图画的却没有什么好。无论怎么逼真,总还隔着一层;嵌石决不能如作画那么灵便的。再说就是作得和画一般,也只是因难见巧,没有一点新东西在内。威尼斯嵌玻璃却不一样。他们用玻璃小方块嵌成风景图;这些玻璃块相似而不尽相同,它们所构成的不是一个简单的平面,而是许多颜色的点儿。你看时会觉得每一个点都触着你,它们间的光影也极容易跟着你的角度变化;至少这"触着你"一层,画是办不到的。不过佛罗伦司所用大理石,色泽胜于玻璃多多;威尼斯人虽会着色,究竟还赶不上。

中国20世纪名家散文经典

执政府大屠杀记

三月十八是一个怎样可怕的日子！我们永远不应该忘记这个日子！

这一日，执政府的卫队，大举屠杀北京市民——十分之九是学生！死者四十余人，伤者约二百人！这在北京是第一回大屠杀！

这一次的屠杀，我也在场，幸而直到出场时不曾遭着一颗弹子；请我的远方的朋友们安心！第二天看报，觉得除一两家报纸外，各报记载多有与事实不符之处。究竟是访闻失实，还是安着别的心眼儿，我可不得而知，也不愿细论。我只说我当场眼见和后来耳闻的情形，请大家看看这阴惨惨的二十世纪二十六年三月十八日的中国！——十九日《京报》所载几位当场逃出的人的报告，颇是翔实，可以参看。

我先说游行队。我自天安门出发后，曾将游行队从头至尾看了一回。全数约两千人；工人有两队，至多五十人；广东外交代表团一队，约十余人；国民党北京特别市党部一队，约二三十人；留日归国学生团一队，约二十人，其余便多是北京的学生了，内有女学生三队。拿木棍的并不多，而且都是学生，不过十余人；工人拿木棍的，我不曾见。木棍约三尺长，一端削尖了，上贴书有口号的纸，作成旗帜的样子。至于"有铁钉的木棍"我却不曾见！

我后来和清华学校的队伍同行，在大队的最后。我们到执政府前空场上时，大队已散开在满场了。这时府门前站着约莫两百个卫队，分两边排着；领章一律是红底，上面"府卫"两个黄铜字，确是执政府的卫队。他们都背着枪，悠然的站着；毫无紧张的颜色。而且枪上不曾上刺刀，更不显出什么威武。这时有一个人趴在石狮子头上照相。那边府里正面楼上，栏杆上伏满了人，而且拥挤着，大约是看热闹的。在这一点上，执政府颇像寻常的人家，而不像堂堂的"执政府"了。照相的下了石狮子，南边有了报告的声音："他们说是一个人没有，我们怎么样？"这大约已是五代表被拒以后了；我们因走进来晚，故未知前事——但在这时以前，群众的嚷声是决没有的。到这时才有一两处的嚷声了："回去是不行的！""吉兆胡同！""……"忽然队势散动了，许多人纷纷往外退走；有人连声大呼："大家不要走，没有什么事！"一面还扬起了手，我们清华队的指挥也扬起手叫道："清华的同学不要走，没有事！"这其间，人众稍稍聚拢，但立刻即又散开；清华的指挥第二次叫声刚完，我看见众人纷纷逃避时，一个卫队已装完子弹了！我赶忙向前跑了几步，向一堆人旁边睡下；但没等我睡下，我的上面和后面各来了一个人，紧紧的挨着我。我不能动了，只好蜷曲着。

这时已听到劈劈拍拍的枪声了；我平生是第一次听枪声，起初还以为是空枪呢（这时已忘记了看见装子弹的事）。但一两分钟后，有鲜红的热血从上面滴到我的手背上，马褂上了，我立刻明白屠杀已在进行！这时并不害怕，只静静的注意自己的命运，其余什么都忘记。全场除劈拍的枪声外，也是一片大静默，绝无一些人声；什么"哭声震天"，只是记者先生们的"想当然耳"罢了。我上面流血的那一位，虽滴滴的流着血，直到第一次枪声稍歇，我们爬起来逃走的时候，他也不则一声。这正是死的袭来，沉默便是死的消息。事后想起，实在有些悚然。在我上面的不知是谁？我因为不能动转，不能看见他；而且也想不到看他——我真是个自私的人！后来逃跑的时候，才又知道掉在地下的我的帽子和我的头上，也滴了许多血，全是他的！他足流了两分钟以上的血，都流在我身上，我想他总吃了大亏，愿神保佑他平安！第一次枪声约经过五分钟，共放了好几排枪；司令的是用警笛；警笛一鸣，便是一排枪，警笛一声接着一声，枪声就跟着密了，那警笛声甚凄厉，但有几乎一定的节拍，足见司令者的从容！后来听别的目睹者说，司令者那时还用指挥刀指示方向，总是向人多的地方射击！又有目睹者说，那时执政府楼上还有人手舞足蹈的大乐呢！

我现在缓叙第一次枪声稍歇后的故事，且追述些开枪时的情形。我们

进场距开枪时,至多四分钟;这其间有照相有报告,有一两处的嚷声,我都已说过了。我记得,我确实记得,最后的嚷声距开枪只有一分余钟;这时候,群众散而稍聚,稍聚而复纷散,枪声便开始了。这也是我说过的。但"稍聚"的时候,阵势已散,而且大家存了观望的心,颇多趑趄不前的,所谓"进攻"的事是决没有的!至于第一次纷散之故,我想是大家看见卫队从背上取下枪来装子弹而惊骇了;因为第二次纷散时,我已看见一个卫队(其余自然也是如此,他们是依命令动作的)装完子弹了。在第一次纷散之前,群众与卫队有何冲突,我没有看见,不得而知。但后来据一个受伤的说,他看见有一部分人——有些是拿木棍的——想要冲进府去。这事我想来也是有的;不过这决不是卫队开枪的缘由,至多只是他们的借口。他们的荷枪挟弹与不上刺刀(故示镇静)与放群众自由入辕门内(便于射击),都是表示他们"聚而歼旃"的决心,冲进去不冲进去是没有多大关系的。证以后来东门口的拦门射击,更是显明!原来先逃出的人,出东门时,以为总可得着生路;那知迎头还有一支兵,——据某一种报上说,是从吉兆胡同来的手枪队,不用说,自然也是杀人不眨眼的府卫队了!——开枪痛击。那时前后都有枪弹,人多门狭,前面的枪又极近,死亡枕藉!这是事后一个学生告诉我的;他说他前后两个人都死了,他躲闪了一下,总算幸免。这种间不容发的生死之际也够人深长思了。

照这种种情形,就是不在场的诸君,大约也不至于相信群众先以手枪轰击卫队了吧。而且轰击必有声音,我站的地方,离开卫队不过二十余步,在第二次纷散之前,却绝未听到枪声。其实这只要看政府巧电的含糊其辞,也就够证明了。至于所谓当场夺获的手枪,虽然像煞有介事的举出号数,使人相信,但我总奇怪;夺获的这些支手枪,竟没有一支曾经当场发过一响,以证明他们自己的存在。——难道拿手枪的人都是些傻子么?还有,现在很有人从容的问:"开枪之前,有警告么?"我现在只能说,我看见的一个卫队,他的枪口是正对着我们的,不过那是刚装完子弹的时候。而在我上面的那位可怜的朋友,他流血是在开枪之后约一两分钟时。我不知卫队的第一排枪是不是朝天放的,但即使是朝天放的,也不算是警告;因为未开枪时,群众已经纷散,放一排朝天枪(假定如此)后,第一次听枪声的群众,当然是不会回来的了(这不是一个人胆力的事,我们也无须假充硬汉),何用接二连三的放平枪呢!即使怕一排枪不够驱散众人,尽放朝天枪好了,何用放平枪呢!所以即使卫队曾放了一排朝天枪,也决不足作他们丝毫的辩解;况且还有后来的拦门痛击呢,这难道还要问:"有无超过必要程度?"

　　第一次枪声稍歇后,我茫然的随着众人奔逃出去。我刚发脚的时候,便看见旁边有两个同伴已经躺下了!我来不及看清他们的面貌,只见前面一个,右乳部有一大块殷红的伤痕,我想他是不能活了!那红色我永远不忘记!同时还听见一声低缓的呻吟,想是另一位的,那呻吟我也永远不忘记!我不忍从他们身上跨过去,只得绕了道弯着腰向前跑,觉得通身懈弛得很;后面来了一个人,立刻将我撞了一跤。我爬了两步,站起来仍是弯着腰跑。这时当路有一副金丝圆眼镜,好好的直放着;又有两架自行车,颇挡我们的路,大家都很艰难的从上面踏过去。我不自主的跟着众人向北躲入马号里。我们偃卧在东墙角的马粪堆上。马粪堆很高,有人想爬墙过去。墙外就是通路。我看着一个人站着,一个人正向他肩上爬上去;我自己觉得决没有越墙的气力,便也不去看他们。而且里面枪声早又密了,我还得注意命运的转变。这时听见墙边有人问:"是学生不是?"下文不知如何,我猜是墙外的兵问的。那两个爬墙的人,我看见,似乎不是学生,我想他们或者得了兵的允许而下去了。若我猜的不大错,从这一句简单的问语里,我们可以看出卫队乃至政府对于学生海样深的仇恨!而且可以看出,这一次的屠杀确是有意这样"整顿学风"的;我后来知道,这时有几个清华学生和我同在马粪堆上。有一个告诉我,他旁边有一位女学生曾喊他救命,但是他没有法子,这真是可遗憾的事,她以后不知如何了!我们偃卧马粪堆上,不过两分钟,忽然看见对面马厩里有一个兵拿着枪,正装好子弹,似乎就要向我们放。我们立刻起来,仍弯着腰逃走;这时场里还有疏散的枪声,我们也顾不得了。走出马路,就到了东门口。

　　这时枪声未歇,东门口拥塞得几乎水泄不通。我隐约看见底下蜷缩的蹲着许多人,我们便推推搡搡,拥挤着,挣扎着,从他们身上踏过去。那时理性真失了作用,竟恬然不以为怪似的。我被挤得往后仰了几回,终于只好竭全身之力,向前而进。在我前面的一个人,脑后大约被枪弹擦伤,汩汩的流着血;他也同样地一歪一倒的挣扎着。但他一会儿便不见了,我想他是平安的下去了。我还在人堆上走。这个门是平安与危险的界线,是生死之门,故大家都不敢放松一步。这时希望充满在我心里。后面稀疏的子弹,倒觉不十分在意。前一次的奔逃,但求不即死而已,这回却求生了;在人堆上的众人,都积极的显出生之努力。但仍是一味的静;大家在这千钧一发的关头,那有闲心情和闲工夫来说话呢?我努力的结果,终于从人堆上滚了下来,我的运命这才算定了局。那时门口只剩两个卫队,在那儿闲谈,侥幸得很,手枪队已不见了!后来知道门口人堆里实在有些是死尸,就是被手枪队当门

打死的!现在想着死尸上越过的事,真是不寒而栗呵!

我真不中用,出了门口,一面走,一面只是喘息!后面有两个女学生,有一个我真佩服她;她还能微笑着对她的同伴说:"他们也是中国人哪!"这令我惭愧了!我想人处这种境地,若能从怕的心情转为兴奋的心情,才真是能救人的人。若只一味的怕,"斯亦不足畏也已!"我呢,这回是由怕而归于木木然,实是很可耻的!但我希望我的经验能使我的胆力逐渐增大!这回在场中有两件事很值得纪念:一是清华同学韦杰三君(他现在已离开我们了!)受伤倒地的时候,别的两位同学冒死将他抬了出来;一是一位女学生曾经帮助两个男学生脱险。这都是我后来知道的。这都是侠义的行为,值得我们永远敬佩的!

我和那两个女学生出门沿着墙往南而行。那时还有枪声,我极想躲入胡同里,以免危险;她们大约也如此的,走不上几步,便到了一个胡同口;我们便想拐弯进去。这时墙角上立着一个穿短衣的看闲的人,他向我们轻轻的说:"别进这个胡同!"我们莫名其妙的依从了他,走到第二个胡同进去;这才真脱险了!后来知道卫队有抢劫的事(不仅报载,有人亲见),又有用枪柄,木棍,大刀,打人,砍人的事,我想他们一定就在我们没走进的那条胡同里作那些事!感谢那位看闲的人!卫队既在场内和门外放枪,还觉杀的不痛快,更拦着路邀击;其泄忿之道,真是无所不用其极了!区区一条生命,在他们眼里,正和一根草,一堆马粪一般,是满不在乎的!所以有些人虽幸免于枪弹,仍是被木棍,枪柄打伤,大刀砍伤;而魏士毅女士竟死于木棍之下,这真是永久的战栗啊!据燕大的人说,魏女士是于逃出门时被一个卫兵从后面用有楞的粗大棍儿兜头一下,打得脑浆迸裂而死!我不知她出的是那一个门,我想大约是西门吧。因为那天我在西直门的电车上,遇见一个高工的学生,他告诉我,他从西门出来,共经过三道门(就是海军部的西辕门和陆军部的东西辕门),每道门皆有卫队用枪柄,木棍和大刀向逃出的人猛烈的打击。他的左臂被打好几次,已不能动弹了。我的一位同事的儿子,后脑被打平了,现在已全然失了记忆;我猜也是木棍打的。受这种打击而致重伤或死的,报纸上自然有记载;致轻伤的就无可稽考,但必不少。所以我想这次受伤的还不止二百人!卫队不但打人,行劫,最可怕的是剥死人的衣服,无论男女,往往剥到只剩一条裤为止;这只要看看前几天《世界日报》的照相就知道了。就是不谈什么"人道",难道连国家的体统,"临时执政"的面子都不顾了么;段祺瑞你自己想想吧!听说事后执政府乘人不知,已将死尸掩埋了些,以图遮掩耳目。这是我的一个朋友从执政府里听来的;若是的确,那一

定将那打得最血肉模糊的先掩埋了。免得激动人心。但一手岂能尽掩天下耳目呢？我不知道现在，那天去执政府的人还有失踪的没有？若有，这个消息真是很可怕的！

这回的屠杀，死伤之多，过于五卅事件，而且是"同胞的枪弹"，我们将何以间执别人之口！而且在首都的堂堂执政府之前，光天化日之下，屠杀之不足，继之以抢劫，剥尸，这种种兽行，段祺瑞等固可行之而不恤，但我们国民有此无脸的政府，又何以自容于世界！——这正是世界的耻辱呀！我们也想想吧！此事发生后，警察总监李鸣钟匆匆来到执政府，说"死了这么多人，叫我怎么办？"他这是局外的说话，只觉得无善法以调停两间而已。我们现在局中，不能如他的从容，我们也得问一问：

"死了这么多人，我们该怎么办？"

中国20世纪名家散文经典

航船中的文明

第一次乘夜航船,从绍兴府桥到西兴渡口。

绍兴到西兴本有汽油船。我因急于来杭,又因年来逐逐于火车轮船之中,也想"回到"航船里,领略先代生活的异样的趣味;所以不顾亲戚们的坚留和劝说(他们说航船里是很苦的),毅然决然的于下午六时左右下了船。有了"物质文明"的汽油船,却又有"精神文明"的航船,使我们徘徊其间,左右顾而乐之,真是二十世纪中国人的幸福了!

航船中的乘客大都是小商人;两个军弁是例外。满船没有一个士大夫;我区区或者可充个数儿,——因为我曾读过几年书,又忝为士大夫之后——但也是例外之例外!真的,那班士大夫到那里去了呢?这不消说得,都到了轮船里去了!士大夫虽也擎着大旗拥护精神文明,但千虑不免一失,竟为那物质文明的孙儿,满身洋油气的小玩意儿骗得定定的,忍心害理的撇了那老相好。于是航船虽然照常行驶,而光彩已减少许多!这确是一件可以慨叹的事;而"国粹将亡"的呼声,似也不是徒然的了。呜呼,是谁之咎欤?

既然来到这"精神文明"的航船里,正可将船里的精神文明考察一番,才不虚此一行。但从那里下手呢?这可有些为难,踌躇之间,恰好来了一个女人。——我说"来了",仿佛亲眼看见,而孰知不然;我知道她"来了",是在听见她尖锐的语音的时候。至于她的面貌,我至今还没有看见呢。这第一要怪我的近视眼,第二要怪那袭人的暮色,第三要怪——哼——要怪那"男女分坐"的精神文明了。女人坐在前面,男人坐在后面;那女人离我至少有两丈远,所以便不可见其脸了。且慢,这样左怪右怪,"其词若有憾焉",你们或者猜想那女人怎样美呢。而孰知又大大的不然!我也曾"约略的"看来,都是乡下的黄面婆而已。至于尖锐的语音,那是少年的妇女所常有的,倒也不足为奇。然而这一次,那来了的女人的尖锐的语音竟致劳动区区的执笔者,却又另有缘故。在那语音里,表示出对于航船里精神文明的抗议;她说,"男人女人都是人!"她要坐到后面来(因前面太挤,实无他故,合并声明),而航船里的"规矩"是不许的。船家拦住她,她仗着她不是姑娘了,便老了脸皮,大着胆子,慢慢的说了那句话。她随即坐在原处,而"批评家"的议论繁然了。一个船家在船沿上走着,随便的说,"男人女人都是人,是的,不错。作秤钩的也是铁,作秤锤的也是铁,作铁锚的也是铁,都是铁呀!"这一段批评大约十分巧妙,说出诸位"批评家"所要说的,于是众喙都息,这便成了定论。至于那女人,事实上早已坐下了;"孤掌难鸣",或者她饱饫了诸位"批评家"的宏论,也不要鸣了罢。"是非之心",虽然"人皆有之",而撑船经商者流,对于名教之大防,竟能剖辨得这样"详明",也着实亏他们了。中国毕竟是礼义之邦,文明之古国呀!——我悔不该乱怪那"男女分坐"的精神文明了!

"祸不单行",凑巧又来了一个女人。她是带着男人来的。——呀,带着男人!正是;所以才"祸不单行"呀!——说得满口好绍兴的杭州话,在黑暗里隐隐露着一张白脸;带着五六分城市气。船家照他们的"规矩",要将这一对儿生剌剌的分开;男人不好意思作声,女的却抢着说,"我们是'一堆生'的!"太亲热的字眼,竟在"规规矩矩的"航船里说了!于是船家命令的嚷道:"我们有我们的规矩,不管你'一堆生'不'一堆生'的!"大家都微笑了。有的沉吟的说:"一堆生的?"有的惊奇的说:"一'堆'生的!"有的嘲讽的说:"哼,一堆生的!"在这四面楚歌里,凭你怎样伶牙俐齿,也只得服从了!"妇者,服也",这原是她的本行呀。只看她毫不置辩,毫不懊恼,还是若无其事的和人攀谈,便知她确乎是"服也"了。这不能不感谢船家和乘客诸公"卫道"之功;而论功行赏,船家尤当首屈一指。呜呼,可以风矣!

在黑暗里征服了两个女人,这正是我们的光荣;而航船中的精神文明,也粲然可见了——于是乎书。

中国20世纪名家散文经典

海行杂记

这回从北京南归,在天津搭了通州轮船,便是去年曾被盗劫的。盗劫的事,似乎已很渺茫;所怕者船上的肮脏,实在令人不堪耳。这是英国公司的船;这样的肮脏似乎尽够玷污了英国国旗的颜色。但英国人说:这有什么呢?船原是给中国人乘的,肮脏是中国人的自由,英国人管得着!英国人要乘船,会去坐在大菜间里,那边看看是什么样子?那边,官舱以下的中国客人是不许上去的,所以就好了。是的,这不怪同船的几个朋友要骂这只船是"帝国主义"的船了。"帝国主义的船"!我们到底受了些什么"压迫"呢?有的,有的!

我现在且说茶房吧。

我若有常常恨着的人,那一定是宁波的茶房了。他们的地盘,一是轮船,二是旅馆。他们的团结,是宗法社会而兼梁山泊式的;所以未可轻侮,正和别的"宁波帮"一样。他们的职务本是照料旅客;但事实正好相反,旅客从他们得着的只是侮辱,恫吓,与欺骗罢了。中国原有"行路难"之叹,那是因交通不便的缘故;但在现在便利的交通之下,即老于行旅的人,也还时时发出这种叹声,这又为什么呢?茶房与码头工人之艰于应付,我想比仅仅的交通不便,有时更显其"难"吧!所以从前的"行路难"是唯物的;现在的却是唯心的。这固然与社会的一般秩序及道德观念有多少关系,不能全由当事人负责任;

但当事人的"性格恶"实也占着一个重要的地位的。

我是乘船既多,受侮不少,所以姑说轮船里的茶房。你去定舱位的时候,若遇着乘客不多,茶房也许会冷脸相迎;若乘客拥挤,你可就倒楣了。他们或者别转脸,不来理你;或者用一两句比刀子还尖的话,打发你走路——譬如说:"等下趟吧。"他说得如此轻松,凭你急死了也不管。大约行旅的人总有些异常,脸上总有一副着急的神气。他们是以逸待劳的,乐得和你开开玩笑,所以一切反应总是懒懒的,冷冷的;你愈急,他们便愈乐了。他们于你也并无仇恨,只想玩弄玩弄,寻寻开心罢了,正和太太们玩弄叭儿狗一样。所以你记着:上船定舱位的时候,千万别先高声呼唤茶房。你不是急于要找他们说话么?但是他们先得训你一顿,虽然只是低低的自言自语:"啥事体啦?哇啦哇啦的!"接着才响声说,"噢,来哉,啥事体啦?"你还得记着:你的话说得愈慢愈好,愈低愈好;不要太客气,也不要太不客气。这样你便是门槛里的人,便是内行;他们固然不见得欢迎你,但也不会玩弄你了。——只冷脸和你简单说话;要知道这已算承蒙青眼,应该受宠若惊的了。

定好了舱位,你下船是愈迟愈好;自然,不能过了开船的时候。最好开船前两小时或一小时到船上,那便显得你是一个有"涵养工夫"的,非急莘莘的"阿木林"可比了。而且茶房也得上岸去办他自己的事,去早了倒绊住了他;他虽然可托同伴代为招呼,但总之麻烦了。为了客人而麻烦,在他们是不值得,在客人是不必要;所以客人便只好受"阿木林"的待遇了。有时船于明早十时开行,你今晚十点上去,以为晚上总该合式了;但也不然。晚上他们要打牌,你去了足以扰乱他们的清兴;他们必也恨恨不平的。这其间有一种"分",一种默喻的"规矩",有一种"门槛经",你得先作若干次"阿木林",才能应付得"恰到好处"呢。

开船以后,你以为茶房闲了,不妨多呼唤几回。你若真这样作时,又该受教训了。茶房日里要谈天,料理私货;晚上要抽大烟,打牌,那有闲工夫来伺候你!他们早上给你舀一盆脸水,日里给你开饭,饭后给你拧手巾;还有上船时给你摊开铺盖,下船时给你打起铺盖:好了,这已经多了,这已经够了。此外若有特别的事要他们作时,那只算是额外效劳。你得自己走出舱门,慢慢的叫着茶房,慢慢的和他说,他也会照你所说的作,而不加损害于你。最好是预先打听了两个茶房的名字,到这时候悠然叫着,那是更其有效的。但要叫得大方,仿佛很熟悉的样子,不可有一点讷讷。叫名字所以更其有效者,被叫者觉得你有意和他亲近(结果酒资不会少给),而别的茶房或竟以为你与这被叫者本是熟悉的,因而有了相当的敬意;所以你第二次第三次

叫时，别人往往会帮着你叫的。但你也只能偶尔叫他们；若常常麻烦，他们将发见，你到底是"阿木林"而冒充内行，他们将立刻改变对你的态度了。至于有些人睡在铺上高声朗诵的叫着"茶房"的，那确似乎搭足了架子；在茶房眼中，其为"阿"字号无疑了。他们于是忿然的答应："啥事体啦？哇啦啦！"但走来倒也会走来的。你若再多叫两声，他们又会说："啥事体啦？茶房当山歌唱！"除非你真麻木，或真生了气，你大概总不愿再叫他们了吧。

"子入太庙，每事问，"至今传为美谈。但你入轮船，最好每事不必问。茶房之怕麻烦，之懒惰，是他们的特征；你问他们，他们或说不晓得，或故意和你开开玩笑，好在他们对客人们，除行李外，一切是不负责任的。大概客人们最普遍的问题，"明天可以到吧？""下午可以到吧？"一类。他们或随便答复，或说，"慢慢来好啰，总会到的。"或简单的说，"早呢！"总是不得要领的居多。他们的话常常变化，使你不能确信；不确信自然不问了。他们所要的正是耳根清净呀。

茶房在轮船里，总是盘踞在所谓"大菜间"的吃饭间里。他们常常围着桌子闲谈，客人也可插进一两个去。但客人若是坐满了，使他们无处可坐，他们便恨恨了；若在晚上，他们老实不客气将电灯灭了，让你们暗中摸索去吧。所以这吃饭间里的桌子竟像他们专利的。当他们围桌而坐，有几个固然有话可谈；有几个却连话也没有，只默默坐着，或者在打牌。我似乎为他们觉着无聊，但他们也就这样过去了。他们的脸上充满了倦怠，嘲讽，麻木的气氛，仿佛下工夫练就了似的。最可怕的就是这满脸：所谓"诡诡然拒人于千里之外"者，便是这种脸了。晚上映着电灯光，多少遮过了那灰滞的颜色；他们也开始有了些生气。他们搭了铺抽大烟，或者拖开桌子打牌。他们抽了大烟，渐有笑语；他们打牌，往往通宵达旦——牌声，争论声充满那小小的"大菜间"里。客人们，尤其是抱了病，可睡不着了；但于他们有甚么相干呢？活该你们洗耳恭听呀！他们也有不抽大烟，不打牌的，便搬出香烟画片来一张张细细赏玩；这却是"雅人深致"了。

我说过茶房的团结是宗法社会而兼梁山泊式的，但他们中间仍不免时有战氛。浓郁的战氛在船里是见不着的；船里所见，只是轻微淡远的罢了。"唯口出好兴戎"，茶房的口，似乎很值得注意。他们的口，一面是练得极其尖刻的；一面自然也是地方性使然。他们大约是"宁可输在腿上，不肯输在嘴上"。所以即使是同伴之间，往往因为一句有意的或无意的，不相干的话，动了真气，抡眉竖目的恨恨半天而不已。这时脸上全失了平时冷静的颜色，而换上热烈的狰狞了。但也终于只是口头"恨恨"而已，真个拔拳来打，举脚

来踢的,倒也似乎没有。语云,"君子动口,小人动手;"茶房们虽有所争乎,殆仍不失为君子之道也。有人说,"这正是南方人之所以为南方人",我想,这话也有理。茶房之于客人,虽也"不肯输在嘴上",但全是玩弄的态度,动真气的似乎很少;而且你愈动真气,他倒愈可以玩弄你。这大约因为对于客人,是以他们的团体为靠山的;客人总是孤单的多,他们"倚众欺"起来,不怕你不就范的;所以用不着动真气。而且万一吃了客人的亏,那也必是许多同伴陪着他同吃的,不是一个人失了面子,又何必动真气呢?克实说来,客人要他们动真气,还不够资格哪!至于他们同伴间的争执,那才是切身的利害,而且单枪匹马作去,毫无可恃的现成的力量;所以便是小题,也不得不大作了。

　　茶房若有向客人微笑的时候,那必是收酒资的几分钟了。酒资的数目照理虽无一定,但却有不成文的谱。你按着谱斟酌给与,虽也不能得着一声"谢谢",但言语的压迫是不会来的了。你若给得太少,离谱太远,他们会始而嘲你,继而骂你,你还得加钱给他们;其实既受了骂,大可以不加的了,但事实上大多数受骂的客人,慑于他们的威势,总是加给他们的。加了以后,还得听许多唠叨才罢。有一回,和我同船的一个学生,本该给一元钱的酒资的,他只给了小洋四角。茶房狠狠力争,终不得要领,于是说:"你好带回去作车钱吧!"将钱向铺上一撂,忿然而去。那学生后来终于添了一些钱重交给他;他这才默然拿走,面孔仍是板板的,若有所不屑然。——付了酒资,便该打铺盖了;这时仍是要慢慢来的,一急还是要受教训,虽然你已给过酒资了。铺盖打好以后,茶房的压迫才算是完了,你再预备受码头工人和旅馆茶房的压迫吧。

　　我原是声明了叙述通州轮船中事的,但却作了一首"诅茶房文";在这里,我似乎有些自己矛盾。不,"天下老鸦一般黑",我们若很谨慎的将这句话只用在各轮船里的宁波茶房身上,我想是不会悖谬的。所以我虽就一般立说,通州轮船的茶房却已包括在内;特别指明与否,是无关重要的。

中国20世纪名家散文经典

蒙自杂记

　　我在蒙自住过五个月,我的家也在那里住过两个月。我现在常常想起这个地方,特别是在人事繁忙的时候。

　　蒙自小得好,人少得好。看惯了大城的人,见了蒙自的城圈儿会觉得像玩具似的,正像坐惯了普通火车的人,乍踏上个碧石小火车,会觉得像玩具似的一样。但是住下来,就渐渐觉得有意思。城里只有一条大街,不消几趟就走熟了。书店,文具店,点心店,电筒店,差不多闭了眼可以找到门儿。城外的名胜去处,南湖,湖里的嵩岛,军山,三山公园,一下午便可走遍,怪省力的。不论城里城外,在路上走,有时候会看不见一个人。整个儿天地仿佛是自己的;自我扩展到无穷远,无穷大。这教我想起了台州和白马湖,在那两处住的时候,也有这种静味。

　　大街上有一家卖糖粥的,带着卖煎粑粑。桌子凳子乃至碗匙等都很干净,又便宜,我们联大师生照顾的特别多。掌柜是个四川人,姓雷,白发苍苍的。他脸上常挂着微笑,却并不是巴结顾客的样儿。他爱点古玩什么的,每张桌子上,竹器瓷器占着一半儿;糖粥和粑粑便摆在这些桌子上吃。他家里还藏着些"精品",高兴的时候,会特地去拿来请顾客赏玩一番。老头儿有个老伴儿,带一个伙计,就这么活着,倒也自得其乐。我们管这个铺子叫"雷稀饭",管那掌柜的也叫这名儿;他的人缘儿是很好的。

城里最可注意的是人家的门对儿。这里许多门对儿都切合着人家的姓。别地方固然也有这么办的，但没有这里的多。散步的时候边看边猜，倒很有意思。但是最多的是抗战的门对儿。昆明也有，不过按比例说，怕不及蒙自的多；多了，就造成一种氛围气，叫在街上走的人不忘记这个时代的这个国家。这似乎也算利用旧形式宣传抗战建国，是值得鼓励的。眼前旧历年就到了，这种抗战春联，大可提倡一下。

蒙自的正式宣传工作，除党部的标语外，教育局的努力，也值得记载。他们将一座旧戏台改为演讲台，又每天张贴油印的广播消息。这都是有益民众的。他们的经费不多，能够逐步作去，是很有希望的。他们又帮忙北大的学生办了一所民众夜校。报名的非常踊跃，但因为教师和座位的关系，只收了二百人。夜校办了两三个月，学生颇认真，成绩相当可观。那时蒙自的联大要搬到昆明来，便只得停了。教育局长向我表示很可惜；看他的态度，他说的是真心话。蒙自的民众相当的乐意接受宣传。联大的学生曾经来过一次灭蝇运动。四五月间蒙自苍蝇真多。有一位朋友在街上笑了一下，一张口便飞进一个去。灭蝇运动之后，街上许多食物铺子，备了冷布罩子，虽然简陋，不能不说是进步。铺子的人常和我们说，"这是你们来了之后才有的呀。"可见他们是很虚心的。

蒙自有个火把节，四乡是在阴历六月二十四晚上，城里是二十五晚上。那晚上城里人家都在门口烧着芦秆或树枝，一处处一堆堆熊熊的火光，围着些男男女女大人小孩；孩子们手里更提着烂布浸油的火球儿晃来晃去的，跳着叫着，冷静的城顿然热闹起来。这火是光，是热，是力量，是青年。四乡地方空阔，都用一棵棵小树烧；想象着一片茫茫的大黑暗里涌起一团团的热火，光景够雄伟的。四乡那些夷人，该更享受这个节，他们该更热烈的跳着叫着罢。这也许是个被除节，但暗示着生活力的伟大，是个有意义的风俗；在这抗战时期，需要鼓舞精神的时期，它的意义更是深厚。

南湖在冬春两季水很少，有一半简直干得不剩一点二滴儿。但到了夏季，涨得溶溶滟滟的，真是返老还童一般。湖堤上种了成行的由加利树；高而直的干子，不差什么也有"参天"之势。细而长的叶子，像惯于拂水的垂杨，我一站到堤上禁不住想到北平的什刹海。再加上嵩岛那一带田田的荷叶，亭亭的荷花，更像什刹海了。嵩岛是个好地方，但我看还不如三山公园曲折幽静。这里只有三个小土堆儿。几个朴素小亭儿。可是回旋起伏，树木掩映，这儿那儿更点缀着一些石桌石墩之类；看上去也罢，走起来也罢，都让人有点余味可以咀嚼似的。这不能不感谢那位李嵩军长。南湖上的路都

是他的军士筑的,嵩岛和军山也是他重新修整的;而这个小小的公园,更见出他的匠心。这一带他写的匾额很多。他自然不是书家,不过笔势瘦硬,颇有些英气。

联大租借了海关和东方汇理银行旧址,是蒙自最好的地方。海关里高大的由加利树,和一片软软的绿草是主要的调子,进了门不但心胸一宽,而且周身觉得润润的。树头上好些白鹭,和北平太庙里的"灰鹤"是一类,北方叫作"老等"。那洁白的羽毛,那伶俐的姿态,耐人看,一清早看尤好。在一个角落里有一条灌木林的甬道,夜里月光从叶缝里筛下来,该是顶有趣的。另一个角落长着些芒果树和木瓜树,可惜太阳力量不够,果实结得不肥,但沾着点热带味,也叫人高兴。银行里花多,遍地的颜色,随时都有,不寂寞。最艳丽的要数叶子花。花是浊浓的紫,脉络分明活像叶,一丛丛的,一片片的,真是"浓得化不开"。花开的时候真久。我们四月里去,它就开了,八月里走,它还没谢呢。

圣诞节

十二月二十五日圣诞节。英国人过圣诞节,好像我们旧历年的味儿。习俗上宗教上,这一日简直就是"元旦";据说七世纪时便已如此,十四世纪至十八世纪中叶,虽然将"元旦"改到三月二十五日,但是以后情形又照旧了。至于一月一日,不过名义上的岁首,他们向来是不大看重的。

这年头人们行乐的机会越过越多,不在乎等到逢年过节;所以年情节景一回回的淡下去,像从前那样热狂的期待着,热狂的受用着的事情,怕只在老年人的回忆,小孩子的想象中存在着罢了。大都市里特别是这样;在上海就看得出,不用说更繁华的伦敦了。再说这种不景气的日子,谁还有心肠认真找乐儿?所以虽然圣诞节,大家也只点缀点缀,应个景儿罢了。

可是邮差却忙坏了,成千成万的贺片经过他们的手。贺片之外还有月份牌。这种月份牌一点儿大,装在卡片上,也有画,也有吉语。花样也不少,却比贺片差远了。贺片分两种,一种填上姓名,一种印上姓名。交游广的用后一种,自然贵些;据说前些年也得钩心斗角地出花样,这一年却多半简简单单,为的好省些钱。前一种却不同,各家书纸店得抢买主,所以花色比以先还多些。不过据说也没有十二分新鲜出奇的样子,这个究竟只是应景的玩艺儿呀。但是在一个外国人眼里,五光十色,也就够瞧的。曾经到旧城一家大书纸店里看

过,样本厚厚的四大册,足有三千种之多。

样本开头是皇家贺片:英王的是圣保罗堂图;王后的内外两幅画,其一是花园图;威尔士亲王的是候人图;约克公爵夫妇的是一六六〇年圣詹姆士公园冰戏图;马利公主的是行猎图。圣保罗堂庄严宏大,下临伦敦城;园里的花透着上帝的微笑;候人比喻好运气和欢乐在人生的大道上等着你;圣詹姆士公园(在圣詹姆士宫南)代表宫廷,溜冰和行猎代表英国人运动的嗜好。那幅溜冰图古色古香,而且十足神气。这些贺片原样很大,也有小号的,谁都可以买来填上自己名字寄给人。此外有全金色的,晶莹照眼;有"蝴蝶翅"的,闪闪的宝蓝光;有雕空嵌花纱的,玲珑剔透,如嚼冰雪。又有羊皮纸仿四折本的;嵌铜片小风车的;嵌彩玻璃片圣母像的;嵌剪纸的鸟的;在猫头鹰头上粘羊毛的:都为的教人有实体感。

太太们也忙得可以的,张罗着亲戚朋友丈夫孩子的礼物,张罗着装饰屋子,圣诞树,火鸡等等。节前一个礼拜,每天电灯初亮时上牛津街一带去看,步道上挨肩擦背匆匆来往的满是办年货的;不用说是太太们多。装饰屋子有两件东西不可没有,便是冬青和"苹果寄生"(mistletoe)的枝子。前者教堂里也用;后者却只用在人家里;大都插在高处。冬青取其青,有时还带着小红果儿;用以装饰圣诞节,由来已久,有人疑心是基督教徒从罗马风俗里捡来的。"苹果寄生"带着白色小浆果儿,却是英国土俗,至晚十七世纪初就用它了。从前在它底下,少年男人可以和任何女子接吻;但接吻后他得摘掉一粒果子。果子摘完了,就不准再在下面接吻了。

圣诞树也有种种装饰,树上挂着给孩子们的礼物,装饰的繁简大约看人家的情形。我在朋友的房东太太家看见的只是小小一株;据说从乌尔乌斯三六公司(货价只有三便士六便士两码)买来,才六便士,合四五毛钱。可是放在餐桌上,青青的,的里瓜拉挂着些耀眼的玻璃球儿,绕着树更安排些"哀斯基摩人"一类小玩艺儿,也热热闹闹的凑趣儿。圣诞树的风俗是从德国来的;德国也许是从斯堪第那维亚传下来的。斯堪第那维亚神话里有所谓世界树,叫作"乙格抓西儿"(Yggdrasil),用根和枝子联系着天地幽冥三界。这是株枯树,可是滴着蜜。根下是诸德之泉;树中间坐着一只鹰,一只松鼠,四只公鹿;根旁一条毒蛇,老是啃着根。松鼠上下蹿,在顶上的鹰与聪敏的毒蛇之间挑拨是非。树震动不得,震动了,地底下的妖魔便会起来捣乱。想着这段神话,现在的圣诞树真是更显得温暖可亲了。圣诞树和那些冬青,"苹果寄生",到了来年六日一齐烧去;烧的时候,在场的都动手,为的是分点儿福气。

圣诞节的晚上,在朋友的房东太太家里。照例该吃火鸡,酸梅布丁;那位房东太太手头颇窘,却还卖了几件旧家具,买了一只二十二磅重的大火鸡来过节。可惜女仆不小心,烤枯了一点儿;老太太自个儿唠叨了几句,大节下,也就算了。可是火鸡味道也并不怎样特别似的。吃饭时候,大家一面扔纸球,一面扯花炮——两个人扯,有时只响一下,有时还夹着小纸片儿,多半是带着"爱"字儿的吉语。饭后作游戏,有音乐椅子(椅子数目比人少一个;乐声止时,众人抢着坐),掩目吹蜡烛,抓瞎,抢人(分队),抢气球等等,大家居然一团孩子气。最后还有跳舞。这一晚过去,第二天差不多什么都照旧了。

新年大家若无其事的过去;有些旧人家愿意上午第一个进门的是个头发深,气色黑些的人,说这样人带进新年是吉利的。朋友的房东太太那早晨特意通电话请一家熟买卖的掌柜上她家去;他正是这样的人。新年也卖历本;人家常用的是老摩尔历本(Old Moore's Almanack),书纸店里买,价钱贱,只两便士。这一年的,面上印着"乔治王陛下登极第二十三年";有一块小图,画着日月星地球,地球外一个圈儿,画着黄道十二宫的像,如"白羊""金牛""双子"等。古来星座的名字,取像于人物,也另有风味。历本前有一整幅观像图,题道,"将来怎样?""老摩尔告诉你"。从图中看,老摩尔创于一千七百年,到现在已经二百多年了。每月一面,上栏可以说是"推背图",但没有神秘气;下栏分日数,星期,大事记,日出没时间,月出没时间,伦敦潮汛,时事预测各项。此外还有月盈缺表,各港潮汛表,行星运行表,三岛集期表,邮政章程,大路规则,作点心法,养家禽法,家事常识。广告也不少,卖丸药的最多,满是给太太们预备的;因为这种历本原是给太太们预备的。

中国 20 世纪名家散文经典

公园

英国是个尊重自由的国家,从伦敦海德公园(Hyde Park)可以看出。学政治的人一定知道这个名字;近年日报的海外电讯里也偶然有这个公园出现。每逢星期日下午,各党各派的人都到这儿来宣传他们的道理。公说公有理,婆说婆有理,井水不犯河水。从耶稣教到共产党,差不多样样有。每一处说话的总是一个人。他站在桌子上,椅子上,或是别的什么上,反正在听众当中露出那张嘴脸就成;这些桌椅等等可得他们自己预备,公园里的长椅子是只让人歇着的。听的人或多或少。有一回一个讲耶稣教的,没一个人听,却还打起精神在讲;他盼望来来去去的游人里也许有一两个三四个五六个……爱听他的,只要有人驻一下脚,他的口舌就算不白费了。

见过一回共产党示威,演说的东也是,西也是:有的站在大车上,颇有点巍巍然。按说那种马拉的大车平常不让进园,这回大约办了个特许。其中有个女的约莫四十上下,嗓子最大,说的也最长;说的是伦敦土话,凡是开口音,总将嘴张到不能再大的地步,一面用胳膊助势。说到后来,嗓子沙了,还是一字不苟的喊下去。天快黑了,他们整队出园喊着口号,标语旗帜也是五光十色的。队伍两旁,又高又大的马巡缓缓跟着,不说话。出的是北门,外面便是热闹的牛津街。

北门这里一片空旷的沙地,最宜于露天演说家,来的最多。也许就在共产党队伍走后吧,这里有人说到中日的事;那时刚过"一·二八"不久,他颇为我们抱不平。他又赞美甘地;却与贾波林相提并论,说贾波林也是为平民打抱不平的。这一比将听众引得笑起来了;不止一个人和他辩论,一位老太太甚至嘀咕着掉头而去。这个演说的即使不是共产党,大约也不是"高等"英人吧。公园里也闹过一回大事:一八六六年国会改革的暴动(劳工争选举权),周围铁栏杆毁了半里多路长,警察受伤了二百五十名。

公园周围满是铁栏杆,车门九个,游人出入的门无数,占地二千二百多亩,绕园九里,是伦敦公园中最大的,来的人也最多。园南北都是闹市,园中心却静静的。灌木丛里各色各样野鸟,清脆的繁碎的语声,夏天绿草地上,洁白的绵羊的身影,教人像下了乡,忘记在世界大城里。那草地一片迷蒙的绿,一片芊绵的绿,像水,像烟,像梦;难得的,冬天也这样。西南角上蜿蜒着一条蛇水,算来也占地三百亩,养着好些水鸟,如苍鹭之类。可以摇船,游泳;并有救生会,让下水的人放心大胆。这条水便是雪莱的情人西河女士(Hrriet Westbrook)自沉的地方,那是一百二十年前的事了。

南门内有拜伦立像,是五十年前希腊政府捐款造的;又有座古英雄阿契来斯像,是惠灵顿公爵本乡人造了来纪念他的,用的是十二尊法国炮的铜,到如今却有一百多年了。还有英国现负盛名的雕塑家爱勃司坦(Epstein)的壁雕,是纪念自然学家赫德生的。一个似乎要飞的人,张着臂,仰着头,散着发,有原始的朴拙犷悍之气,表现的是自然精神的化身;左右四只鸟在飞,大小旁正都不相同,也有股野劲儿。这件雕刻的价值,引起过许多讨论。南门内到蛇水边一带游人最盛。夏季每天上午有铜乐队演奏;在栏外听算白饶,进栏得花点票钱,但有椅子坐。游人自然步行的多,也有跑车的,骑马的;骑马的另有一条"马"路。

这园子本来是鹿苑,在里面行猎;一六三五年英王查理斯第一才将它开放,作赛马和竞走之用。后来变成决斗场。一八五一年第一次万国博览会开在这里,用玻璃和铁搭盖的会场;闭会后拆了盖在别处,专作展览的处所,便是那有名的水晶宫了。蛇水本没有,只有六个池子;是十八世纪初叶才打通的。

海德公园东南差不多毗连着的,是圣詹姆士公园(St. James's Park),约有五百六七十亩。本是沮洳的草地,英王亨利第八抽了水,砌了围墙,改成鹿苑。查理斯第二扩充园址,铺了路,改为游玩的地方;以后一百年里,便成了伦敦最时髦的散步场。十九世纪初才改造为现在的公园样子。有湖,有

悬桥;湖里鹈鹕最多,倚在桥栏上看它们水里玩儿,可以消遣日子。周围是白金罕宫,西寺,国会,各部官署,都是最忙碌的所在;倚在桥栏上的人却能偷闲赏鉴那西寺和国会的戈昔式尖顶的轮廓,也算福气了。

　　海德公园东北有摄政公园,原也是鹿苑;十九世纪初"摄政王"(后为英王乔治第四)才修成现在样子。也有湖,摇的船最好;座位下有小轮子,可以进退自如,滚来滚去顶好玩儿的。野鸽子野鸟很多,松鼠也不少。松鼠原是动物园那边放过来的,只几对罢了;现在却繁殖起来了。常见些老头儿带着食物到园里来喂麻雀,鸽子,松鼠。这些小东西和人混熟了,大大方方到人手里来吃食;看去怪亲热的。别的公园里也有这种人。这似乎比提鸟笼有意思些。

　　动物园在摄政园东北犄角上,属于动物学会,也有了百多年的历史。搜集最完备,有动物四千,其中哺乳类八百,鸟类二千四百。去逛的据说每年超过二百万人。不用问孩子们去的一定不少;他们对于动物比成人亲近得多,关切得多。只看见教科书上或字典上的彩色动物图,就够捉摸的,不用提实在的东西了。就是成人,可不也愿意开开眼,看看没看过的,山里来的,海里来的,异域来的,珍禽,奇兽,怪鱼?要没有动物园,或许一辈子和这些东西都见不着面呢。再说像狮子老虎,哪能随便见面!除非打猎或看马戏班。但打猎遇着这些,正是拼死活的时候,那里来得及玩味它们的生活状态?马戏班里的呢,也只表演些扭捏的玩艺儿,时候又短,又隔得老远的;那有动物园里的自然,得看?这还只说的好奇的人;艺术家更可仔细观察研究,成功新创作,如画和雕塑,十九世纪以来,用动物为题材的便不少。近些年电影里的动物趣味,想来也是这么培养出来的;不过那却非动物园所可限了。

　　伦敦人对动物园的趣味很大,有的报馆专派有动物园的访员,给园中动物作起居注,并报告新来到的东西;他们的通信有些地方就像童话一样。去动物园的人最乐意看喂食的时候,也便是动物和人最亲近的时候。喂食有时得用外交手腕,譬如鱼池吧,若随手将食撒下去,让大家来抢,游得快的,厉害的,不用说占了便宜,剩下的便该活活饿死了。这当然不公道,那一视同仁的管理人一定不愿意的。他得想法子,比方说,分批来喂,那些快的,厉害的,吃完了,便用网将它们拦在一边,再照料别的。各种动物喂食都有一定钟点,著名的裴歹克《伦敦指南》便有一节专记这个。孩子们最乐意的还有骑象,骑骆驼(骆驼在伦敦也算异域珍奇)。再有,游客若能和管理各动物的工人攀谈攀谈,他们会亲切的讲这个那个动物的故事给你听,像传记的片

段一般;那时你再去看他说的那些东西,便更有意思了。

园里最好玩儿的事,黑猩猩茶会,白熊洗澡。茶会夏天每日下午五点半举行,有茶,有牛油面包。它们会用两只前足,学人的样子。有时"生手"加入,却往往只用一只前足,牛油也是它来,面包也是它来;这种虽是天然,看的人倒好笑了。白熊就是北极熊,从冰天雪地里来,却最喜欢夏天;越热越高兴,赤日炎炎的中午,它们能整个儿躺在太阳里。也爱下水洗澡,身上老是雪白。它们待在熊台上,有深沟为界;台旁有池,洗澡便在池里。池的一边,隔着一层玻璃可以看它们载浮载沉的姿势。但是一冷到华氏表五十度下,就不肯下水,身上的白雪也便慢慢让尘土封上了。

非洲南部的企鹅也是人们特别乐意看的。它有一岁半婴孩这么大,不会飞,会下水,黑翅膀,灰色胸脯子挺得高高的,昂首缓步,旁若无人。它的特别处就在乎直立着。比鹅大不多少,比鸵鸟、鹤,小得多,可是一直立就有人气,便当另眼相看了。自然,别的鸟也有直立着的,可是太小了,说不上。企鹅又拙得好,现代装饰图案有用它的。只是不耐冷,一到冬天,便没精打采的了。

鱼房鸟房也特别值得看。鱼房分淡水房海水房热带房(也是淡水)。屋内黑洞洞的,壁上嵌着一排镜框似的玻璃,横长方。每框里一种鱼,在水里游来游去,都用电灯光照着,像画。鸟房有两处,热带房里颜色声音最丰富,最新鲜;有种上截脆蓝下截褐红的小鸟,不住的飞上飞下,不住的咕咕呱呱,怪可怜见的。

这个动物园各部分空气光线都不错,又有冷室温室,给动物很周到的设计。只是才二百亩地,实在旋展不开,小东西还罢了,像狮子老虎老是关在屋里,未免委屈英雄,就是白熊等物虽有特备的台子,还是局踏得很;这与鸟笼子也就差得有限了。固然,让这些动物完全自由,那就无所谓动物园;可是若能给它们较大的自由,让它们活得比较自然些,看的人岂不更得看些。所以一九二七年上,动物学会又在伦敦西北惠勃司奈得(Whipsnade, Bedfordshire)地方成立了一所动物园,有三千多亩;据说,那些庞然大物自如多了,游人看起来也痛快多了。

以上几个园子都在市内,都在泰晤士河北。河南偏西有个大大有名的邱园(Kew Gardens),却在市外了。邱园正名"王家植物园",世界最重要,最美丽的植物园之一;大一千七百五十亩,栽培的植物在二万四千种以上。这园子现在归农部所管,原也是王室的产业,一八四一年捐给国家;从此起手研究经济植物学和园艺学,便渐渐著名了。他们编印大英帝国植物志。又

移种有用的新植物于帝国境内——如西印度群岛的波罗蜜,印度的金鸡纳霜,都是他们介绍进去的。园中博物院四所;第二所经济植物学博物院设于一八四八年,是欧洲最早的一个。

但是外行人只能赏识花木风景而已。水仙花最多,四月尾有所谓"水仙花礼拜日",游人盛极。温室里奇异的花也不少。园里有什么好花正开着,门口通告牌上逐日都列着表。暖气室最大,分三部:喜马拉耶室养着石楠和山茶,中国石楠也有,小些;中部正面安排着些大凤尾树和棕榈树;凤尾树真大,得仰起脖子看,伸开两胳膊还不够它宽的。周围绕着些时花与灌木之类。另一部是墨西哥室,似乎没有什么特别的东西。

东南角上一座塔,可不能上;十层,一百五十五尺,造于十八世纪中,那正是中国文化流行欧洲的时候,也许是中国的影响吧。据说还有座小小的孔子庙,但找了半天,没找着。不远儿倒有座彩绘的日本牌坊,所谓"敕使门"的,那却造了不过二十年。从塔下到一个人工的湖有一条柏树甬道,也有森森之意;可惜树太细瘦,比起我们中山公园,真是小巫见大巫了。所谓"竹园"更可怜,又不多,又不大,也不秀,还赶不上西山大悲庵那些。

博物院

伦敦的博物院带画院,只拣大的说,足足有十个之多。在巴黎和柏林,并不"觉得"博物院有这么多似的。柏林的本来少些;巴黎的不但不少,还要多些,但除卢佛宫外,都不大。最要紧的,伦敦各院陈列得有条有理的,又疏朗,房屋又亮,得看;不像卢佛宫,东西那么挤,屋子那么黑,老教人喘不出气。可是,伦敦虽然得看,说起来也还是千头万绪;真只好拣大的说罢了。

先看西南角。维多利亚亚伯特院最为堂皇富丽。这是个美术博物院,所收藏的都是美术史材料,而装饰用的工艺品尤多,东方的西方的都有。漆器,瓷器,家具,织物,服装,书籍装订,道地五光十色。这里颇有中国东西,漆器瓷器玉器不用说,壁画佛像,罗汉木像,还有乾隆宝座也都见于该院的"东方百珍图录"里。图录里还有明朝李麟(原作 LiLing,疑系此人)画的《波罗球戏图》;波罗球骑着马打,是唐朝从西域传来的。中国现在似乎没存着这种画。院中卖石膏像,有些真大。

自然史院是从不列颠博物院分出来的。这里才真古色古香,也才真"巨大"。看了各种史前人的模型,只觉得远烟似的时代,无从凭吊,无从怀想——满够不上分儿。中生代大爬虫的骨架,昂然站在屋顶下,人还够不上它们一条腿那么长,不用提"项背"了。现代鲸鱼的标本虽然也够大的,但没腿,在陆居的我们眼中就差多了。这里有夜莺,自然是死的,那样子似乎也并不特别秀气;嗓子可真脆真圆,我在话匣片里听来着。

欧战院成立不过十来年。大战各方面,可以从这里略见一斑。这里有模型,有透视画(dioramas),有照相,有电影机,有枪炮等等。但最多的还是画。大战当年,英国情报部雇用一群少年画家,教他们搁下自己的工作,大规模的画战事画,以供宣传,并作为历史纪录。后来少年画家不够用,连老画家也用上了。那时情报部常常给这些画家开展览会,个人的或合伙的。欧战院的画便是那些展览作品的一部分。少年画家大约都是些立体派,和老画家的浪漫作风迥乎不同。这些画家都透视了战争,但他们所成就的却只是历史纪录,艺术是没有什么的。

现在该到西头来,看人所熟知的不列颠博物院了。考古学的收藏,名人文件,抄本和印本书籍,都数一数二;顾恺之《女史箴》卷子和敦煌卷子便在此院中。瓷器也不少,中国的,土耳其的,欧洲各国的都有;中国的不用说,土耳其的青花,浑厚朴拙,比欧洲金的蓝的或刻镂的好。考古学方面,埃及王拉米塞斯第二(约公元前1250)巨大的花岗石像,几乎有自然史院大爬虫那么高,足为我们扬眉吐气;也有坐像。坐立像都僵直而四方,大有虽地动山摇不倒之势。这些像的石质尺寸和形状,表示统治者永久的超人的权力。还有贝叶的《死者的书》,用象形字和俗字两体写成。罗塞他石,用埃及两体字和希腊文刻着诏书一通(公元前195),一七九八年出土;从这块石头上,学者比对希腊文,才读通了埃及文字。

希腊巴昔农庙(Parthenon)各件雕刻,是该院最足以自豪的。这个庙在雅典,奉祀女神雅典巴昔奴;配利克里斯(Pericles)时代,教成千带万的艺术家,用最美的大理石,重建起来,总其事的是配氏的好友兼顾问,著名雕刻家费迪亚斯(Phidias)。那时物阜民丰,费了二十年工夫,到了公元前四三五年,才造成。庙是长方形,有门无窗;或单行或双行的石柱围绕着,像女神的马队一般。短的两头,柱上承着三角形的楣;这上面都雕着像。庙墙外上部,是著名的刻壁。庙在一六八七年让威尼斯人炸毁了一部分;一八○一年,爱而近伯爵从雅典人手里将三角楣上的像,刻壁,和些别的买回英国,费了七万镑,约合百多万元;后来转卖给这博物院,却只要一半价钱。院中特设了一间爱而近室陈列那些艺术品,并参考巴黎国家图书馆所藏的巴昔农庙诸图,作成庙的模型,巍巍然立在石山上。

希腊雕像与埃及大不相同,绝无僵直和紧张的样子。那些艺术家比较自由,得以研究人体的比例;骨架,肌理,皮肉,他们都懂得清楚,而且有本事表现出来。又能抓住要点,使全体和谐不乱。无论坐像立像,都自然,庄严,造成希腊艺术的特色:清明而有力。当时运动竞技极发达;艺术家雕神像,常以得奖的人为"模特儿",赤裸裸的身体里充满了活动与力量。可是究竟是神像;所以不能是如实的人像而只是理想的人像。这时代所缺少的是热情,幻想;那要等后世艺人去发展了。庙的东楣上命运女神三姊妹像,头已经失去了,可是那衣褶如水的轻妙,衣褶下身体的充盈,也从繁复的光影中显现,几乎不相信是石人。那刻壁浮雕着女神节贵家少女献衣的行列。少女们穿着长袍,庄严的衣褶,和命运女神的又不一样,手里各自拿着些东西;后面跟着成队的老人,妇女,雄赳赳的骑士,还有带祭品的人,齐向诸神而进。诸神清明彻骨,在等待着这一行人众。这刻壁上那么多人,却不繁杂,不零散,打成一片,布局时必然煞费苦心。而细看诸少女诸骑士,也各有精神,绝不一律;其间刀锋或深或浅,光影大异。少壮的骑士更像生龙活虎,千载如见。

　　院中所藏名人的文件太多了。像莎士比亚押房契,密尔顿出卖《失乐园》合同(这合同是书记代签,不出密氏亲笔),巴格来夫(Palgrave)《金库集》稿,格雷《挽歌》稿,哈代《苔丝》稿,达文齐,密凯安杰罗的手册,还有维多利亚后四岁时铅笔签字,都亲切有味。至于荷马史诗的贝叶,公元一世纪所写,在埃及发现的,以及九世纪时希伯来文《旧约圣经》残页,据说也许是世界上最古《圣经》钞本的,却真令人悠然遐想。还有,二世纪时,罗马舰队一官员,向兵丁买了一个七岁的东方小儿为奴,立了一张贝叶契,上端盖着泥印七颗;和英国大宪章的原本,很可比着看。院里藏的中古钞本也不少;那时欧洲僧侣非常闲,日以钞书为事;字用峨特体,多棱角,精工是不用说的。他们最考究字头和插画,必然细心勾勒着鲜丽的颜色,蓝和金用得多些;颜色也选得精,至今不变。某钞本有岁历图,二幅,画十二月风俗,细致风华,极为少见。每幅下另有一栏,画种种游戏,人物短小,却也滑稽可喜。画目如下:正月,析薪;二月,炬舞;三月,种花,伐木;四月,情人园会;五月,荡舟;六月,比武;七月,行猎,刈麦;八月,获稻;九月,酿酒;十月,耕种;十一月,猎归;十二月,屠豕。钞本和印本书籍之多,世界上只有巴黎国家图书馆可与这博物院相比;此处印本共三百二十万余册。有穹窿顶的大阅览室,圆形,室中桌子的安排,好像车轮的辐,可坐四百八十五人;管理员高踞在毂中。

　　次看画院。国家画院在西中区闹市口,匹对着特拉伐加方场一百八十四英尺高的纳尔逊石柱子。院中的画不算很多,可是足以代表欧洲画史上的各派,他们自诩,在这一方面,世界上那儿也及不上这里。最完全的是意大利十五六世纪的作品,特别是佛罗伦司派,大约除了意大利本国,便得上这儿来了。画按派别排列,可也按着时代。但是要看英国美术,此地不成,得上南边儿泰特(Tate)画院去。那画院在泰晤士河边上;一九二八年水上了岸,给浸坏了特耐尔(Joseph Mallord William Turner,1775—1851)好多画,最可惜。特耐尔是十九世纪英国最大的风景画家,也是印象派的先锋。他是个穷苦的孩子,小时候住在菜市旁的陋巷里,常只在泰晤士河的码头和驳船上玩儿。他对于泰晤士河太熟了,所以后来爱画船,画水,画太阳光。再后来他费了二十多年工夫专研究光影和色彩,轮廓与内容差不多全不管;这便作了印象派的前驱了。他画过一幅《日出:湾头堡子》,那堡子淡得只见影儿,左手一行树,也只有树的意思罢了;可是,瞧,那金黄的朝阳的光,顺着树水似的流过去,你只觉着温暖,只觉着柔和,在你的身上,那光却又像一片海,满处都是的,可是闪闪烁烁,仪态万千,教你无从捉摸,有点儿着急。

特耐尔以前,坚士波罗(Gainsborough,1727—1788)是第一个人脱离荷兰影响,用英国景物作风景画的题材;又以画像著名。何嘉士(Hogarth,1697—1764)画了一套《结婚式》,又生动又亲切,当时刻板流传,风行各处,现存在这画院中。美国大画家惠斯勒(Whistler)称他为英国仅有的大画家。雷诺尔兹(Reynolds,1723—1792)的画像,与坚士波罗并称。画像以性格与身份为主,第一当然要像。可是从看画者一面说,像主若是历史上的或当代的名人,他们的性格与身份,多少总知道些,看起来自然有味,也略能批评得失。若只是平凡的人,凭你怎样像,陈列到画院里,怕就少有去理会的。因此,画家为维持他们永久的生命计,有时候重视技巧,而将"像"放在第二着。雷诺尔兹与坚士波罗似乎就是这样的人。他们画的像,色调鲜明而缥缈。庄严的男相,华贵的女相,优美活泼的孩子相,都算登峰造极;可就是不大"像"。坚氏的女像总太瘦;雷氏的不至于那么瘦,但是像主往往退回他的画,说太不像。——国家画院旁有个国家画像院,专陈列英国历史上名人的像,文学家,艺术家,科学家,政治家,皇族,应有尽有,约共二千一百五十人。油画是大宗,排列依着时代。这儿也看见雷坚二氏的作品;但就全体而论,历史比艺术多的多。

泰特画院中还藏着诗人勃来克(William Blake,1757—1827)和罗塞蒂(Dante Gabriel Rossetti,1828—1882)的画。前一位是浪漫诗人的先驱,号称神秘派。自幼儿想象多,都表现在诗与画里。他的图案非常宏伟;色彩也如火焰,如一飞冲天的翅膀。所画的人体并不切实,只用作表现姿态,表现动的符号而已。后一位是先拉斐尔派的主角;这一派是诗与画双管齐下的。

他们不相信"为艺术的艺术",而以知识为重。画要叙事,要教训,要接触民众的心,让他们相信美的新观念;画笔要细腻,颜色却不必调和。罗氏作品有着清明的调子,强厚的感情;只是理想虽高,气韵却不够生动似的。

当代英国名雕塑家爱勃斯坦(Jacob Epstein)也有几件东西陈列在这里。他是新派的浪漫雕塑家。这派人要在形体的部分中去找新的情感力量;那必是不寻常的部分,足以扩展他们自己情感或感觉的经验的。他们以为这是美,夸张的表现出来;可是俗人却觉得人不像人,物不像物,觉得丑,只认为滑稽画一类。爱氏雕石头,但是塑泥似乎更多:塑泥的表面,决不刮光,就让那么凸凸凹凹的堆着,要的是这股劲儿。塑完了再倒铜。——他也卖素描,形体色调也是那股浪漫劲儿。

以上只有不列颠博物院的历史可以追溯到十八世纪;别的都是十九世纪建立的,但欧战院除外。这些院的建立,固然靠国家的力量,却也靠私人的捐助——捐钱盖房子或捐自己的收藏的都有。各院或全不要门票,像不列颠博物院就是的;或一礼拜中两天要门票,票价也极低。他们印的图片及专册,廉价出售,数量惊人。又差不多都有定期的讲演,一面讲一面领着看;虽然讲的未必怎样精,听讲的也未必怎样多。这种种全为了教育民众,用意是值得我们佩服的。

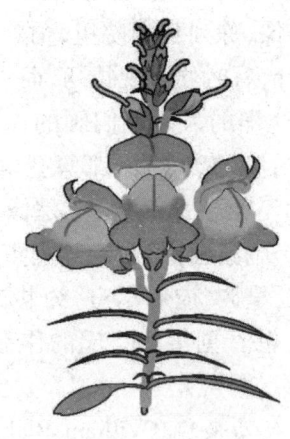

中国 20 世纪名家散文经典

文人宅

　　杜甫《最能行》云,"若道士无英俊才,何得山有屈原宅?"《水经注》,秭归"县北一百六十里有屈原故宅,累石为屋基。"看来只是一堆烂石头,杜甫不过说得嘴响罢了。但代远年湮,渺茫也是当然。往近里说,《孽海花》上的"李纯客"就是李慈铭,书里记着他自撰的楹联,上句云,"保安寺街藏书一万卷";但现在走过北平保安寺街的人,谁知道那一所屋子是他住过的?更不用提屋子里怎么个情形,他住着时怎么个情形了。要凭吊,要留连,只好在街上站一会儿出出神而已。
　　西方人崇拜英雄可真当回事儿,名人故宅往往保存得好。譬如莎士比亚吧,老宅子,新宅子,太太老太太宅子,都好好的,连家具什物都存着。莎士比亚也许特别些,就是别人,若有故宅可认的话,至少也在墙上用木牌标明,让访古者有低徊之处;无论宅里住着人或已经改了铺子。这回在伦敦所见的四文人宅,时代近,宅内情形比莎士比亚的还好;四所宅子大概都由私人捐款收买,布置起来,再交给公家的。
　　约翰生博士(Samuel Johnsom,1709—1784)宅,在旧城,是三层楼房,在一个小方场的一角上,静静的。他一七四八年进宅,直住了十一年;他太太死在这里。他和助手就在三层楼上小屋里编成了他那部大字典。那部寓言小说(allegorical novel)《刺塞拉斯》(《Rasselas》)大概也在这屋子里写成;是晚上

写的,只写了一礼拜,为的要付母亲下葬的费用。屋里各处,如门堂、复壁板、楼梯、碗橱、厨房等,无不古气盎然。那著名的大字典陈列在楼下客室里;是第三版,厚厚的两大册。他编著这部字典,意在保全英语的纯粹,并确定字义;因为当时作家采用法国字的实在太多了。字典中所定字义有些很幽默:如"女诗人,母诗人也"(she—poet,盖准 she - goat——母山羊——字例),又如"燕麦,谷之一种,英格兰以饲马,而苏格兰则以为民食也",都够损的。——伦敦约翰生社便用这宅子作会所。

济慈(John Keats,1795—1821)宅,在市北汉姆司台德区(Hampstead)。他生卒虽然都不在这屋子里,可是在这儿住,在这儿恋爱,在这儿受人攻击,在这儿写下不朽的诗歌。那时汉姆司台德区还是乡下,以风景著名,不像现时人烟稠密。济慈和他的朋友布朗(Charles Armitage Brown)同住。屋后是个大花园,绿草繁花,静如隔世;中间一棵老梅树,一九二一年干死了,干子还在。据布朗的追记,济慈《夜莺歌》似乎就在这棵树下写成。布朗说,"一八一九年春天,有只夜莺作窠在这屋子近处。济慈常静听它歌唱以自怡悦;一天早晨吃完早饭,他端起一张椅子坐到草地上梅树下,直坐了两三点钟。进屋子的时候,见他拿着几张纸片儿,塞向书后面去。问他,才知道是歌咏我们的夜莺之作。"这里说的梅树,也许就是花园里那一棵。但是屋前还有草地,地上也是一棵三百岁老桑树,枝叶扶疏,至今结桑椹;有人想《夜莺歌》也许在这棵树下写的。济慈的好诗在这宅子里写的最多。

他们隔壁住过一家姓布龙(Brawne)的。有位小姐叫凡耐(Fanny),让济慈爱上了,他俩订了婚,他的朋友颇有人不以为然,为的女的配不上;可是女家也大不乐意,为的济慈身体弱,又像疯疯癫癫的。济慈自己写小姐道:"她个儿和我差不多——长长的脸蛋儿——多愁善感——头梳得好——鼻子不坏,就是有点小毛病——嘴有坏处有好处——脸侧面看好,正面看,又瘦又少血色,像没有骨头。身架苗条,姿态如之——胳膊好,手差点儿——脚还可以——她不止十七岁,可是天真烂漫——举动奇奇怪怪的,到处跳跳蹦蹦,给人编诨名,近来愣叫我'自美自的女孩子'——我想这并非生性坏,不过爱闹一点漂亮劲儿罢了。"

一八二〇年二月,济慈从外面回来,吐了一口血。他母亲和三弟都死在痨病上,他也是个痨病底子;从此便一天坏似一天。这一年九月,他的朋友赛焚(Joseph Severn)伴他上罗马去养病;次年二月就死在那里,葬新教坟场,才二十六岁。现在这屋子里陈列着一圈头发,大约是赛焚在他死后从他头上剪下来的。又次年,赛焚向人谈起,说他保存着可怜的济兹一点头发,等个朋友捎回英国去;他说他有个怪想头,想照他的希腊琴的样子作根别针,就用济兹头发当弦子,送给可怜的布龙小姐,只恨找不到这样的手艺人。济兹头发的颜色在各人眼里不大一样:有的说赤褐色,有的说棕色,有的说暖棕色,他二弟两口子说是金红色,赛焚追画他的像,却又画作深厚的棕黄色。布龙小姐的头发,这儿也有一并存着。

他俩订婚戒指也在这儿,镶着一块红宝石。还有一册仿四折本《莎士比亚》,是济兹常用的。他对于莎士比亚,下过一番苦工夫;书中页边行里都画着道儿,也有些精湛的评语。空白处亲笔写着他见密尔顿发和独坐重读《黎琊王》剧作两首诗;书名页上记着"给布龙凡耐,一八二〇",照年份看,准是上意大利去时送了作纪念的。珂罗版印的《夜莺歌》墨迹,有一份在这儿,另有哈代《汉姆司台德宅作》一诗手稿,是哈代夫人捐赠的,宅中出售影印本。济兹书法以秀丽胜,哈代的以苍老胜。

这屋子保存下来却并不易。一九二一年,业主想出售,由人翻盖招租,地段好,脱手一定快的;本区市长知道了,赶紧组织委员会募款一万镑。款还募得不多,投机的建筑公司已经争先向业主讲价钱。在这千钧一发的当儿,亏得市长和本区四委员迅速行动,用私人名义担保付款,才得挽回危局。后来共收到捐款四千六百五十镑(约合七八万元),多一半是美国人捐的;那时正当大战之后,为这件事在英国募款是不容易的。

加莱尔(Thomas Carlyle,1795—1881)宅,在泰晤士河旁乞而西区(Chelsea);这一区至今是文人艺士荟萃之处。加莱尔是维多利亚时代初期的散文家,当时号为"乞而西圣人"。一八三四年住到这宅子里,一直到死。书房在三层楼上,他最后一本书《弗来德力大帝传》就在这儿写的。这间房前面临街,后面是小园子;他让前后都砌上夹墙,为的怕那街上的嚣声,园中的鸡叫。他著书时坐的椅子还在;还有一件呢浴衣。据说他最爱穿浴衣,有不少件;苏格兰国家画院所藏他的画像,便穿着灰呢浴衣,坐在沙发上读书,自有一番宽舒的气象。画中读书用的架子还可看见。宅里存着他几封信,女司事愿意念给访问的人听,朗朗有味。二楼加莱尔夫人屋里放着架小屏,上面横的竖的斜的正的贴满了世界各处风景和人物的画片。

迭更斯(Charles Dickens,1812—1870)宅,在"西头",现在是热闹地方。迭更斯出身贫贱,熟悉下流社会情形;他小说里写这种情形,最是酣畅淋漓之至。这使他成为"本世纪最通俗的小说家,又,英国大幽默家之一",如他

的老友浮斯大（John Forster）给他作的传开端所说。他一八三六年动手写《比克维克秘记》（《Pickwick Papers》），在月刊上发表。起初是绅士比克维克等行猎故事，不甚为世所重；后来仆人山姆（Sam Weller）出现，诙谐嘲讽，百变不穷，那月刊顿时风行起来。迭更斯手头渐宽，这才迁入这宅子里，时在一八三七年。

他在这里写完了《比克维克秘记》，就是这一年印成单行本。他算是一举成名，从此直到他死时，三十四年间，总是蒸蒸日上。来这屋子不多日子，他借了一个饭店举行《秘记》发表周年纪念，又举行他夫妇结婚周年纪念。住了约莫两年，又写成《块肉余生述》，《滑稽外史》等。这其间生了两个女儿，房子挤不下了；一八三九年终，他便搬到别处去了。

屋子里最热闹的是画，画着他小说中的人物，墙上大大小小，突梯滑稽，满是的。所以一屋子春气。他的人物虽只是类型，不免奇幻荒唐之处，可是有真味，有人味；因此这么让人欢喜赞叹。屋子下层一间厨房，所谓"丁来谷厨房"，道地老式英国厨房，是特地布置起来的——"丁来谷"是比克维克一行下乡时寄住的地方。厨房架子上摆着带釉陶器，也都画着迭更斯的人物。这宅里还存着他的手杖，头发；一朵玫瑰花，是从他尸身上取下来的；一块小窗户，是他十一岁时住的楼顶小屋里的；一张书桌，他带到美洲去过，临死时给了二女儿，现时罩着紫色天鹅绒，蛮伶俐的。此外有他从这屋子寄出的两封信，算回了老家。

这四所宅子里的东西，多半是人家捐赠；有些是特地买了送来的。也有借得来陈列的。管事的人总是在留意搜寻着，颇为苦心热肠。经常用费大部靠基金和门票、指南等余利；但门票卖的并不多，指南照顾的更少，大约维持也不大容易。

格雷（Thomas Gray, 1716—1771）以《挽歌辞》（《Elegy Written in a Country Churchyard》）著名。原题中所云"作于乡村教堂墓地中"，指司妥克波忌士（Stoke Poges）的教堂而言。诗作于一七四二年格雷二十五岁时，成于一七五〇年，当时诗人怀古之情，死生之感，亲近自然之意，诗中都委婉达出，而句律精妙，音节谐美，批评家以为最足代表英国诗，称为诗中之诗。诗出后，风靡一时，诵读模拟，遍于欧洲各国；历来引用极多，至今已成为英美文学教育的一部分。司妥克波忌士在伦敦西南，从那著名的温泽堡（Windsor Castle）去是很近的。四月一个下午，微雨之后，我们到了那里。一路幽静，

中国 20 世纪名家散文经典

似乎鸟声也不大听见。拐了一个小弯儿,眼前一片平铺的碧草,点缀着稀疏的墓碑;教堂木然孤立,像戏台上布景似的。小路旁一所小屋子,门口有小木牌写着格雷陈列室之类。出来一位白发老人,殷勤的引我们去看格雷墓,长方形,特别大,是和他母亲、姨母合葬的,紧挨着教堂墙下。又看水松树(yew-tree),老人说格雷在那树下写《挽歌辞》来着;《挽歌辞》里提到水松树,倒是确实的。我们又兜了个大圈子,才回到小屋里,看《挽歌辞》真迹的影印本。还有几件和格雷关系很疏的旧东西。屋后有井,老人自己汲水灌园,让我们想起"灌园叟"来;临别他送我们每人一张教堂影片。

三家书店

伦敦卖旧书的铺子，集中在切林克拉斯路（Charing Cross Road）；那是热闹地方，顶容易找。路不宽，也不长，只这么弯弯的一段儿；两旁不短的是书，玻璃窗里齐整整排着的，门口摊儿上乱哄哄摆着的，都有。加上那徘徊在窗前的，围绕着摊儿的，看书的人，到处显得拥拥挤挤，看过去路便更窄了。摊儿上看最痛快，随你翻，用不着"劳驾""多谢"；可是让风吹日晒的到底没什么好书，要看好的还得进铺子去。进去了有时也可随便看，随便翻，但用得着"劳驾""多谢"的时候也有；不过爱买不买，决不至于遭白眼。说是旧书，新书可也有的是；只是来者多数为的旧书罢了。

最大的一家要算福也尔（Foyle），在路西；新旧大楼隔着一道小街相对着，共占七号门牌，都是四层，旧大楼还带地下室——可并不是地窖子。店里按着书的性质分二十五部；地下室里满是旧文学书。这爿店二十八年前本是一家小铺子，只用了一个店员；现在店员差不多到了二百人，藏书到了二百万种，伦敦的《晨报》称为"世界最大的新旧书店"。两边店门口也摆着书摊儿，可是比别家的大。我的一本《袖珍欧洲指南》，就在这儿从那穿了满染着书尘的工作衣的店员手里，用半价买到的。在摊儿上翻书的时候，往往看不见店员的影子；等到选好了书四面找他，他却不知那一个角落里钻出来了。

但最值得流连的还是那间地下室；那儿有好多排书架子，地上还东一堆西一堆的。乍进去，好像掉在书海里；慢慢的才找出道儿来。屋里不够亮，土又多，离窗户远些的地方，白日也得开灯。可是看得自在；他们是早七点到晚九点，你待个几点钟不在乎，一天去几趟也不在乎。只有一件，不可着急。你得像逛庙会逛小市那样，一半玩儿，一半当真，翻翻看看，看看翻翻；也许好几回碰不见一本合意的书，也许霎时间到手了不止一本。

开铺子少不了生意经，福也尔的却颇高雅。他们在旧大楼的四层上留出一间美术馆，不时的展览一些画。去看不花钱，还送展览目录；目录后面印着几行字，告诉你要买美术书可到馆旁艺术部去。展览的画也并不坏，有卖的，有不卖的。他们又常在馆里举行演讲会，讲的人和主席的人当中，不缺少知名的。听讲也不用花钱；只每季的演讲程序表下，"恭请你注意组织演讲会的福也尔书店"。还有所谓文学午餐会，记得也在馆里。他们请一两个小名人作主角，随便谁，纳了餐费便可加入；英国的午餐很简单，费不会多。假使有闲工夫，去领略领略那名隽的谈吐，倒也值得的，不过去的却并不怎样多。

牛津街是伦敦的东西通衢，繁华无比，街上呢绒店最多；但也有一家大书铺，叫作彭勃思（Bumpus）的便是。这铺子开设于一七九〇年左右，原在别处；一八五〇年在牛津街开了一个分店，十九世纪末便全挪到那边去了，维多利亚时代，店主多马斯彭勃思很通声气，来往的有迭更斯，兰姆，麦考莱，威治威斯等人；铺子就在这时候出了名。店后本连着旧法院，有看守所，守卫室等，十几年来都让店里给买下了。这点古迹增加了人对于书店的趣味。法院的会议圆厅现在专作书籍展览会之用；守卫室陈列插图的书，看守所变成新书的货栈。但当日的光景还可从一些画里看出：如十八世纪罗兰生（Rowlandson）所画守卫室内部，是晚上各守卫提了灯准备去查监的情形，瞧着很忙碌的样子。再有一个图，画的是一七二九年的一个守卫，神气够凶的。看守所也有一幅画，砖砌的一重重大拱门，石板铺的地，看守室的厚木板门严严锁着，只留下一个小方窗，还用十字形的铁条界着；真是铜墙铁壁，插翅也飞不出去。

这家铺子是五层大楼，却没有福也尔家地方大。下层卖新书，三楼卖儿童书，外国书，四楼五楼卖廉价书；二楼卖绝版书，难得的本子，精装的新书，还有《圣经》，祈祷书，书影，等等，似乎是菁华所在。他们有初印本，精印本，著者自印本，著者签字本等目录，搜罗甚博，福也尔家所不及。新书用小牛

皮或摩洛哥皮（山羊皮——羊皮也可仿制）装订，烫上金色或别种颜色的立体派图案；稀疏的几条平直线或弧线，还有"点儿"，错综着配置，透出干净，利落，平静，显豁，看了心目清朗。装订的书，数这儿讲究，别家书店里少见。书影是仿中世纪的钞本的一叶，大抵是祷文之类。中世纪钞本用黑色花体字，文首第一字母和叶边空处，常用蓝色金色画上各种花饰，典丽乔皇，穷极工巧，而又经久不变；仿本自然说不上这些，只取其也有一点古色古香罢了。

　　一九三一年里，这铺子举行过两回展览会，一回是剑桥书籍展览，一回是近代插图书籍展览，都在那"会议厅"里。重要的自然是第一回。牛津剑桥是英国最著名的大学；各有印刷所，也都著名。这里从前展览过牛津书籍，现在再展览剑桥的，可谓无遗憾了。这一年是剑桥目下的辟特印刷所（The Pitt Press）奠基百年纪念，展览会便为的庆祝这个。展览会由鼎鼎大名的斯密兹将军（General Smuts）开幕，到者有科学家詹姆士金斯（James Jeans），亚特爱丁顿（Arthur Eddington），还有别的人。展览分两部，现在出版的书约莫四千册是一类；另一类是历史部分。剑桥的书字型清晰，墨色匀称，行款合式，书扉和书衣上最见功夫；尤其擅长的是算学书，专门的科学书。这两种书需要极精密的技巧，极仔细的校对；剑桥是第一把手。但是这些东西，还有他们印的那些冷僻的外国语书，都卖得少，赚不了钱。除了是大学印刷所，别家大概很少愿意承印。剑桥又承印《圣经》；英国准印《圣经》的只剑桥牛津和王家印刷人。斯密兹说剑桥就靠《圣经》和教科书赚钱。可是《泰晤士报》社论中说现在印《圣经》的责任重大，认真的考究地印，也只能够本罢了。——一五八八年英国最早的《圣经》便是由剑桥承印的。

　　英国印第一本书，出于伦敦威廉甲克司登（William Caxton）之手，那是一四七七年。到了一五二一年，约翰席勃齐（John Siberch）来到剑桥，一年内印了八本书，剑桥印刷事业才创始。八年之后，大学方面因为有一家书纸店与异端的新教派勾结，怕他们利用书籍宣传，便呈请政府，求英王核准，在剑桥只许有三家书铺，让他们宣誓不卖未经大学检查员审定的书。那时英王是亨利第八；一五三四年颁给他们敕书，授权他们选三家书纸店兼印刷人，或书铺，"印行大学校长或他的代理人等所审定的各种书籍"。这便是剑桥印书的法律根据。不过直到一五八三年，他们才真正印起书来。那时伦敦各家书纸店有印书的专利权，任意抬高价钱。他们妒忌剑桥印书，更恨的是卖得贱。恰好一六二〇年剑桥翻印了他们一本文法书，他们就在法庭告了一状。剑桥师生老早不乐意他们抬价钱，这一来更愤愤不平；大学副校长第二年乘英王詹姆士第一上新市场去，半路上就递上一件呈子，附了一个比较价

目表。这样小题大作,真有些书呆子气。英王和诸大臣商议了一下,批道,我们现在事情很多,没工夫讨论大学与诸家书纸店的权益;但准大学印刷人出售那些文法书,以救济他的支绌。这算是碰了个软钉子,可也算是胜利。那呈子,那批,和上文说的那本《圣经》,都在这一回展览中。席勒齐印的八本书也有两种在这里。此外还有一六二九年初印的定本《圣经》,书扉雕刻繁细,手艺精工之极。又密尔顿《力息达斯》(Lycidas)的初本也在展览着,那是经他亲手校改过的。

近代插图书籍展览,在圣诞节前不久,大约是让作父母的给孩子们多买点节礼吧。但在一个外国人,却也值得看看。展览的是七十年来的作品,虽没有什么系统,在这里却可以找着各种美,各种趋势。插图与装饰画不一样,得吟味原书的文字,透出自己的机锋。心要灵,手要熟,二者不可缺一。或实写,或想象,因原书情境,画人性习而异。——童话的插图却只得凭空着笔,想象更自由些;在不自由的成人看来,也许别有一种滋味。看过赵译《阿丽思漫游奇境记》里谭尼尔(John Tenniel)的插画的,当会有同感吧。——所展览的,幽默,秀美,粗豪,典重,各擅胜场,琳琅满目;有人称为"视觉的音乐",颇为近之。最有味的,同一作家,各家插画所表现的却大不相同。譬如莪默伽亚谟(Omar Khayyam),莎士比亚,几乎在一个人手里一个样子;展览会里书多,比较着看方便,可以扩充眼界。插图有"黑白"的,有彩色的;"黑白"的多,为的省事省钱。就黑白画而论,从前是雕版,后来是照相;照相虽然精细,可是失掉了那种生力,只要拿原稿对看就会觉出。这儿也展览原稿,或是灰笔画,或是水彩画;不但可以"对看",也可以让那些艺术家更和我们接近些。《观察报》记者记这回展览会,说插图的书,字往往印得特别大,意在和谐;却实在不便看。他主张书与图分开,字还照寻常大小印。他自然指大本子而言。但那种"和谐"其实也可爱;若说不便,这种书原是让你慢慢玩赏的,那能像读报一样目下数行呢?再说,将配好了的对儿生生拆开,不但大小不称,怕还要多花钱。

诗籍铺(The Poetry Bookshop)真是米米小,在一个大地方的一道小街上。"叫名"街,实在一条小胡同吧。门前不大见车马,不说;就是行人,一天也只寥寥几个。那道街斜对着无人不知的大英博物院;街口钉着小小的一块字号木牌。初次去时,人家教在博物院左近找。问院门口守卫,他不知道有这个铺子,问路上戴着常礼帽的老者,他想没有这么一个铺子;好容易才找着那块小木牌,真是"远在天边,近在眼前"。这铺子从前在另一处,那才

冷僻,连裴歹克的地图上都没名字,据说那儿是一所老宅子,才真够诗味,挪到现在这样平常的地带,未免太可惜。那时候美国游客常去,一个原因许是美国看不见那样老宅子。

诗人赫洛德孟罗(Harold Monro)在一九一二年创办了这爿诗籍铺。用意在让诗与社会发生点切实的关系。孟罗是二十多年来伦敦文学生涯里一个要紧角色。从一九一一年给诗社办《诗刊》(Poetry Review)起知名。在第一期里,他说,"诗与人生的关系得再认真讨论,用于别种艺术的标准也该用于诗。"他觉得能作诗的该作诗,有困难时该帮助他,让他能作下去;一般人也该念诗,受用诗。为了前一件,他要自办杂志,为了后一件,他要办读诗会;为了这两件,他办了诗籍铺。这铺子印行过《乔治诗选》(Georgian Poetry),乔治是现在英王的名字,意思就是当代诗选,所收的都是代表作家。第一册出版,一时风靡,买诗念诗的都多了起来;社会确乎大受影响。诗选共五册;出第五册时在一九二二年,那时乔治诗人的诗兴却渐渐衰了。一九一九到二五年铺子里又印行《市本》月刊(The Chapbook)登载诗歌,评论,木刻等,颇多新进作家。

读诗会也在铺子里;星期四晚上准六点钟起,在一间小楼上。一年中也有些时候定好了没有。从创始以来,差不多没有间断过。前前后后著名的诗人几乎都在这儿读过诗:他们自己的诗,或他们喜欢的诗。入场券六便士,在英国算贱,合四五毛钱。在伦敦的时候,也去过两回。那时孟罗病了,不大能问事,铺子里颇为黯淡。两回都是他夫人爱立达克莱曼答斯基(Alida Klementaski)读,说是找不着别人。那间小楼也容得下四五十位子,两回去,人都不少;第二回满了座,而且几乎都是女人——还有挨着墙站着听的。屋内只读诗的人小桌上一盏蓝罩子的桌灯亮着,幽幽的。她读济兹和别人的诗,读得很好,口齿既清楚,又有顿挫,内行说,能表出原诗的情味。英国诗有两种读法,将每个重音咬得清清楚楚,顿挫的地方用力,和说话的调子不相像,约翰德林瓦特(John Drinkwater)便主张这一种。他说,读诗若用说话的调子,太随便,诗会跑了。但是参用一点儿,像克莱曼答斯基女士那样,也似乎自然流利,别有味道。这怕要看什么样的诗,什么样的读诗人,不可一概而论。但英国读诗,除不吟而诵,与中国根本不同之外,还有一件:他们按着文气停顿,不按着行,也不一定按着韵脚。这因为他们的诗以轻重为节奏,文句组织又不同,往往一句跨两行三行,却非作一句读不可,韵脚便只得轻轻的滑过去。读诗是一种才能,但也需要训练;他们注重这个,训练的机会多,所以是诗人都能来一手。

铺子在楼下，只一间，可是和读诗那座楼远隔着一条甬道。屋子有点黑，四壁是书架，中间桌上放着些诗歌篇子（Sheets），木刻画。篇子有宽长两种，印着诗歌，加上些零星的彩画，是给大人和孩子玩儿的。犄角儿上一张账桌子，坐着一个戴近视眼镜的，和蔼可亲的，圆脸的中年妇人。桌前装着火炉，炉旁蹲着一只大白狮子猫，和女人一样胖。有时也遇见克莱曼答斯基女士，匆匆的来匆匆的去。孟罗死在一九三二年三月十五日。第二天晚上到铺子里去，看见两个年轻人在和那女人司账说话；说到诗，说到人生，都是哀悼孟罗的。话音很悲伤，却如清泉流泻，差不多句句像诗；女司账说不出什么，唯唯而已。孟罗在日最尽力于诗人文人的结合，他老让各色的才人聚在一块儿。又好客，家里炉旁（英国终年有用火炉的时候）常有许多人聚谈，到深夜才去。这两位青年的伤感不是偶然的。他的铺子可是赚不了钱；死后由他夫人接手，勉强张罗，现在许还开着。

吃的

提到欧洲的吃喝,谁总会想到巴黎,伦敦是算不上的。不用说别的,就说煎山药蛋吧。法国的切成小骨牌块儿,黄争争的,油汪汪的,香喷喷的;英国的"条儿"(chips)却半黄半黑,不冷不热,干干儿的什么味也没有,只可以当饱罢了。再说英国饭吃来吃去,主菜无非是煎炸牛肉排羊排骨,配上两样素菜;记得在一个人家住过四个月,只吃过一回煎小牛肝儿,算是新花样。可是菜作得简单,也有好处;材料坏容易见出,像大陆上厨子将坏东西作成好样子,在英国是不会的。大约他们自己也觉着腻味,所以一九二六那一年有一位华衣脱女士(E. White)组织了一个英国民间烹调社,搜求各市各乡的食谱,想给英国菜换点儿花样,让它好吃些。一九三一年十二月烹调社开了一回晚餐会,从十八世纪以来的食谱中选了五样菜(汤和点心在内),据说是又好吃,又不费事。这时候正是英国的国货年,所以报纸上颇为揄扬一番。可是,现在欧洲的风气,吃饭要少要快,那些陈年的老古董,怕总有些不合时宜吧。

吃饭要快,为的忙,欧洲人不能像咱们那样慢条斯理儿的,大家知道。干吗要少呢?为的卫生,固然不错,还有别的:女的男的都怕胖。女的怕胖,胖了难看;男的也爱那股标劲儿,要像个运动家。这个自然说的是中年人少年人;老头子挺着个大肚子的却有的是。欧洲人一日三餐,分量颇不一样。

像德国,早晨只有咖啡面包,晚间常冷食,只有午饭重些。法国早晨是咖啡,月芽饼,午饭晚饭似乎一般分量。英国却早晚饭并重,午饭轻些。英国讲究早饭,和我国成都等处一样。有麦粥,火腿蛋,面包,茶,有时还有熏咸鱼,果子。午饭顶简单的,可以只吃一块烤面包,一杯咖啡;有些小饭店里出卖午饭盒子,是些冷鱼冷肉之类,却没有卖晚饭盒子的。

伦敦头等饭店总是法国菜,二等的有意大利菜,法国菜,瑞士菜之分;旧城馆子和茶饭店等才是本国味道。茶饭店与煎炸店其实都是小饭店的别称。茶饭店的"饭"原指的午饭,可是卖的东西并不简单,吃晚饭满成;煎炸店除了煎炸牛肉排羊排骨之外,也卖别的。头等饭店没去过,意大利的馆子却去过两家。一家在牛津街,规模很不小,晚饭时有女杂耍和跳舞。只记得那回第一道菜是生蚝之类:一种特制的盘子,边上围着七八个圆格子,每格放半个生蚝,吃起来很雅相。另一家在由斯敦路,也是个热闹地方。这家却小小的,通心细粉作得最好;将粉切成半分来长的小圈儿,用黄油煎熟了,平铺在盘儿里,洒上干酪(计司)粉,轻松鲜美,妙不可言。还有炸"搦气蚝",鲜嫩清香,蝤蛑,瑶柱,都不能及;只有宁波的蛎黄仿佛近之。

茶饭店便宜的有三家:拉衣恩司(Lyons),快车奶房,ABC面包房。每家都开了许多店子,遍布市内外;ABC比较少些,也贵些,拉衣恩司最多。快车奶房炸小牛肉小牛肝和红烧鸭块都还可口;他们烧鸭块用木炭火,所以颇有中国风味。ABC炸牛肝也可吃,但火急肝老,总差点儿事;点心烤得却好,有几件比得上北平法国面包房。拉衣恩司似乎没甚么出色的东西;但他家有两处"角店",都在闹市转角处,那里却有好吃的。角店一是上下两大间,一是三层三大间,都可容一千五百人左右;晚上有乐队奏乐。一进去只见黑压压的坐满了人,过道处窄得可以,但是气象颇为阔大(有个英国学生讥为"穷人的宫殿",也许不错);在那里往往找了半天站了半天才等着空位子。这三家所有的店子都用女侍者,只有两处角店里却用了些男侍者——男侍者工钱贵些。男女侍者都穿了黑制服,女的更戴上白帽子,分层招待客人。也只有在角店里才要给点小费(虽然门上标明"无小费"字样),别处这三家开的铺子里都不用给的。曾去过一处角店,烤鸡作得还入味;但是一只鸡腿就合中国一元五角,若吃鸡翅还要贵点儿。茶饭店有时备着骨牌等等,供客人消遣,可是向侍者要了玩的极少;客人多的地方,老是有人等位子,干脆就用不着备了。此外还有一些生蚝店,专吃生蚝,不便宜;一位房东太太告诉我说"不卫生",但是吃的人也不见少。吃生蚝却不宜在夏天,所以英国人说月名中没有"R"(五六七八月),生蚝就不当令了。伦敦中国饭店也有七八家,贵

贱差得很大,看地方而定。菜虽也有些高低,可都是变相的广东味儿,远不如上海的新雅好。在一家广东楼要过一碗鸡肉馄饨,合中国一元六角,也够贵了。

茶饭店里可以吃到一种甜烧饼(muffin)和窝儿饼(crumpet)。甜烧饼仿佛我们的火烧,但是没馅儿,软软的,略有甜味,好像参了米粉作的。窝儿饼面上有好些小窝窝儿,像蜂房,比较地薄,也像参了米粉。这两样大约都是法国来的;但甜烧饼来的早,至少二百年前就有了。厨师多住在祝来巷(Drury Lane),就是那著名的戏园子的地方;从前用盘子顶在头上卖,手里摇着铃子。那时节人家都爱吃,买了来,多多抹上黄油,在客厅或饭厅壁炉上烤得热辣辣的,让油都浸进去,一口咬下来,要不沾到两边口角上。这种偷闲的生活是很有意思的。但是后来的窝儿饼浸油更容易,更香,又不太厚,太软,有咬嚼些,样式也波俏;人们渐渐的喜欢它,就少买那甜烧饼了。一位女士看了这种光景,心下难过;便写信给《泰晤士报》,为甜烧饼抱不平。《泰晤士报》特地作了一篇小社论,劝人吃甜烧饼以存古风;但对于那位女士所说的窝儿饼的坏话,却宁愿存而不论,大约那论者也是爱吃窝儿饼的。

复活节(三月)时候,人家吃煎饼(pancake),茶饭店里也卖;这原是忏悔节(二月底)忏悔人晚饭后去教堂之前吃了好熬饿的,现在却在早晨吃了。饼薄而脆,微甜。北平中原公司卖的"胖开克"(煎饼的音译)却未免太"胖",而且软了。——说到煎饼,想起一件事来:美国麻省勃克夏地方(Berkshire Country)有"吃煎饼竞争"的风俗,据《泰晤士报》说,一九三二的优胜者一气吃下四十二张饼,还有腊肠热咖啡。这可算"真正大肚皮"了。

英国人每日下午四时半左右要喝一回茶,就着烤面包黄油。请茶会时,自然还有别的,如火腿夹面包,生豌豆苗夹面包,茶馒头(tea scone),等等。他们很看重下午茶,几乎必不可少。又可乘此请客,比请晚饭简便省钱得多。英国人喜欢喝茶,对于喝咖啡,和法国人相反;他们也煮不好咖啡。喝的茶现在多半是印度茶;茶饭店里虽卖中国茶,但是主顾寥寥。不让利权外溢固然也有关系,可是不利于中国茶的宣传(如说制时不干净)和茶味太淡才是主要原因。印度茶色浓味苦,加上牛奶和糖正合式;中国红茶不够劲儿,可是香气好。奇怪的是茶饭店里卖的,色香味都淡得没影子。那样茶怎么会运出去,真莫名其妙。

街上偶然会碰着提着筐子卖落花生的(巴黎也有),推着四轮车卖炒栗子的,教人有故国之思。花生栗子都装好一小口袋一小口袋的,栗子车上有炭炉子,一面炒,一面装,一面卖。这些小本经纪在伦敦街上也颇古色古香,点缀一气。栗子是干炒，与我们"糖炒"的差得太多了。——英国人吃饭时也有干果，如核桃，榛子，榧子，还有巴西乌菱（原名 Brazils，巴西出产，中国通称"美国乌菱"），乌菱实大而肥，香脆爽口，运到中国的太干，便不大好。他们专有一种干果夹，像钳子，将干果夹进去，使劲一握夹子柄，"格"的一声，皮壳碎裂，有些蹦到远处，也好玩儿的。苏州有瓜子夹，像剪刀，却只透着玲珑小巧，用不上劲儿去。

乞丐

"外国也有乞丐",是的;但他们的丐道或丐术不大一样。近些年在上海常见的,马路旁水门汀上用粉笔写着一大堆困难情形,求人帮助,粉笔字一边就坐着那写字的人,——北平也见过这种乞丐,但路旁没有水门汀,便只能写在纸上或布上——却和外国乞丐相像;这办法不知是"来路货"呢,还是"此心同,此理同"呢?

伦敦乞丐在路旁画画的多,写字的却少。只在特拉伐加方场附近见过一个长须老者(外国长须的不多),在水门汀上端坐着,面前几行潦草的白粉字。说自己是大学出身,现在一寒至此,大学又有何用,这几句牢骚话似乎颇打动了一些来来往往的人,加上老者那炯炯的双眼,不露半星儿可怜相,也教人有点肃然。他右首放着一只小提箱,打开了,预备人往里扔钱。那地方本是四通八达的闹市,扔钱的果然不少。箱子内外都撒的铜子儿(便士);别的乞丐却似乎没有这么好的运气。

画画的大半用各色粉笔,也有用颜料的。见到的有三种花样。或双钩 To Live(求生)二字,每一个字母约一英尺见方,在双钩的轮廓里精细的作画。字母整齐匀净,通体一笔不苟。或双钩 Good Luek(好运)二字,也有只用 Luck(运气)一字的。——"求生"是自道;"好运""运气"是为过客颂祷之辞。或画着四五方风景每方大小也在一英尺左右。通常画者坐在画的一头,那一头将他那旧帽子翻过来放着,铜子儿就扔在里面。

这些画丐有些在艺术学校受过正式训练,有些平日爱画两笔,算是"玩艺儿"。到没了落儿,便只好在水门汀上动起手来了。一九三二年五月十日,这些人还来了一回展览会。那天的晚报(The Evening News)上选印了几幅,有两幅是彩绣的。绣的人诨名"牛津街开特尔老大",拳乱时作水手,来过中国,他还记得那时情形。这两幅画绣在帆布(画布)上,每幅下了八万针。他绣过英王爱德华像,据说颇为当今王后所赏识;那是他平生最得意的时候。现在却只在牛津街上浪荡着。

晚报上还记着一个人。他在杂戏馆(Halls)干过三十五年,名字常大书在海报上。三年前还领了一个杂戏班子游行各处,他扮演主要的角色。英伦三岛的城市都到过;大陆上到过百来处,美国也到过十来处。也认识贾波林。可是时运不济,"老伦敦"却没一个子儿。他想起从前朋友们说过静物写生多么有意思,自己也曾学着玩儿;到了此时,说不得只好凭着这点"玩艺儿"在泰晤士河长堤上混混了。但是他怕认得他的人太多,老是背向着路中,用大帽檐遮了脸儿。他说在水门汀上作画颇不容易;最怕下雨,几分钟的雨也许毁了整天的工作。他说总想有朝一日再到戏台上去。

画丐外有乐丐。牛津街见过一个,开着话匣子,似乎是坐在三轮自行车上;记得颇有些堂哉皇也的神气。复活节星期五在冷街中却见过一群,似乎一人推着风琴,一人按着,一人高唱《颂圣歌》——那推琴的也和着。这群人样子却就狼狈了。据说话匣子等等都是赁来;他们大概总有得赚的。另一条冷街上见过一个男的带着两个女的,穿著得像刚从垃圾堆里出来似的。一个女的还抹着胭脂,简直是一块块红土!男的奏乐,女的乱七八糟的跳舞,在刚下完雨泥滑滑的马路上。这种女乞丐像很少。又见过一个拉小提琴的人,似乎很年轻,很文雅,向着步道上的过客站着。右手本来抱着个小猴儿;拉琴时先把它抱在左肩头蹲着。拉了没几弓子,猴儿尿了;他只若无其事,让衣服上淋淋漓漓的。

牛津街上还见过一个,那真狼狈不堪。他大概赁话匣子等等的力量都没有;只找了块板儿,三四尺长,五六寸宽,上面安上条弦子,用只玻璃水杯将弦子绷起来。把板儿放在街沿下,便蹲着,两只手穿梭般弹奏着。那是明灯初上的时候,步道上人川流不息;一双双脚从他身边匆匆的跨过去,看见他的似乎不多。街上汽车声脚步声谈话声混成一片,他那独弦的细声细气,怕也不容易让人听见。可是他还是埋着头弹他那一手。

几年前一个朋友还见过背诵迭更斯小说的。大家正在戏园门口排着班

等买票;这个人在旁背起《块肉余生述》来,一边念,一边还作着。这该能够多找几个子儿,因为比那些话匣子等等该有趣些。

警察禁止空手空口的乞丐,乞丐便都得变作卖艺人。若是无艺可卖,手里也得拿点东西,如火柴皮鞋带之类。路角落里常有男人或女人拿着这类东西默默站着,脸上大都是黯淡的。其实卖艺,卖物,大半也是幌子;不过到底教人知道自尊些,不许不作事白讨钱。只有瞎子,可以白讨钱。他们站着或坐着;胸前有时挂一面纸牌子,写着"盲人"。又有一种人,在乞丐非乞丐之间。有一回找一家杂耍场不着,请教路角上一个老者。他殷勤领着走,一面说刚失业,没钱花,要我帮个忙儿。给了五个便士(约合中国三毛钱),算是酬劳,他还争呢。其实只有二三百步路罢了。跟着走,诉苦,白讨钱的,只遇着一次;那里街灯很暗,没有警察,路上人也少,我又是外国人,他所以厚了脸皮,放了胆子——他自然不是瞎子。

中国 20 世纪名家散文经典

背影

我与父亲不相见已二年余了,我最不能忘记的是他的背影。那年冬天,祖母死了,父亲的差使也交卸了,正是祸不单行的日子,我从北京到徐州,打算跟着父亲奔丧回家。到徐州见着父亲,看见满院狼藉的东西,又想起祖母,不禁簌簌的流下眼泪。父亲说,"事已如此,不必难过,好在天无绝人之路!"

回家变卖典质,父亲还了亏空;又借钱办了丧事。这些日子,家中光景很是惨淡,一半为了丧事,一半为了父亲赋闲。丧事完毕,父亲要到南京谋事,我也要回北京念书,我们便同行。

到南京时,有朋友约去游逛,勾留了一日;第二日上午便须渡江到浦口,下午上车北去。父亲因为事忙,本已说定不送我,叫旅馆里一个熟识的茶房陪我同去。他再三嘱咐茶房,甚是仔细。但他终于不放心,怕茶房不妥帖;颇踌躇了一会儿。其实我那年已二十岁,北京已来往过两三次,是没有甚么要紧的了。他踌躇了一会儿,终于决定还是自己送我去。我两三回劝他不必去;他只说:"不要紧,他们去不好!"

我们过了江,进了车站。我买票,他忙着照看行李。行李太多了,得向脚夫行些小费,才可过去。他便又忙着和他们讲价钱。我那时真是聪明过分,总觉他说话不大漂亮,非自己插嘴不可。但他终于讲定了价钱;就送我上车。他给我拣定了

靠车门的一张椅子;我将他给我作的紫毛大衣铺好座位。他嘱我路上小心,夜里警醒些,不要受凉。又嘱托茶房好好照应我。我心里暗笑他的迂;他们只认得钱,托他们直是白托!而且我这样大年纪的人,难道还不能料理自己么?唉,我现在想想,那时真是太聪明了!

我说道:"爸爸,你走吧。"他望车外看了看,说:"我买几个橘子去。你就在此地,不要走动。"我看那边月台的栅栏外有几个卖东西的等着顾客。走到那边月台,须穿过铁道,须跳下去又爬上去。父亲是一个胖子,走过去自然要费事些。我本来要去的,他不肯,只好让他去。我看见他戴着黑布小帽,穿着黑布大马褂,深青布棉袍,蹒跚的走到铁道边,慢慢探身下去,尚不大难。可是他穿过铁道,要爬上那边月台,就不容易了。他用两手攀着上面,两脚再向上缩;他肥胖的身子向左微倾,显出努力的样子。这时我看见他的背影,我的泪很快的流下来了。我赶紧拭干了泪,怕他看见,也怕别人看见。我再向外看时,他已抱了朱红的橘子望回走了。过铁道时,他先将橘子散放在地上,自己慢慢爬下,再抱起橘子走。到这边时,我赶紧去搀他。他和我走到车上,将橘子一股脑儿放在我的皮大衣上。于是扑扑衣上的泥土,心里很轻松似的,过一会说:"我走了,到那边来信!"我望着他走出去。他走了几步,回过头看见我,说:"进去吧,里边没人。"等他的背影混入来来往往的人里,再找不着了,我便进来坐下,我的眼泪又来了。

近几年来,父亲和我都是东奔西走,家中光景是一日不如一日。他少年出外谋生,独力支持,作了许多大事。那知老境却如此颓唐!他触目伤怀,自然情不能自已。情郁于中,自然要发之于外;家庭琐屑便往往触他之怒。他待我渐渐不同往日。但最近两年的不见,他终于忘却我的不好,只是惦记着我,惦记着我的儿子。我北来后,他写了一信给我,信中说道:"我身体平安,唯膀子疼痛利害,举箸提笔,诸多不便,大约大去之期不远矣。"我读到此处,在晶莹的泪光中,又看见那肥胖的,青布棉袍,黑布马褂的背影。唉!我不知何时再能与他相见!

中国20世纪名家散文经典

给亡妇

　　谦，日子真快，一眨眼你已经死了三个年头了。这三年里世事不知变化了多少回，但你未必注意这些个，我知道。你第一惦记的是你几个孩子，第二便轮着我。孩子和我平分你的世界，你在日如此；你死后若还有知，想来还如此的。告诉你，我夏天回家来着：迈儿长得结实极了，比我高一个头。闰儿父亲说是最乖，可是没有先前胖了。采芷和转子都好。五儿全家夸她长得好看；却在腿上生了湿疮，整天坐在竹床上不能下来，看了怪可怜的。六儿，我怎么说好，你明白，你临终时也和母亲谈过，这孩子是只可以养着玩儿的，他左挨右挨去年春天，到底没有挨过去。这孩子生了几个月，你的肺病就重起来了。我劝你少亲近他，只监督着老妈子照管就行。你总是忍不住，一会儿提，一会儿抱的。可是你病中为他操的那一份儿心也够瞧的。那一个夏天他病的时候多，你成天儿忙着，汤呀，药呀，冷呀，暖呀，连觉也没有好好儿睡过。那里有一分一毫想着你自己。瞧着他硬朗点儿你就乐，干枯的笑容在黄蜡般的脸上，我只有暗中叹气而已。

　　从来想不到作母亲的要像你这样。从迈儿起，你总是自己喂乳，一连四个都这样。你起初不知道按钟点儿喂，后来知道了，却又弄不惯；孩子们每夜里几次将你哭醒了，特别是闷热的夏季。我瞧你的觉老没睡足。白天里还得作菜，照料孩子，很少得空儿。你的身子本来坏，四个孩子就累你七八年。到了第五个，你自己实在不成了，又没乳，只好自己喂奶粉，另雇老妈子专管她。但孩子跟老妈子睡，你就没有放过心；夜里一听见哭，就竖起耳朵听，工夫一大就得过去看。十六年初，和你到北京来，将迈儿，转子留在家里；三年多还不能去接他们，可真把你惦记苦了。你并不常提，我却明白。你后来说你的病就是惦记出来的；那个自然也有份儿，不过大半还是养育孩子累的。你的短短的十二年结婚生活，有十一年耗费在孩子们身上；而你一点不厌倦，有多少力量用多少，一直到自己毁灭为止。你对孩子一般儿爱，不问男的女的，大的小的。也不想到什么"养儿防老，积谷防饥"，只拼命的爱去。你对于教育老实说有些外行，孩子们只要吃得好玩得好就成了。这也难怪你。你自己便是这样长大的。况且孩子们原都还小，吃和玩本来也要紧的。你病重的时候最放不下的还是孩子。病的只剩皮包着骨头了，总不信自己不会好；老说："我死了，这一大群孩子可苦了。"后来说送你回家，你想着可以看见迈儿和转子，也愿意；你万不想到会一走不返的。我送车的时候，你忍不住哭了，说："还不知能不能再见？"可怜，你的心我知道，你满想着好好儿带着六个孩子回来见我的。谦，你那时一定这样想，一定的。

除了孩子，你心里只有我。不错，那时你父亲还在；可是你母亲死了，他另有个女人，你老早就觉得隔了一层似的。出嫁后第一年你虽还一心一意依恋着他老人家，到第二年上我和孩子可就将你的心占住，你再没有多少工夫惦记他了。你还记得第一年我在北京，你在家里。家里来信说你待不住，常回娘家去。我动气了，马上写信责备你。你教人写了一封复信，说家里有事，不能不回去。这是你第一次也可以说第末次的抗议，我从此就没给你写信。暑假时带了一肚子主意回去，但见了面，看你一脸笑，也就拉倒了。打这时候起，你渐渐从你父亲的怀里跑到我这儿。你换了金镯子帮助我的学费，叫我以后还你；但直到你死，我没有还你。你在我家受了许多气，又因为我家的缘故受你家里的气，你都忍着。这全为的是我，我知道。那回我从家乡一个中学半途辞职出走。家里人讽你也走。哪里走！只得硬着头皮往你家去。那时你家像个冰窖子，你们在窖里足足住了三个月。好容易我才将你们领出来了，一同上外省去。小家庭这样组织起来了。你虽不是什么阔小姐，可也是自小娇生惯养的，作起主妇来，什么都得干一两手；你居然作下去了，而且高高兴兴的作下去了。菜照例满是你作，可是吃的都是我们；你至多夹上两三筷子就算了。你的菜作得不坏，有一位老在行大大的夸奖过

你。你洗衣服也不错,夏天我的绸大褂大概总是你亲自动手。你在家老不乐意闲着;坐前几个"月子",老是四五天就起床,说是躺着家里事没条没理的。其实你起来也还不是没条理;咱们家那么多孩子,哪儿来条理?在浙江住的时候,逃过两回兵难,我都在北平。真亏你领着母亲和一群孩子东藏西躲的;末一回还要走多少里路,翻一道大岭。这两回差不多只靠你一个人。你不但带了母亲和孩子们,还带了我一箱箱的书;你知道我是最爱书的。在短短的十二年里,你操的心比人家一辈子还多;谦,你那样身子怎么经得住!你将我的责任一股脑儿担负了去,压死了你;我如何对得起你!

你为我的捞什子书也费了不少神;第一回让你父亲的男佣人从家乡捎到上海去。他说了几句闲话,你气得在你父亲面前哭了。第二回是带着逃难,别人都说你傻子。你有你的想头:"没有书怎么教书?况且他又爱这个玩艺儿。"其实你没有晓得,那些书丢了也并不可惜;不过教你怎么晓得,我平常从来没和你谈过这些个!总而言之,你的心是可感谢的。这十二年里你为我吃的苦真不少,可是没有过几天好日子。我们在一起住,算来也还不到五个年头。无论日子怎么坏,无论是离是合,你从来没对我发过脾气,连一句怨言也没有。——别说怨我,就是怨命也没有过。老实说,我的脾气可不大好,迁怒的事儿有的是。那些时候你往往抽噎着流眼泪,从不回嘴,也不号啕。不过我也只信得过你一个人,有些话我只和你一个人说,因为世界上只你一个人真关心我,真同情我。你不但为我吃苦,更为我分苦;我之有我现在的精神,大半是你给我培养着的。这些年来我很少生病。但我最不耐烦生病,生了病就呻吟不绝,闹那伺候病的人。你是领教过一回的,那回只一两点钟,可是也够麻烦了。你常生病,却总不开口,挣扎着起来;一来怕搅我,二来怕没人作你那份儿事。我有一个坏脾气,怕听人生病,也是真的。后来你天天发烧,自己还以为南方带来的疟疾,一直瞒着我。明明躺着,听见我的脚步,一骨碌就坐起来。我渐渐有些奇怪,让大夫一瞧,这可糟了,你的一个肺已烂了一个大窟窿了!大夫劝你到西山去静养,你丢不下孩子,又舍不得钱;劝你在家里躺着,你也丢不下那份儿家务。越看越不行了,这才送你回去。明知凶多吉少,想不到只一个月工夫你就完了!本来盼望还见得着你,这一来可拉倒了。你也何尝想到这个?父亲告诉我,你回家独住着一所小住宅,还嫌没有客厅,怕我回去不便哪。

前年夏天回家,上你坟上去了。你睡在祖父母的下首,想来还不孤单的。只是当年祖父母的坟太小了,你正睡在圹底下。这叫作"抗圹",在生人

看来是不安心的;等着想办法哪。那时圹上圹下密密的长着青草,朝露浸湿了我的布鞋。你刚埋了半年多,只有圹下多出一块土,别的全然看不出新坟的样子。我和隐今夏回去,本想到你的坟上来;因为她病了没来成。我们想告诉你,五个孩子都好,我们一定尽心教养他们,让他们对得起死了的母亲——你!谦,好好儿放心安睡吧,你。

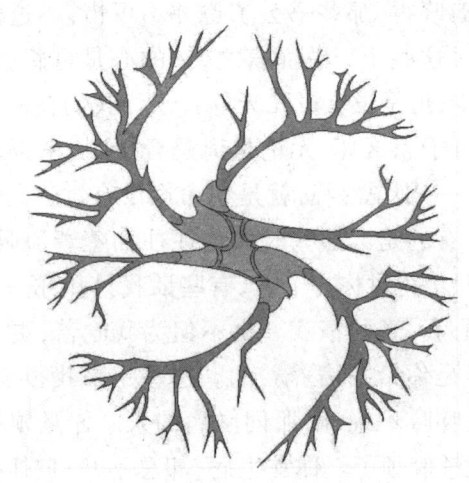

儿女

我现在已是五个儿女的父亲了。想起圣陶喜欢用的"蜗牛背了壳"的比喻,便觉得不自在。新近一位亲戚嘲笑我说,"要剥层皮呢!"更有些悚然了。十年前刚结婚的时候,在胡适之先生的《藏晖室札记》里,见过一条,说世界上有许多伟大的人物是不结婚的;文中并引培根的话,"有妻子者,其命定矣。"当时确吃了一惊,仿佛梦醒一般;但是家里已是不由分说给娶了媳妇,又有甚么可说?现在是一个媳妇,跟着来了五个孩子;两个肩头上,加上这么重一副担子,真不知怎样走才好。"命定"是不用说了;从孩子们那一面说,他们该怎样长大,也正是可以忧虑的事。我是个彻头彻尾自私的人,作丈夫已是勉强,作父亲更是不成。自然,"子孙崇拜","儿童本位"的哲理或伦理,我也有些知道;既作着父亲,闭了眼抹杀孩子们的权利,知道是不行的。可惜这只是理论,实际上我是仍旧按照古老的传统,在野蛮的对付着,和普通的父亲一样。近来差不多是中年的人了,才渐渐觉得自己的残酷;想着孩子们受过的体罚和叱责,始终不能辩解——像抚摩着旧创痕那样,我的心酸溜溜的。有一回,读了有岛武郎《与幼小者》的译文,对了那种伟大的,沉挚的态度,我竟流下泪来了。去年父亲来信,问起阿九,那时阿九还在白马湖呢;信上说:"我没有耽误你,你也不要耽误他才好。"我为这句话哭了一场;我为什么不像父

亲的仁慈？我不该忘记，父亲怎样待我们来着！人性许真是二元的，我是这样的矛盾；我的心像钟摆似的来去。

你读过鲁迅先生的《幸福的家庭》么？我的便是那一类的"幸福的家庭"！每天午饭和晚饭，就如两次潮水一般。先是孩子们你来他去的在厨房与饭间里查看，一面催我或妻发"开饭"的命令。急促繁碎的脚步，夹着笑和嚷，一阵阵袭来，直到命令发出为止。他们一递一个的跑着喊着，将命令传给厨房里佣人；便立刻抢着回来搬凳子。于是这个说："我坐这儿！"那个说："大哥不让我！"大哥却说："小妹打我！"我给他们调解，说好话。但是他们有时候很固执，我有时候也不耐烦，这便用着叱责了；叱责还不行，不由自主的，我的沉重的手掌便到他们身上了。于是哭的哭，坐的坐，局面才算定了。接着可又你要大碗，他要小碗，你说红筷子好，他说黑筷子好；这个要干饭，那个要稀饭，要茶要汤，要鱼要肉，要豆腐，要萝卜；你说他菜多，他说你菜好。妻是照例安慰着他们，但这显然是太迂缓了。我是个暴躁的人，怎么等得及？不用说，用老法子将他们立刻征服了；虽然有哭的，不久也就抹着泪捧起碗了。吃完了，纷纷爬下凳子，桌上是饭粒呀，汤汁呀，骨头呀，渣滓呀，加上纵横的筷子，欹斜的匙子，就如一块花花绿绿的地图模型。吃饭而外，他们的大事便是游戏。游戏时，大的有大主意，小的有小主意，各自坚持不下，于是争执起来；或者大的欺负了小的，或者小的竟欺负了大的，被欺负的哭着嚷着，到我或妻的面前诉苦；我大抵仍旧要用老法子来判断的，但不理的时候也有。最为难的，是争夺玩具的时候：这一个的与那一个的是同样的东西，却偏要那一个的；而那一个便偏不答应。在这种情形之下，不论如何，终于是非哭了不可的。这些事件自然不至于天天全有，但大致总有好些起。我若坐在家里看书或写什么东西，管保一点钟里要分几回心，或站起来一两次的。若是雨天或礼拜日，孩子们在家的多，那么，摊开书竟看不下一行，提起笔也写不出一个字的事，也有过的。我常和妻说："我们家真是成日的千军万马呀！"有时是不但"成日"，连夜里也有兵马在进行着，在有吃乳或生病的孩子的时候！

我结婚那一年，才十九岁。二十一岁，有了阿九；二十三岁，又有了阿菜。那时我正像一匹野马，那能容忍这些累赘的鞍辔，辔头和缰绳？摆脱也知是不行的，但不自觉的时时在摆脱着。现在回想起来，那些日子，真苦了这两个孩子；真是难以宽宥的种种暴行呢！阿九才两岁半的样子，我们住在杭州的学校里。不知怎的，这孩子特别爱哭，又特别怕生人。一不见了母亲，或来了客，就哇哇的哭起来了。学校里住着许多人，我不能让他扰着他

们,而客人也总是常有的;我懊恼极了,有一回,特地骗出了妻,关了门,将他按在地下打了一顿。这件事,妻到现在说起来,还觉得有些不忍;她说我的手太辣了,到底还是两岁半的孩子!我近年常想着那时的光景,也觉黯然。阿菜在台州,那是更小了;才过了周岁,还不大会走路。也是为了缠着母亲的缘故吧,我将她紧紧的按在墙角里,直哭喊了三四分钟;因此生了好几天病。妻说,那时真寒心呢!但我的苦痛也是真的。我曾给圣陶写信,说孩子们的折磨,实在无法奈何;有时竟觉着还是自杀的好。这虽是气愤的话,但这样的心情,确也有过的。后来孩子是多起来了,磨折也磨折得久了,少年的锋棱渐渐的钝起来了;加以增长的年岁增长了理性的裁制力,我能够忍耐了——觉得从前真是一个"不成材的父亲",如我给另一个朋友信里所说。但我的孩子们在幼小时,确比别人的特别不安静,我至今还觉如此。我想这大约还是由于我们抚育不得法;从前只一味的责备孩子,让他们代我们负起责任,却未免是可耻的残酷了!

　　正面意义的"幸福",其实也未尝没有。正如谁所说,小的总是可爱,孩子们的小模样,小心眼儿,确有些教人舍不得的。阿毛现在五个月了,你用手指去拨弄她的下巴,或向她作趣脸,她便会张开没牙的嘴格格的笑,笑得像一朵正开的花。她不愿在屋里待着;待久了,便大声儿嚷。妻常说:"姑娘又要出去溜达了。"她说她像鸟儿般,每天总得到外面溜一些时候。闰儿上个月刚过了三岁,笨得很,话还没有学好呢。他只能说三四个字的短语或句子,文法错误,发音模糊,又得费气力说出;我们老是要笑他的。他说"好"字,总变成"小"字;问他"好不好?"他便说"小",或"不小"。我们常常逗着他说这个字玩儿;他似乎有些觉,近来偶然也能说出正确的"好"字了——特别在我们故意说成"小"字的时候。他有一只搪瓷碗,是一毛来钱买的;买来时,老妈子教给他,"这是一毛钱。"他便记住"一毛"两个字,管那只碗叫"一毛",有时竟省称为"毛"。这在新来的老妈子,是必需翻译了才懂的。他不好意思,或见着生客时,便咧着嘴痴笑;我们常用了土话,叫他作"呆瓜"。他是个小胖子,短短的腿,走起路来,蹒跚可笑;若快走或跑,便更"好看"了。他有时学我,将两手叠在背后,一摇一摆的;那是他自己和我们都要乐的。他的大姊便是阿菜,已是七岁多了,在小学校里念着书。在饭桌上,一定得哕哕唆唆的报告些同学或他们父母的事情;气喘喘的说着,不管你爱听不爱听。说完了总问我:"爸爸认识么?""爸爸知道么?"妻常禁止她吃饭时说话,所以她总是问我。她的问题真多:看电影便问电影里的是不是人? 是不是真人? 怎么不说话? 看照相也是一样。不知谁告诉她,兵是要打人的。她

回来便问,兵是人么?为什么打人?近来大约听了先生的话,回来又问张作霖的兵是帮谁的?蒋介石的兵是不是帮我们的?诸如此类的问题,每天短不了,常常闹得我不知怎样答才行。她和闰儿在一处玩儿,一大一小,不很合式,老是吵着哭着。但合式的时候也有:譬如这个往床底下躲,那个便钻进去追着;这个钻出来,那个也跟着——从这个床到那个床,只听见笑着,嚷着,喘着,真如妻所说,像小狗似的。现在在京的,便只有这三个孩子;阿九和转儿是去年北来时,让母亲暂时带回扬州去了。

　　阿九是欢喜书的孩子。他爱看《水浒》《西游记》《三侠五义》《小朋友》等;没有事便捧着书坐着或躺着看。只不欢喜《红楼梦》,说是没有味儿。是的,《红楼梦》的味儿,一个十岁的孩子,哪里能领略呢?去年我们事实上只能带两个孩子来;因为他大些,而转儿是一直跟着祖母的,便在上海将他俩丢下。我清清楚楚记得那分别的一个早上。我领着阿九从二洋泾桥的旅馆出来,送他到母亲和转儿住着的亲戚家去。妻嘱咐说:"买点吃的给他们吧。"我们走过四马路,到一家茶食铺里。阿九说要熏鱼,我给买了;又买了饼干,是给转儿的。便乘电车到海宁路。下车时,看着他的害怕与累赘,很觉恻然。到亲戚家,因为就要回旅馆收拾上船,只说了一两句话便出来;转儿望望我,没说什么,阿九是和祖母说什么去了。我回头看了他们一眼,硬着头皮走了。后来妻告诉我,阿九背地里向她说:"我知道爸爸欢喜小妹,不带我上北京去。"其实这是冤枉的。他又曾和我们说:"暑假时一定来接我啊!"我们当时答应着;但现在已是第二个暑假了,他们还在迢迢的扬州待着。他们是恨着我们呢?还是惦着我们呢?妻是一年来老放不下这两个,常常独自暗中流泪;但我有什么法子呢!想到"只为家贫成聚散"一句无名的诗,不禁有些凄然。转儿与我较生疏些。但去年离开白马湖时,她也曾用了生硬的扬州话(那时她还没有到过扬州呢),和那特别尖的小嗓子向着我:"我要到北京去。"她晓得什么北京,只跟着大孩子们说罢了;但当时听着,现在想着的我,却真是抱歉呢。这兄妹俩离开我,原是常事,离开母亲,虽也有过一回,这回可是太长了;小小的心儿,知道是怎样忍耐那寂寞来着!

　　我的朋友大概都是爱孩子的。少谷有一回写信责备我,说儿女的吵闹,也是很有趣的,何至可厌到如我所说;他说他真不解。子恺为他家华瞻写的文章,真是"蔼然仁者之言"。圣陶也常常为孩子操心:小学毕业了,到什么中学好呢?——这样的话,他和我说过两三回了。我对他们只有惭愧!可是近来我也渐渐觉着自己的责任。我想,第一该将孩子们团聚起来,其次便该给他们些力量。我亲眼见过一个爱儿女的人,因为不曾好好的教育他们,

便将他们荒废了。他并不是溺爱,只是没有耐心去料理他们,他们便不能成材了。我想我若照现在这样下去,孩子们也便危险了。我得计划着,让他们渐渐知道怎样去作人才行。但是要不要他们像我自己呢?这一层,我在白马湖教初中学生时,也曾从师生的立场上问过丏尊,他毫不踌躇地说:"自然啰。"近来与平伯谈起教子,他却答得妙:"总不希望比自己坏啰。"是的,只要不"比自己坏"就行,"像"不"像"倒是不在乎的。职业,人生观等,还是由他们自己去定的好;自己顶可贵,只要指导,帮助他们去发展自己,便是极贤明的办法。

予同说:"我们得让子女在大学毕了业,才算尽了责任。"SK说:"不然,要看我们的经济,他们的材质与志愿;若是中学毕了业,不能或不愿升学,便去作别的事,譬如作工人吧,那也并非不行的。"自然,人的好坏与成败,也不尽靠学校教育;说是非大学毕业不可,也许只是我们的偏见。在这件事上,我现在毫不能有一定的主意;特别是这个变动不居的时代,知道将来怎样?好在孩子们还小,将来的事且等将来吧。目前所能作的,只是培养他们基本的力量——胸襟与眼光;孩子们还是孩子们,自然说不上高的远的,慢慢从近处小处下手便了。这自然也只能先按照我自己的样子:"神而明之,存乎其人,"光辉也罢,倒楣也罢,平凡也罢,让他们各尽各的力去。我只希望如我所想的,从此好好的作一回父亲,便自称心满意。——想到那"狂人""救救孩子"的呼声,我怎敢不悚然自勉呢?

我是扬州人

　　有些国语教科书里选得有我的文章,注解里或说我是浙江绍兴人,或说我是江苏江都人——就是扬州人。有人疑心江苏江都人是错了,特地老远的写信托人来问我。我说两个籍贯都不算错,但是若打官话,我得算浙江绍兴人。浙江绍兴是我的祖籍或原籍,我从进小学就填的这个籍贯;直到现在,在学校里服务快三十年了,还是报的这个籍贯。不过绍兴我只去过两回,每回只住了一天;而我家里除先母外,没一个人会说绍兴话。
　　我家是从先祖才到江苏东海作小官。东海就是海州,现在是陇海路的终点。我就生在海州。四岁的时候先父又到邵伯镇作小官,将我们接到那里。海州的情形我全不记得了,只对海州话还有亲热感,因为父亲的扬州话里夹着不少海州口音。在邵伯住了差不多两年,是住在万寿宫里。万寿宫的院子很大,很静;门口就是运河。河坎很高,我常向河里扔瓦片玩儿。邵伯有个铁牛湾,那儿有一条铁牛镇压着。父亲的当差常抱我去看它,骑它,抚摩它。镇里的情形我也差不多忘记了。只记住在镇里一家人家的私塾里读过书,在那里认识了一个好朋友叫江家振。我常到他家玩儿,傍晚和他坐在他家荒园里一根横倒的枯树干上说着话,依依不舍,不想回家。这是我第一个好朋友,可惜他未成年就死了;记得他瘦得很,也许是肺病罢?

中国20世纪名家散文经典

六岁那一年父亲将全家搬到扬州。后来又迎养先祖父和先祖母。父亲曾到江西作过几年官,我和二弟也曾去过江西一年;但是老家一直在扬州住着。我在扬州读初等小学,没毕业;读高等小学,毕了业;读中学,也毕了业。我的英文得力于高等小学里一位黄先生,他已经过世了。还有陈春台先生,他现在是北平著名的数学教师。这两位先生讲解英文真清楚,启发了我学习的兴趣;只恨我始终没有将英文学好,愧对这两位老师。还有一位戴子秋先生,也早过世了,我的国文是跟他老人家学着作通了的,那是辛亥革命之后在他家夜塾里的时候。中学毕业,我是十八岁,那年就考进了北京大学预科,从此就不常在扬州了。

就在十八岁那年冬天,父亲母亲给我在扬州完了婚。内人武钟谦女士是杭州籍,其实也是在扬州长成的。她从不曾去过杭州;后来同我去是第一次。她后来因为肺病死在扬州,我曾为她写过一篇《给亡妇》。我和她结婚的时候,祖父已死了好几年了。结婚后一年祖母也死了。他们二老都葬在扬州,我家于是有祖茔在扬州了。后来亡妇也葬在这祖茔里。母亲在抗战前两年过去,父亲在胜利前四个月过去,遗憾的是我都不在扬州;他们也葬在那祖茔里。这中间叫我痛心的是死了第二个女儿!她性情好,爱读书,作事负责任,待朋友最好。已经成人了,不知什么病,一天半就完了!她也葬在祖茔里。我有九个孩子。除第二个女儿外,还有一个男孩不到一岁就死在扬州;其余亡妻生的四个孩子都曾在扬州老家住过多少年。这个老家直到今年夏初才解散了,但是还留着一位老年的庶母在那里。

我家跟扬州的关系,大概够得上古人说的"生于斯,死于斯,歌哭于斯"了。现在亡妻生的四个孩子都已自称为扬州人了;我比起他们更算是在扬州长成的,天然更该算是扬州人了。但是从前一直马马虎虎的骑在墙上,并且自称浙江人的时候还多些,又为了什么呢?这一半因为报的是浙江籍,求其一致;一半也还有些别的道理。这些道理第一桩就是籍贯是无所谓的。那时要作一个世界人,连国籍都觉得狭小,不用说省籍和县籍了。那时在大学里觉得同乡会最没有意思。我同住的和我来往的自然差不多都是扬州人,自己却因为浙江籍,不去参加江苏或扬州同乡会。可是虽然是浙江绍兴籍,却又没跟一个道地浙江人来往,因此也就没人拉我去开浙江同乡会,更不用说绍兴同乡会了。这也许是两栖或骑墙的好处罢?然而出了学校以后到底常常会到道地绍兴人了。我既然不会说绍兴话,并且除了花雕和兰亭外几乎不知道绍兴的别的情形,于是乎往往只好自己承认是假绍兴人。那虽然一半是玩笑,可也有点儿窘的。

还有一桩道理就是我有些讨厌扬州人;我讨厌扬州人的小气和虚气。小是眼光如豆,虚是虚张声势,小气无须举例。虚气例如已故的扬州某中央委员,坐包车在街上走,除拉车的外,又跟上四个人在车子边推着跑着。我曾经写过一篇短文,指出扬州人这些毛病。后来要将这篇文收入散文集《你我》里,商务印书馆不肯,怕再闹出"闲话扬州"的案子。这当然也因为他们总以为我是浙江人,而浙江人骂扬州人是会得罪扬州人的。但是我也并不抹煞扬州的好处,曾经写过一篇《扬州的夏日》,还有在《看花》里也提起扬州福缘庵的桃花。再说现在年纪大些了,觉得小气和虚气都可以算是地方气,绝不止是扬州人如此。从前自己常答应人说自己是绍兴人,一半又因为绍兴人有些戆气,而扬州人似乎太聪明。其实扬州人也未尝没戆气,我的朋友任中敏(二北)先生,办了这么多年汉民中学,不管人家理会不理会,难道还不够"戆"的!绍兴人固然有戆气,但是也许还有别的气我讨厌的,不过我不深知罢了。这也许是阿Q的想法罢?然而我对于扬州的确渐渐亲热起来了。

扬州真像有些人说的,不折不扣是个有名的地方。不用远说,李斗《扬州画舫录》里的扬州就够羡慕的。可是现在衰落了,经济上是一日千丈的衰落了,只看那些没精打采的盐商家就知道。扬州人在上海被称为江北佬,这名字总而言之表示低等的人。江北佬在上海是受欺负的,他们于是学些不三不四的上海话来冒充上海人。到了这地步他们可竟会忘其所以的欺负起那些新来的江北佬了。这就养成了扬州人的自卑心理。抗战以来许多扬州人来到西南,大半都自称为上海人,就靠着那一点不三不四的上海话;甚至连这一点都没有,也还自称为上海人。其实扬州人在本地也有他们的骄傲的。他们称徐州以北的人为侉子,那些人说的是侉话。他们笑镇江人说话土气,南京人说话大舌头,尽管这两个地方都在江南。英语他们称为蛮话,说这种话的当然是蛮子了。然而这些话只好关着门在家里说,到上海一看,立刻就会矮上半截,缩起舌头不敢喷一声了。扬州真是衰落得可以啊!

我也是一个江北佬,一大堆扬州口音就是招牌,但是我却不愿作上海人;上海人太狡猾了。况且上海对我太生疏,生疏的程度跟绍兴对我也差不多;因为我知道上海虽然也许比知道绍兴多些,但是绍兴究竟是我的祖籍,上海是和我水米无干的。然而年纪大起来了,世界人到底作不成,我要一个故乡。俞平伯先生有一行诗,说"把故乡掉了"。其实他掉了故乡又找到了一个故乡;他诗文里提到苏州那一股亲热,是可羡慕的,苏州就算是他的故乡了。他在苏州度过他的童年,所以提起来一点一滴都亲亲热热的,童年的

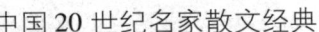 

记忆最单纯最真切,影响最深最久;种种悲欢离合,回想起来最有意思。"青灯有味是儿时",其实不止青灯,儿时的一切都是有味的。这样看,在那儿度过童年,就算那儿是故乡,大概差不多罢?这样看,就只有扬州可以算是我的故乡了。何况我的家又是"生于斯,死于斯,歌哭于斯"呢?所以扬州好也罢,歹也罢,我总该算是扬州人的。

我所见的叶圣陶

我第一次与圣陶见面是在民国十年的秋天。那时刘延陵兄介绍我到吴淞炮台湾中国公学教书。到了那边,他就和我说:"叶圣陶也在这儿。"我们都念过圣陶的小说,所以他这样告我。我好奇的问道:"怎样一个人?"出乎我的意外,他回答我:"一位老先生哩。"但是延陵和我去访问圣陶的时候,我觉得他的年纪并不老,只那朴实的服色和沉默的风度与我们平日所想象的苏州少年文人叶圣陶不甚符合罢了。

记得见面的那一天是一个阴天。我见了生人照例说不出话;圣陶似乎也如此。我们只谈了几句关于作品的泛泛的意见,便告辞了。延陵告诉我每星期六圣陶总回甪直去;他很爱他的家。他在校时常邀延陵出去散步;我因与他不熟,只独自坐在屋里。不久,中国公学忽然起了风潮。我向延陵说起一个强硬的办法;——实在是一个笨而无聊的办法!——我说只怕叶圣陶未必赞成。但是出乎我的意外,他居然赞成了!后来细想他许是有意优容我们吧;这真是老大哥的态度呢。我们的办法天然是失败了,风潮延宕下去;于是大家都住到上海来。我和圣陶差不多天天见面;同时又认识了西谛、予同诸兄。这样经过了一个月;这一个月实在是我的很好的日子。

我看出圣陶始终是个寡言的人。大家聚谈的时候,他总是坐在那里听着。他却并不是喜欢孤独,他似乎老是那么有

中国20世纪名家散文经典

味的听着。至于与人独对的时候,自然多少要说些话;但辩论是不来的。他觉得辩论要开始了,往往微笑着说:"这个弄不大清楚了。"这样就过去了。他又是个极和易的人,轻易看不见他的怒色。他辛辛苦苦保存着的《晨报》副张,上面有他自己的文字的,特地从家里捎来给我看;让我随便放在一个书架上,给散失了。当他和我同时发现这件事时,他只略露惋惜的颜色,随即说:"由他去末哉,由他去末哉!"我是至今惭愧着,因为我知道他作文是不留稿的。他的和易出于天性,并非阅历世故,矫揉造作而成。他对于世间妥协的精神是极厌恨的。在这一月中,我看见他发过一次怒;——始终我只看见他发过这一次怒——那便是对于风潮的妥协论者的蔑视。

  风潮结束了,我到杭州教书。那边学校当局要我约圣陶去。圣陶来信说:"我们要痛痛快快游西湖,不管这是冬天。"他来了,教我上车站去接。我知道他到了车站这一类地方,是会觉得寂寞的。他的家实在太好了,他的衣着,一向都是家里管。我常想,他好像一个小孩子;像小孩子的天真,也像小孩子的离不开家里人。必须离开家里人时,他也得找些熟朋友伴着;孤独在他简直是有些可怕的。所以他到校时,本来是独住一屋的,却愿意将那间屋作我们两人的卧室,而将我那间作书室。这样可以常常相伴;我自然也乐意,我们不时到西湖边去;有时下湖,有时只喝喝酒。在校时各据一桌,我只预备功课,他却老是写小说和童话。初到时,学校当局来看过他。第二天,我问他:"要不要去看看他们?"他皱眉道:"一定要去么?等一天吧。"后来始终没有去。他是最反对形式主义的。

  那时他小说的材料,是旧日的储积;童话的材料有时却是片刻的感兴。如《稻草人》中《大喉咙》一篇便是。那天早上,我们都醒在床上,听见工厂的汽笛;他便说:"今天又有一篇了,我已经想好了,来得真快呵。"那篇的艺术很巧,谁想他只是片刻的构思呢! 他写文字时,往往拈笔伸纸,便手不停挥的写下去,开始及中间,停笔踌躇时绝少。他的稿子极清楚,每页至多只有三五个涂改的字。他说他从来是这样的。每篇写毕,我自然先睹为快;他往往称述结尾的适宜,他说对于结尾是有些把握的。看完,他立即封寄《小说月报》;照例用平信寄。我总劝他挂号;但他说:"我老是这样的。"他在杭州不过两个月,写的真不少,教人羡慕不已。《火灾》里从《饭》起到《风潮》这七篇,还有《稻草人》中一部分,都是那时我亲眼看他写的。

  在杭州待了两个月,放寒假前,他便匆匆的回去了;他实在离不开家,临去时让我告诉学校当局,无论如何不回来了。但他却到北平住了半年,也是朋友拉去的。我前些日子偶翻十一年的《晨报副刊》,看见他那时途中思家

的小诗,重念了两遍,觉得怪有意思。北平回去不久,便入了商务印书馆编译部,家也搬到上海。从此在上海待下去,直到现在——中间又被朋友拉到福州一次,有一篇《将离》抒写那回的别恨,是缠绵悱恻的文字。这些日子,我在浙江乱跑,有时到上海小住,他常请了假和我各处玩儿或喝酒。有一回,我便住在他家,但我到上海,总爱出门,因此他老说没有能畅谈;他写信给我,老说这回来要畅谈几天才行。

十六年一月,我接眷北来,路过上海,许多熟朋友和我饯行,圣陶也在。那晚我们痛快的喝酒,发议论;他是照例的默着。酒喝完了,又去乱走,他也跟着。到了一处,朋友们和他开了个小玩笑;他脸上略露窘意,但仍微笑的默着。圣陶不是个浪漫的人;在一种意义上,他正是延陵所说的"老先生"。但他能了解别人,能谅解别人,他自己也能"作达",所以仍然——也许格外——是可亲的。那晚快夜半了,走过爱多亚路,他向我诵周美成的词,"酒已都醒,如何消夜永!"我没有说什么;那时的心情,大约也不能说什么的。我们到一品香又消磨了半夜。这一回特别对不起圣陶;他是不能少睡觉的人。他家虽住在上海,而起居还依着乡居的日子;早七点起,晚九点睡。有一回我九点十分去,他家已熄了灯,关好门了。这种自然的,有秩序的生活是对的。那晚上伯祥说:"圣兄明天要不舒服了。"想起来真是不知要怎样感谢才好。

第二天我便上船走了,一眨眼三年半,没有上南方去。信也很少,却全是我的懒。我只能从圣陶的小说里看出他心境的迁变;这个我要留在另一文中说。圣陶这几年里似乎到十字街头走过一趟,但现在怎么样呢?我却不甚了然。他从前晚饭时总喝点酒,"以半醺为度";近来不大能喝酒了,却学了吹笛——前些日子说已会一出《八阳》,现在该又会了别的了吧。他本来喜欢看看电影,现在又喜欢听听昆曲了。但这些都不是"厌世",如或人所说的;圣陶是不会厌世的,我知道。又,他虽会喝酒,加上吹笛,却不曾抽什么"上等的纸烟",也不曾住过什么"小小别墅",如或人所想的,这个我也知道。

中国20世纪名家散文经典

阿河

我这一回寒假,因为养病,住到一家亲戚的别墅里去。那别墅是在乡下。前面偏左的地方,是一片淡蓝的湖水,对岸环拥着不尽的青山。山的影子倒映在水里,越显得清清朗朗的。水面常如镜子一般。风起时,微有皱痕;像少女们皱她们的眉头,过一会子就好了。湖的余势束成一条小港,缓缓的不声不响的流过别墅的门前。门前有一条小石桥,桥那边尽是田亩。这边沿岸一带,相间的栽着桃树和柳树,春来当有一番热闹的梦。别墅外面缭绕着短短的竹篱,篱外是小小的路。里边一座向南的楼,背后便倚着山。西边是三间平屋,我便住在这里。院子里有两块草地,上面随便放着两三块石头。另外的隙地上,或罗列着盆栽,或种莳着花草。篱边还有几株枝干蟠曲的大树,有一株几乎要伸到水里去了。

我的亲戚韦君只有夫妇二人和一个女儿。她在外边念书,这时也刚回到家里。她邀来三位同学,同到她家过这个寒假;两位是亲戚,一位是朋友。她们住着楼上的两间屋子。韦君夫妇也住在楼上。楼下正中是客厅,常是闲着,西间是吃饭的地方;东间便是韦君的书房,我们谈天,喝茶,看报,都在这里。我吃了饭,便是一个人,也要到这里来闲坐一回。我来的第二天,韦小姐告诉我,她母亲要给她们找一个好好的女用人;长工阿齐说有一个表妹,母亲叫他明天就带来作作看呢。

她似乎很高兴的样子,我只是不经意的答应。

平屋与楼屋之间,是一个小小的厨房。我住的是东面的屋子,从窗子里可以看见厨房里人的来往。这一天午饭前,我偶然向外看看,见一个面生的女用人,两手提着两把白铁壶,正往厨房里走;韦家的李妈在她前面领着,不知在和她说甚么话。她的头发乱蓬蓬的,像冬天的枯草一样。身上穿着镶边的黑布棉袄和夹裤,黑里已泛出黄色;棉袄长与膝齐,夹裤也直拖到脚背上。脚倒是双天足,穿着尖头的黑布鞋,后跟还带着两片同色的"叶拔儿"。想这就是阿齐带来的女用人了;想完了就坐下看书。晚饭后,韦小姐告诉我,女用人来了,她的名字叫"阿河"。我说:"名字很好,只是人土些;还能作么?"她说:"别看她土,很聪明呢。"我说:"哦。"便接着看手中的报了。

以后每天早上,中午,晚上,我常常看见阿河挈着水壶来往;她的眼似乎总是望前看的。两个礼拜匆匆的过去了。韦小姐忽然和我说,你别看阿河土,她的志气很好,她是个可怜的人。我和娘说,把我前年在家穿的那身棉袄裤给了她吧。我嫌那两件衣服太花,给了她正好。娘先不肯,说她来了没有几天;后来也肯了。今天拿出来让她穿,正合式呢。我们教给她打绒绳鞋,她真聪明,一学就会了。她说拿到工钱,也要打一双穿呢。我等几天再和娘说去。

"她这样爱好!怪不得头发光得多了,原来都是你们教她的。好!你们尽教她讲究,她将来怕不愿回家去呢。"大家都笑了。

旧新年是过去了。因为江浙的兵事,我们的学校一时还不能开学。我们大家都乐得在别墅里多住些日子。这时阿河如换了一个人。她穿着宝蓝色挑着小花儿的布棉袄裤;脚下是嫩蓝色毛绳鞋,鞋口还缀着两个半蓝半白的小绒球儿。我想这一定是她的小姐们给帮忙的。古语说得好,"人要衣裳马要鞍",阿河这一打扮,真有些楚楚可怜了。她的头发早已是刷得光光的,覆额的留海也梳得十分伏帖。一张小小的圆脸,如正开的桃李花;脸上并没有笑,却隐隐的含着春日的光辉,像花房里充了蜜一般。这在我几乎是一个奇迹;我现在是常站在窗前看她了。我觉得在深山里发见了一粒猫儿眼;这样精纯的猫儿眼,是我生平所仅见!我觉得我们相识已太长久,极愿和她说一句话——极平淡的话,一句也好。但我怎好平白的和她攀谈呢?这样郁郁了一礼拜。

这是元宵节的前一晚上。我吃了饭,在屋里坐了一会,觉得有些无聊,便信步走到那书房里。拿起报来,想再细看一回。忽然门钮一响,阿河进来了。她手里拿着三四支颜色铅笔;出乎意料的走近我。她站在我面前了,

静静的微笑着说:"白先生,你知道铅笔刨在哪里?"一面将拿着的铅笔给我看。我不自主的立起来,匆忙地应道:"在这里。"我用手指着南边柱子。但我立刻觉得这是不够的。我领她走近了柱子。这时我像闪电似的踌躇了一下,便说:"我……我……"她一声不响的已将一支铅笔交给我。我放进刨子里刨给她看。刨了两下,便想交给她;但终于刨完了一支,交还了她。她接了笔略看一看,仍仰着脸向我。我窘极了。刹那间念头转了好几个圈子;到底硬着头皮搭讪着说:"就这样刨好了。"我赶紧向门外一瞥,就走回原处看报去。但我的头刚低下,我的眼已抬起来了。于是远远的从容的问道:"你会么?"她不曾掉过头来,只"嘤"了一声,也不说话。我看了她背影一会。觉得应该低下头了。等我再抬起头来时,她已默默的向外走了。她似乎总是望前看的;我想再问她一句话,但终于不曾出口。我撇下了报,站起来走了一会,便回到自己屋里。我一直想着些什么,但什么也没有想出。

　　第二天早上看见她往厨房里走时,我发愿我的眼将老跟着她的影子!她的影子真好。她那几步路走得又敏捷,又匀称,又苗条,正如一只可爱的小猫。她两手各提着一只水壶,又令我想到在一条细细的索儿上抖擞精神走着的女子。这全由于她的腰;她的腰真太软了,用白水的话说,真是软到使我如吃苏州的牛皮糖一样。不止她的腰,我的日记里说得好:"她有一套和云霞比美,水月争灵的曲线,织成大大的一张迷惑的网!"而那两颊的曲线,尤其甜蜜可人。她两颊是白中透着微红,润泽如玉。她的皮肤,嫩得可以掐出水来;我的日记里说:"我很想去掐她一下呀!"她的眼像一双小燕子,老是在滟滟的春水上打着圈儿。她的笑最使我记住,像一朵花漂浮在我的脑海里。我不是说过,她的小圆脸像正开的桃花么?那么,她微笑的时候,便是盛开的时候了:花房里充满了蜜,真如要流出来的样子。她的发不甚厚,但黑而有光,柔软而滑,如纯丝一般。只可惜我不曾闻着一些儿香。唉!从前我在窗前看她好多次,所得的真太少了;若不是昨晚一见,——虽只几分钟——我真太对不起这样一个人儿了。

　　午饭后,韦君照例的睡午觉去了,只有我,韦小姐和其他三位小姐在书房里。我有意无意的谈起阿河的事。我说:

　　"你们怎知道她的志气好呢?"

　　"那天我们教给她打绒绳鞋;"一位蔡小姐便答道,"看她很聪明,就问她为甚么不念书?她被我们一问,就伤心起来了。……"

　　"是的,"韦小姐笑着抢了说,"后来还哭了呢;还有一位傻子陪她淌眼泪呢。"

那边黄小姐可急了，走过来推了她一下。蔡小姐忙拦住道："人家说正经话，你们尽闹着玩儿！让我说完了呀——"

"我代你说啵，"韦小姐仍抢着说，"——她说她只有一个爹，没有娘。嫁了一个男人，倒有三十多岁，土头土脑的，脸上满是疤！他是李妈的邻舍，我还看见过呢。……"

"好了，底下我说吧。"蔡小姐接着道，"她男人又不要好，尽爱赌钱；她一气，就住到娘家来，有一年多不回去了。"

"她今年几岁？"我问。

"十七不知十八？前年出嫁的，几个月就回家了。"蔡小姐说。

"不，十八，我知道。"韦小姐改正道。

"哦。你们可曾劝她离婚？"

"怎么不劝，"韦小姐应道，"她说十八回去吃她表哥的喜酒，要和她的爹去说呢。"

"你们教她的好事，该当何罪！"我笑了。

她们也都笑了。

十九的早上，我正在屋里看书，听见外面有嚷嚷的声音；这是从来没有的。我立刻走出来看；只见门外有两个乡下人要走进来，却给阿齐拦住。他们只是央告，阿齐只是不肯。这时韦君已走出院中，向他们道：

"你们回去吧。人在我这里，不要紧的。快回去，不要瞎吵！"

两个人面面相觑，说不出一句话；俄延了一会，只好走了。我问韦君什么事？他说：

"阿河啰！还不是瞎吵一回子。"

我想他于男女的事向来是懒得说的，还是回头问他小姐的好；我们便谈到别的事情上去。

吃了饭，我赶紧问韦小姐，她说：

"她是告诉娘的，你问娘去。"

我想这件事有些尴尬，便到西间里问韦太太；她正看着李妈收拾碗碟呢。她见我问，便笑着说：

"你要问这些事作什么？她昨天回去，原是借了阿桂的衣裳穿了去的，打扮得娇滴滴的，也难怪，被她男人看见了，便约了些不相干的人，将她抢回去过了一夜。今天早上，她骗她男人，说要到此地来拿行李。她男人就会信她，派了两个人跟着。那知她到了这里，便叫阿齐拦着那跟来的人；她自己便跪在我面前哭诉，说死也不愿回她男人家去。你说我有什么法子。只好

让那跟来的人先回去再说。好在没有几天,她们要上学了,我将来交给她的爹吧。唉,现在的人,心眼儿真是越过越大了;一个乡下女人,也会闹出这样惊天动地的事了!"

"可不是,"李妈在旁插嘴道,"太太你不知道;我家三叔前儿来,我还听他说呢。我本不该说的,阿弥陀佛!太太,你想她不愿意回婆家,老愿意住在娘家,是什么道理?家里只有一个单身的老子;你想那该死的老畜生!他舍不得放她回去呀!"

"低些,真的么?"韦太太惊诧的问。

"他们说得千真万确的。我早就想告诉太太了,总有些疑心;今天看她的样子,真有几分对呢。太太,你想现在还成什么世界!"

"这该不至于吧。"我淡淡的插了一句。

"少爷,你那里知道!"韦太太叹了一口气,"——好在没有几天了,让她快些走吧;别将我们的运气带坏了。她的事,我们以后也别谈吧。"

开学的通告来了,我定在二十八走。二十六的晚上,阿河忽然不到厨房里挈水了。韦小姐跑来低低的告诉我,"娘叫阿齐将阿河送回去了;我在楼上,都不知道呢。"我应了一声,一句话也没有说。正如每日有三顿饱饭吃的人,忽然绝了粮;却又不能告诉一个人!而且我觉得她的前面是黑洞洞的,此去不定有什么好歹!那一夜我是没有好好的睡,只翻来覆去的作梦,醒来却又一例茫然。这样昏昏沉沉的到了二十八早上,懒懒的向韦君夫妇和韦小姐告别而行,韦君夫妇坚约春假再来住,我只得含糊答应着。出门时,我很想回望厨房几眼;但许多人都站在门口送我,我怎好回头呢?

到校一打听,老友陆已来了。我不及料理行李,便找着他,将阿河的事一五一十告诉他。他本是个好事的人;听我说时,时而皱眉,时而叹气,时而擦掌。听到她只十八岁时,他突然将舌头一伸,跳起来道:

"可惜我早有了我那太太!要不然,我准得想法子娶她!"

"你娶她就好了;现在不知鹿死谁手呢?"

我俩默默相对了一会,陆忽然拍着桌子道:

"有了,老汪不是去年失了恋么?他现在还没有主儿,何不给他俩撮合一下。"

我正要答说,他已出去了。过了一会子,他和汪来了,进门就嚷着说:

"我和他说,他不信,要问你呢!"

"事是有的,人呢,也真不错。只是人家的事,我们凭什么去管!"我说。

"想法子呀!"陆嚷着。

"什么法子？你说！"

"好,你们尽和我开玩笑,我才不理会你们呢！"汪笑了。

我们几乎每天都要谈到阿河,但谁也不曾认真去"想法子"。

一转眼已到了春假。我再到韦君别墅的时候,水是绿绿的,桃腮柳眼,着意引人。我却只惦着阿河,不知她怎么样了。那时韦小姐已回来两天。我背地里问她,她说：

"奇得很！阿齐告诉我,说她二月间来求娘来了。她说她男人已死了心,不想她回去；只不肯白白的放掉她。他教她的爹拿出八十块钱来,人就是她的爹的了；他自己也好另娶一房人。可是阿河说她的爹那有这些钱？她求娘可怜可怜她！娘的脾气你知道。她是个古板的人；她数说了阿河一顿,一个钱也不给！我现在和阿齐说,让他上镇去时,带个信儿给她,我可以给她五块钱。我想你也可以帮她些,我教阿齐一块儿告诉她吧。只可惜她未必肯再上我们这儿来啰！"

"我拿十块钱吧,你告诉阿齐就是。"

我看阿齐空闲了,便又去问阿河的事。他说：

"她的爹正给她东找西找的找主儿呢。只怕难吧,八十块大洋呢！"

我忽然觉得不自在起来,不愿再问下去。

过了两天,阿齐从镇上回来,说：

"今天见着阿河了。娘的,齐整起来了。穿起了裙子,作老板娘娘了！据说是自己拣中的；这种年头！"

我立刻觉得,这一来全完了！只怔怔的看着阿齐,似乎想在他脸上找出阿河的影子。咳,我说什么好呢？愿命运之神长远庇护着她吧！

第二天我便托故离开了那别墅；我不愿再见那湖光山色,更不愿再见那间小小的厨房！

择偶记

　　自己是长子长孙，所以不到十一岁就说起媳妇来了。那时对于媳妇这件事简直茫然，不知怎么一来，就已经说上了。是曾祖母娘家人，在江苏北部一个小县份的乡下住着。家里人都在那里住过很久，大概也带着我；只是太笨了，记忆里没有留下一点影子。祖母常常躺在烟榻上讲那边的事，提着这个那个乡下人的名字。起初一切都像只在那白腾腾的烟气里。日子久了，不知不觉熟悉起来了，亲昵起来了。除了住的地方，当时觉得那叫作"花园庄"的乡下实在是最有趣的地方了。因此听说媳妇就定在那里，倒也仿佛理所当然，毫无意见。每年那边田上有人来，蓝布短打扮，衔着旱烟管，带好些大麦粉，白薯干儿之类。他们偶然也和家里人提到那位小姐，大概比我大四岁，个儿高，小脚；但是那时我热心的其实还是那些大麦粉和白薯干儿。

　　记得是十二岁上，那边捎信来，说小姐痨病死了。家里并没有人叹惜；大约他们看见她时她还小，年代一多，也就想不清是怎样一个人了。父亲其时在外省作官，母亲颇为我亲事着急，便托了常来作衣服的裁缝作媒。为的是裁缝走的人家多，而且可以看见太太小姐。主意并没有错，裁缝来说一家人家，有钱，两位小姐，一位是姨太太生的；他给说的是正太太生的大小姐。他说那边要相亲。母亲答应了，定下日子，由裁缝带我上茶馆。记得那是冬天,到日子母亲让我穿上枣红宁绸袍子,黑宁绸马褂,戴上红帽结儿的黑缎瓜皮小帽,又叮嘱自己留心些。茶馆里遇见那位相亲的先生,方面大耳,同我现在年纪差不多,布袍布马褂,像是给谁穿着孝。这个人倒是慈祥的样子,不住的打量我,也问了些念什么书一类的话。回来裁缝说人家看得很细:说我的"人中"长,不是短寿的样子,又看我走路,怕脚上有毛病。总算让人家看中了,该我们看人家了。母亲派亲信的老妈子去。老妈子的报告是,大小姐个儿比我大得多,坐下去满满一圈椅;二小姐倒苗苗条条的,母亲说胖了不能生育,像亲戚里谁谁谁;教裁缝说二小姐。那边似乎生了气,不答应,事情就摧了。

母亲在牌桌上遇见一位太太,她有个女儿,透着聪明伶俐。母亲有了心,回家说那姑娘和我同年,跳来跳去的,还是个孩子。隔了些日子,便托人探探那边口气。那边作的官似乎比父亲的更小,那时正是光复的前年,还讲究这些,所以他们乐意作这门亲。事情已到九成九,忽然出了岔子。本家叔祖母用的一个寡妇老妈子熟悉这家子的事,不知怎么教母亲打听着了。叫她来问,她的话遮遮掩掩的。到底问出来了,原来那小姑娘是抱来的,可是她一家很宠她,和亲生的一样。母亲心冷了。过了两年,听说她已生了痨病,吸上鸦片烟了。母亲说,幸亏当时没有定下来。我已懂得一些事了,也这末想着。

光复那年,父亲生伤寒病,请了许多医生看。最后请着一位武先生,那便是我后来的岳父。有一天,常去请医生的听差回来说,医生家有位小姐。父亲既然病着,母亲自然更该担心我的事。一听这话,便追问下去。听差原只顺口谈天,也说不出个所以然。母亲便在医生来时,教人问他轿夫,那位小姐是不是他家的。轿夫说是的。母亲便和父亲商量,托舅舅问医生的意思。那天我正在父亲病榻旁,听见他们的对话。舅舅问明了小姐还没有人家,便说,像×翁这样人家怎末样?医生说,很好呀。话到此为止,接着便是相亲;还是母亲那个亲信的老妈子去。这回报告不坏,说就是脚大些。事情这样定局,母亲教轿夫回去说,让小姐裹上点儿脚。妻嫁过来后,说相亲的时候早躲开了,看见的是另一个人。至于轿夫捎的信儿,却引起了一段小小风波。岳父对岳母说,早教你给她裹脚,你不信;瞧,人家怎末说来着!岳母说,偏偏不裹,看他家怎末样!可是到底采取了折衷的办法,直到妻嫁过来的时候。

中国20世纪名家散文经典

荷塘月色

这几天心里颇不宁静。今晚在院子里坐着乘凉,忽然想起日日走过的荷塘,在这满月的光里,总该另有一番样子吧。月亮渐渐的升高了,墙外马路上孩子们的欢笑,已经听不见了;妻在屋里拍着闰儿,迷迷糊糊的哼着眠歌。我悄悄的披了大衫,带上门出去。

沿着荷塘,是一条曲折的小煤屑路。这是一条幽僻的路;白天也少人走,夜晚更加寂寞。荷塘四面,长着许多树,蓊蓊郁郁的。路的一旁,是些杨柳,和一些不知道名字的树。没有月光的晚上,这路上阴森森的,有些怕人。今晚却很好,虽然月光也还是淡淡的。

路上只我一个人,背着手踱着。这一片天地好像是我的;我也像超出了平常的自己,到了另一世界里。我爱热闹,也爱冷静;爱群居,也爱独处。像今晚上,一个人在这苍茫的月下,什么都可以想,什么都可以不想,便觉是个自由的人。白天里一定要作的事,一定要说的话,现在都可不理。这是独处的妙处,我且受用这无边的荷香月色好了。

曲曲折折的荷塘上面,弥望的是田田的叶子。叶子出水很高,像亭亭的舞女的裙。层层的叶子中间,零星的点缀着些白花,有袅娜的开着的,有羞涩的打着朵儿的;正如一粒粒的明珠,又如碧天里的星星,又如刚出浴的美人。微风过处,送来缕缕清香,仿佛远处高楼上渺茫的歌声似的。这时候叶子

与花也有一丝的颤动,像闪电般,霎时传过荷塘的那边去了。叶子本是肩并肩密密的挨着,这便宛然有了一道凝碧的波痕。叶子底下是脉脉的流水,遮住了,不能见一些颜色;而叶子却更见风致了。

月光如流水一般,静静的泻在这一片叶子和花上。薄薄的青雾浮起在荷塘里。叶子和花仿佛在牛乳中洗过一样;又像笼着轻纱的梦。虽然是满月,天上却有一层淡淡的云,所以不能朗照;但我以为这恰是到了好处——酣眠固不可少,小睡也别有风味的。月光是隔了树照过来的,高处丛生的灌木,落下参差的斑驳的黑影,峭楞楞如鬼一般;弯弯的杨柳的稀疏的倩影,却又像是画在荷叶上。塘中的月色并不均匀;但光与影有着和谐的旋律,如梵婀玲上奏着的名曲。

荷塘的四面,远远近近,高高低低都是树,而杨柳最多。这些树将一片荷塘重重围住;只在小路一旁,漏着几段空隙,像是特为月光留下的。树色一例是阴阴的,乍看像一团烟雾;但杨柳的丰姿,便在烟雾里也辨得出。树梢上隐隐约约的是一带远山,只有些大意罢了。树缝里也漏着一两点路灯光,没精打采的,是渴睡人的眼。这时候最热闹的,要数树上的蝉声与水里的蛙声;但热闹是它们的,我什么也没有。

忽然想起采莲的事情来了。采莲是江南的旧俗,似乎很早就有,而六朝时为盛;从诗歌里可以约略知道。采莲的是少年的女子,她们是荡着小船,唱着艳歌去的。采莲人不用说很多,还有看采莲的人。那是一个热闹的季节,也是一个风流的季节。梁元帝《采莲赋》里说得好:

  于是妖童媛女,荡舟心许;鹢首徐回,兼传羽杯;棹将移而藻挂,船欲动而萍开。尔其纤腰束素,迁延顾步;夏始春余,叶嫩花初,恐沾裳而浅笑,畏倾船而敛裾。

可见当时嬉游的光景了。这真是有趣的事,可惜我们现在早已无福消受了。

于是又记起《西洲曲》里的句子:

  采莲南塘秋,莲花过人头;低头弄莲子,莲子清如水。

今晚若有采莲人,这儿的莲花也算得"过人头"了;只不见一些流水的影子,是不行的。这令我到底惦着江南了。——这样想着,猛一抬头,不觉已是自己的门前;轻轻的推门进去,什么声息也没有,妻已睡熟好久了。

中国 20 世纪名家散文经典

飞

　　我从昆明到重庆是飞的。人们总羡慕海阔天空,以为一片茫茫,无边无界,必然大有可观。因此以为坐海船坐飞机是"不亦快哉"!其实也未必然。晕船晕机之苦且不谈,就是不晕的人或不晕的时候,所见虽大,也未必可观。海洋上见的往往是一片汪洋,水,水,水。当然有浪,但是浪小了无可看,大无法看——那时得躲进舱里去。船上看浪,远不如岸上,更不如高处。海洋里看浪,也不如江湖里,海洋里只是水,只是浪,显不出那大气力。江湖里有的是遮遮碍碍的,山哪,城哪,什么的,倒容易见出一股劲儿。"江间波浪兼天涌"为的是巫峡勒住了江水;"波撼岳阳城",得有那岳阳城,并且得在那岳阳城楼上看。

　　不错,海洋里可以看日出和日落,但是得有运气。日出和日落全靠云霞烘托才有意思。不然,一轮呆呆的日头简直是个大傻瓜!云霞烘托虽也常有,但往往淡淡的,懒懒的,那还是没意思。得浓,得变,一眨眼一个花样,层出不穷,才有看头。这是可遇而不可求的。平生只见过两回的落日,都在陆上,不在水里。水里看见的,日出也罢,日落也罢,只是些傻瓜而已。这种奇观若是有意为之,大概白费气力居多。有一次大家在衡山上看日出,起了个大清早等着。出来了,出来了,有些人跳着嚷着。那时一丝云彩没有,日光直射,教人睁不开

眼,不知那些人看到了些什么,那么跳跳嚷嚷的。许是在自己催眠吧。自然,海洋上也有美丽的日落和日出,见于记载的也有。但是得有运气,而有运气的并不多。

赞叹海的文学,描摹海的艺术,创作者似乎是在船里的少,在岸上的多,海太大太单调,真正伟大的作家也许可以单刀直入,一般离了岸却掉不出枪花来,像变戏法的离开了道具一样。这些文学和艺术引起未曾航海的人许多幻想,也给予已经航海的人许多失望。天空跟海一样,也大也单调。日月星的,云霞的文学和艺术似乎不少,都是下之视上,说到整个儿天空的却不多。星空,夜空还见点儿,昼空除了"青天""明蓝的晴天"或"阴沉沉的天"一类词儿之外,好像再没有什么说的。但是初次坐飞机的人虽无多少文学艺术的背景帮助他的想象,却总还有那"天宽任鸟飞"的想象;加上别人的经验,上之视下,似乎不只是苍苍而已,也有那翻腾的云海,也有那平铺的锦绣。这就是够揣摩的。

但是坐过飞机的人觉得也不过如此,云海飘飘拂拂的弥漫了上下四方,的确奇。可是高山上就可以看见;那可以是云海外看云海,似乎比飞机上云海中看云海还清切些。苏东坡说得好:"不识庐山真面目,只缘身在此山中。"飞机上看云,有时却只像一堆堆破碎的石头,虽也算得天上人间,可是我们还是愿看流云和停云,不愿看那死云,那荒原上的乱石堆。至于锦绣平铺,大概是有的,我却还未眼见。我只见那"亚洲第一大水扬子江"可怜得像条臭水沟似的。城市像地图模型,房屋像儿童玩具,也多少给人滑稽感。自己倒并不觉得怎样藐小,却只不明白自己是什么玩艺儿。假如在海船里有时会觉得自己是傻子,在飞机上有时便会觉得自己是丑角吧。然而飞机快是真的,两点半钟,到重庆了,这倒真是个"不亦快哉"。

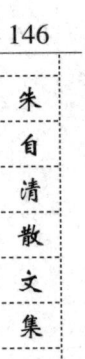

中国 20 世纪名家散文经典

匆匆

燕子去了,有再来的时候;杨柳枯了,有再青的时候;桃花谢了,有再开的时候。但是,聪明的,你告诉我,我们的日子为什么一去不复返呢?——是有人偷了他们罢:那是谁?又藏在何处呢?是他们自己逃走了罢:现在又到了哪里呢?

我不知道他们给了我多少日子;但我的手确乎是渐渐空虚了。在默默里算着,八千多日子已经从我手中溜去;像针尖上一滴水滴在大海里,我的日子滴在时间的流里,没有声音,也没有影子。我不禁头涔涔而泪潸潸了。

去的尽管去了,来的尽管来着;去来的中间,又怎样的匆匆呢?早上我起来的时候,小屋里射进两三方斜斜的太阳。太阳他有脚啊,轻轻悄悄的挪移了;我也茫茫然跟着旋转。于是——洗手的时候,日子从水盆里过去;吃饭的时候,日子从饭碗里过去;默默时,便从凝然的双眼前过去。我觉察他去的匆匆了,伸出手遮挽时,他又从遮挽着的手边过去,天黑时,我躺在床上,他便伶伶俐俐的从我身上跨过,从我脚边飞去了。等我睁开眼和太阳再见,这算又溜走了一日。我掩着面叹息。但是新来的日子的影儿又开始在叹息里闪过了。

在逃去如飞的日子里,在千门万户的世界里的我能作些什么呢?只有徘徊罢了,只有匆匆罢了;在八千多日的匆匆里,除徘徊外,又剩些什么呢?过去的日子如轻烟,被微风吹散了,如薄雾,被初阳蒸融了;我留着些什么痕迹呢?我何曾留着像游丝样的痕迹呢?我赤裸裸来到这世界,转眼间也将赤裸裸的回去罢?但不能平的,为什么偏要白白走这一遭啊?

你聪明的,告诉我,我们的日子为什么一去不复返呢?

中国 20 世纪名家散文经典

歌声

　　昨晚中西音乐歌舞大会里"中西丝竹和唱"的三曲清歌，真令我神迷心醉了。

　　仿佛一个暮春的早晨，霏霏的毛雨默然洒在我脸上，引起润泽，轻松的感觉。新鲜的微风吹动我的衣袂，像爱人的鼻息吹着我的手一样。我立的一条白矾石的甬道上，经了那细雨，正如涂了一层薄薄的乳油；踏着只觉越发滑腻可爱了。

　　这是在花园里。群花都还作她们的清梦。那微雨偷偷洗去她们的尘垢，她们的甜软的光泽便自焕发了。在那被洗去的浮艳下，我能看到她们在有日光时所深藏着的恬静的红，冷落的紫，和苦笑的白与绿。以前锦绣般在我眼前的，现在都带了黯淡的颜色。——是愁着芳春的销歇么？是感着芳春的困倦么？

　　大约也因那濛濛的雨，园里没了浓郁的香气。涓涓的东风只吹来一缕缕饿了似的花香；夹带着些潮湿的草丛的气息和泥土的滋味。园外田亩和沼泽里，又时时送过些新插的秧，少壮的麦，和成荫的柳树的清新的蒸气。这些虽非甜美，却能强烈的刺激我的鼻观，使我有愉快的倦怠之感。

　　看啊，那都是歌中所有的：我用耳，也用眼，鼻，舌，身，听着；也用心唱着。我终于被一种健康的麻痹袭取了。于是为歌所有。此后只由歌独自唱着，听着；世界上便只有歌声了。

看花

生长在大江北岸一个城市里,那儿的园林本是著名的。但近来却很少;似乎自幼就不曾听见过"我们今天看花去"一类话,可见花事是不盛的。有些爱花的人,大都只是将花栽在盆里,一盆盆搁在架上;架子横放在院子里。院子照例是小小的,只够放下一个架子;架上至多搁二十多盆花罢了。有时院子里依墙筑起一座"花台",台上种一株开花的树;也有在院子里地上种的。但这只是普通的点缀,不算是爱花。

家里人似乎都不甚爱花;父亲只在领我们上街时,偶然和我们到"花房"里去过一两回。但我们住过一所房子,有一座小花园,是房东家的。那里有树,有花架(大约是紫藤花架之类),但我当时还小,不知道那些花木的名字;只记得爬在墙上的是蔷薇而已。园中还有一座太湖石堆成的洞门;现在想来,似乎也还好的。在那时由一个顽皮的少年仆人领了我去,却只知道跑来跑去捉蝴蝶;有时掐下几朵花,也只是随意挼弄着,随意丢弃了。至于领略花的趣味,那是以后的事:夏天的早晨,我们那地方有乡下的姑娘在各处街巷,沿门叫着,"卖栀子花来。"栀子花不是什么高品,但我喜欢那白而晕黄的颜色和那肥肥的个儿,正和那些卖花的姑娘有着相似的韵味,栀子花的香,浓而不烈,清而不淡,也是我乐意的。我这样便爱起花来了。也许有人会问,"你爱的不是花吧?"这个我自己其实

也已不大弄得清楚,只好存而不论了。

在高小的一个春天,有人提议到城外 F 寺里吃桃子去,而且预备白吃;不让吃就闹一场,甚至打一架也不在乎。那时虽远在五四运动以前,但我们那里的中学生却常有打进戏园看白戏的事。中学生能白看戏,小学生为什么不能白吃桃子呢?我们都这样想,便由那提议人纠合了十几个同学,浩浩荡荡的向城外而去。到了 F 寺,气势不凡的呵斥着道人们(我们称寺里的工人为道人),立刻领我们向桃园里去。道人们踌躇着说:"现在桃树刚才开花呢。"但是谁信道人们的话?我们终于到了桃园里。大家都丧了气,原来花是真开着呢!这时提议人 P 君便去折花。道人们是一直步步跟着的,立刻上前劝阻,而且用起手来。但 P 君是我们中最不好惹的;"说时迟,那时快",一眨眼,花在他的手里,道人已踉跄在一旁了。那一园子的桃花,想来总该有些可看;我们却谁也没有想着去看。只嚷着,"没有桃子,得沏茶喝!"道人们满肚子委屈的引我们到"方丈"里,大家各喝一大杯茶。这才平了气,谈谈笑笑的进城去。大概我那时还只懂得爱一朵朵的栀子花,对于开在树上的桃花,是并不了然的;所以眼前的机会,便从眼前错过了。

以后渐渐念了些看花的诗,觉得看花颇有些意思。但到北平读了几年书,却只到过崇效寺一次;而去得又嫌早些,那有名的一株绿牡丹还未开呢。北平看花的事很盛,看花的地方也很多;但那时热闹的似乎也只有一班诗人名士,其余还是不相干的。那正是新文学运动的起头,我们这些少年,对于旧诗和那一班诗人名士,实在有些不敬;而看花的地方又都远不可言,我是一个懒人,便干脆的断了那条心了。后来到杭州作事,遇见了 Y 君,他是新诗人兼旧诗人,看花的兴致很好。我和他常到孤山去看梅花。孤山的梅花是古今有名的,但太少;又没有临水的,人也太多。有一回坐在放鹤亭上喝茶,来了一个方面有须,穿着花缎马褂的人,用湖南口音和人打招呼道:"梅花盛开嗒!""盛"字说得特别重,使我吃了一惊;但我吃惊的也只是说在他嘴里"盛"这个声音罢了,花的盛不盛,在我倒并没有什么的。

有一回,Y 来说,灵峰寺有三百株梅花;寺在山里,去的人也少。我和 Y,还有 N 君,从西湖边雇船到岳坟,从岳坟入山。曲曲折折走了好一会,又上了许多石级,才到山上寺里。寺甚小,梅花便在大殿西边园中。园也不大,东墙下有三间净室,最宜喝茶看花;北边有座小山,山上有亭,大约叫"望海亭"吧,望海是未必,但钱塘江与西湖是看得见的。梅树确是不少,密密的低低的整列着。那时已是黄昏,寺里只我们三个游人;梅花并没有开,但那珍珠似的繁星似的骨都儿,已经够可爱了;我们都觉得比孤山上盛开时有味。

大殿上正作晚课，送来梵呗的声音，和着梅林中的暗香，真叫我们舍不得回去。在园里徘徊了一会，又在屋里坐了一会，天是黑定了，又没有月色，我们向庙里要了一个旧灯笼，照着下山。路上几乎迷了道，又两次三番的狗咬；我们的Y诗人确有些窘了，但终于到了岳坟。船夫远远迎上来道："你们来了，我想你们不会冤我呢！"在船上，我们还不离口的说着灵峰的梅花，直到湖边电灯光照到我们的眼。

Y回北平去了，我也到了白马湖。那边是乡下，只有沿湖与杨柳相间着种了一行小桃树，春天花发时，在风里娇媚的笑着。还有山里的杜鹃花也不少。这些日日在我们眼前，从没有人像煞有介事的提议："我们看花去。"但有一位S君，却特别爱养花；他家里几乎是终年不离花的。我们上他家去，总看他在那里不是拿着剪刀修理枝叶，便是提着壶浇水。我们常乐意看着。他院子里一株紫薇花很好，我们在花旁喝酒，不知多少次。白马湖住了不过一年，我却传染了他那爱花的嗜好。但重到北平时，住在花事很盛的清华园里，接连过了三个春，却从未想到去看一回。只在第二年秋天，曾经和孙三先生在园里看过几次菊花。"清华园之菊"是著名的，孙三先生还特地写了一篇文，画了好些画。但那种一盆一干一花的养法，花是好了，总觉没有天然的风趣。直到去年春天，有了些余闲，在花开前，先向人问了些花的名字。一个好朋友是从知道姓名起的，我想看花也正是如此。恰好Y君也常来园中，我们一天三四趟的到那些花下去徘徊。今年Y君忙些，我便一个人去。我爱繁花老干的杏，临风婀娜的小红桃，贴梗累累如珠的紫荆；但最恋恋的是西府海棠。海棠的花繁得好，也淡得好；艳极了，却没有一丝荡意。疏疏的高干子，英气隐隐逼人。可惜没有趁着月色看过；王鹏运有两句词道："只愁淡月朦胧影，难验微波上下潮。"我想月下的海棠花，大约便是这种光景吧。为了海棠，前两天在城里特地冒了大风到中山公园去，看花的人倒也不少；但不知怎的，却忘了畿辅先哲祠。Y告我那里的一株，遮住了大半个院子；别处的都向上长，这一株却是横里伸张的。花的繁没有法说；海棠本无香，昔人常以为恨，这里花太繁了，却酝酿出一种淡淡的香气，使人久闻不倦。Y告我，正是刮了一日还不息的狂风的晚上；他是前一天去的。他说他去时地上已有落花了，这一日一夜的风，准完了。他说北平看花，是要赶着看的：春光太短了，又晴的日子多；今年算是有阴的日子了，但狂风还是逃不了的。我说北平看花，比别处有意思，也正在此。这时候，我似乎不甚菲薄那一班诗人名士了。

中国 20 世纪名家散文经典

一封信

在北京住了两年多了，一切平平常常的过去。要说福气，这也是福气了。因为平平常常，正像"糊涂"一样"难得"，特别是在"这年头"。但不知怎的，总不时想着在那儿过了五六年转徙无常的生活的南方。转徙无常，诚然算不得好日子；但要说到人生味，怕倒比平平常常时候容易深切的感着。现在终日看见一样的脸板板的天，灰蓬蓬的地；大柳高槐，只是大柳高槐而已。于是木木然，心上什么也没有；有的只是自己，自己的家。我想着我的渺小，有些战栗起来；清福究竟也不容易享的。

这几天似乎有些异样。像一叶扁舟在无边的大海上，像一个猎人在无尽的森林里。走路，说话，都要费很大的力气；还不能如意。心里是一团乱麻，也可说是一团火。似乎在挣扎着，要明白些什么，但似乎什么也没有明白。"一部《十七史》，从何处说起。"正可借来作近日的我的注脚。昨天忽然有人提起《我的南方》的诗。这是两年前初到北京，在一个村店里，喝了两杯"莲花白"以后，信笔涂出来的。于今想起那情景，似乎有些渺茫；至于诗中所说的，那更是遥遥乎远哉了，但是事情是这样凑巧：今天吃了午饭，偶然抽一本旧杂志来消遣，却翻着了三年前给 S 的一封信。信里说着台州，在上海，杭州，宁波之南的台州。这真是"我的南方"了。我正苦于想不出,这却指引我一条路,虽然只是"一条"路而已。

　　我不忘记台州的山水,台州的紫藤花,台州的春日,我也不能忘记S。他从前欢喜喝酒,欢喜骂人;但他是个有天真的人。他待朋友真不错。L从湖南到宁波去找他,不名一文;他陪他喝了半年酒才分手。他去年结了婚。为结婚的事烦恼了几个整年的他,这算是叶落归根了;但他也与我一样,已快上那"中年"的线了吧。结婚后我们见过一次,匆匆的一次。我想,他也和一切人一样,结了婚终于是结了婚的样子了吧。但我老只是记着他那喝醉了酒,很妩媚的骂人的意态;这在他或已懊悔着了。

　　南方这一年的变动,是人的意想所赶不上的。我起初还知道他的踪迹;这半年是什么也不知道了。他到底是怎样的过着这狂风似的日子呢?我所沉吟的正在此。我说过大海,他正是大海上的一个小浪;我说过森林,他正是森林里的一只小鸟。恕我,恕我,我向那里去找你?

　　这封信曾印在台州师范学校的《绿丝》上。我现在重印在这里;这是我眼前一个很好的自慰的法子。

九月二十七日记

S兄:

　　…………

　　我对于台州,永远不能忘记!我第一日到六师校时,系由埠头坐了轿子去的。轿子走的都是僻路;使我诧异,为什么堂堂一个府城,竟会这样冷静!那时正是春天,而因天气的薄阴和道路的幽寂,使我宛然如入了秋之国土。约莫到了卖冲桥边,我看见那清绿的北固山,下面点缀着几带朴实的洋房子,心胸顿然开朗,仿佛微微的风拂过我的面孔似的。到了校里,登楼一望,见远山之上,都幂着白云。四面全无人声,也无人影;天上的鸟也无一只。只背后山上谡谡的松风略略可听而已。那时我真脱却人间烟火气而飘飘欲仙了!后来我虽然发现了那座楼实在太坏了:柱子如鸡骨,地板如鸡皮!但自然的宽大使我忘记了那房屋的狭窄。我于是曾好几次爬到北固山的顶上,去领略那飕飕的高风,看那低低的,小小的,绿绿的田亩。这是我最高兴的。

　　来信说起紫藤花,我真爱那紫藤花!在那样朴陋——现在大概不那样朴陋了吧——的房子里,庭院中,竟有那样雄伟,那样繁华的紫藤花,真令我十二分惊诧!她的雄伟与繁华遮住了那朴陋,使人一对照,反觉朴陋倒是不

可少似的,使人幻想"美好的昔日"！我也曾几度在花下徘徊:那时学生都上课去了,只剩我一人。暖和的晴日,鲜艳的花色,嗡嗡的蜜蜂,酝酿着一庭的春意。我自己如浮在茫茫的春之海里,不知怎么是好！那花真好看:苍老虬劲的枝干,这么粗这么粗的枝干,宛转腾挪而上;谁知她的纤指会那样嫩,那样艳丽呢？那花真好看:一缕缕垂垂的细丝,将她们悬在那皲裂的臂上,临风婀娜,真像嘻嘻哈哈的小姑娘,真像凝妆的少妇,像两颊又像双臂,像胭脂又像粉……我在他们下课的时候,又曾几度在楼头眺望:那丰姿更是撩人:云哟,霞哟,仙女哟！我离开台州以后,永远没见过那样好的紫藤花,我真惦记她,我真妒羡你们！

此外,南山殿望江楼上看浮桥(现在早已没有了),看憧憧的人在长长的桥上往来着;东湖水阁上,九折桥上看柳色和水光,看钓鱼的人;府后山沿路看田野,看天;南门外看梨花——再回到北固山,冬天在医院前看山上的雪;都是我喜欢的。说来可笑,我还记得我从前住过的旧仓头杨姓的房子里的一张画桌;那是一张红漆的,一丈光景长而狭的画桌,我放它在我楼上的窗前,在上面读书,和人谈话,过了我半年的生活。现在想已搁起来无人用了吧？唉！

台州一般的人真是和自然一样朴实;我一年里只见过三个上海装束的流氓！学生中我颇有记得的。前些时有位P君写信给我,我虽未有工夫作复,但心中很感谢！乘此机会请你为我转告一句。

我写的已多了;这些胡乱的话,不知可附载在《绿丝》的末尾,使它和我的旧友见见面么？

弟　自清

冬天

说起冬天,忽然想到豆腐。是一"小洋锅"(铝锅)白煮豆腐,热腾腾的。水滚着,像好些鱼眼睛,一小块一小块豆腐养在里面,嫩而滑,仿佛反穿的白狐大衣。锅在"洋炉子"(煤油不打气炉)上,和炉子都熏得乌黑乌黑,越显出豆腐的白。这是晚上,屋子老了,虽点着"洋灯",也还是阴暗。围着桌子坐的是父亲跟我们哥儿三个。"洋炉子"太高了,父亲得常常站起来,微微的仰着脸,觑着眼睛,从氤氲的热气里伸进筷子,夹起豆腐,一一的放在我们的酱油碟里。我们有时也自己动手,但炉子实在太高了,总还是坐享其成的多。这并不是吃饭,只是玩儿。父亲说晚上冷,吃了大家暖和些。我们都喜欢这种白水豆腐;一上桌就眼巴巴望着那锅,等着那热气,等着热气里从父亲筷子上掉下来的豆腐。

又是冬天,记得是阴历十一月十六晚上,跟S君P君在西湖里坐小划子。S君刚到杭州教书,事先来信说:"我们要游西湖,不管它是冬天。"那晚月色真好,现在想起来还像照在身上。本来前一晚是"月当头";也许十一月的月亮真有些特别吧。那时九点多了,湖上似乎只有我们一只划子。有点风,月光照着软软的水波;当间那一溜儿反光,像新砑的银子。湖上的山只剩了淡淡的影子。山下偶尔有一两星灯火。S君口占两句诗道:"数星灯火认渔村,淡墨轻描远黛痕。"我们都不大

说话,只有均匀的桨声。我渐渐的快睡着了。P君"喂"了一下,才抬起眼皮,看见他在微笑。船夫问要不要上净寺去;是阿弥陀佛生日,那边蛮热闹的。到了寺里,殿上灯烛辉煌,满是佛婆念佛的声音,好像醒了一场梦。这已是十多年前的事了,S君还常常通着信,P君听说转变了好几次,前年是在一个特税局里收特税了,以后便没有消息。

  在台州过了一个冬天,一家四口子。台州是个山城,可以说在一个大谷里。只有一条二里长的大街。别的路上白天简直不大见人;晚上一片漆黑。偶尔人家窗户里透出一点灯光,还有走路的拿着的火把;但那是少极了。我们住在山脚下。有的是山上松林里的风声,跟天上一只两只的鸟影。夏末到那里,春初便走,却好像老在过着冬天似的;可是即便真冬天也并不冷。我们住在楼上,书房临着大路;路上有人说话,可以清清楚楚的听见。但因为走路的人太少了,间或有点说话的声音,听起来还只当远风送来的,想不到就在窗外。我们是外路人,除上学校去之外,常只在家里坐着。妻也惯了那寂寞,只和我们爷儿们守着。外边虽老是冬天,家里却老是春天。有一回我上街去,回来的时候,楼下厨房的大方窗开着,并排的挨着她们母子三个;三张脸都带着天真微笑的向着我。似乎台州空空的,只有我们四人;天地空空的,也只有我们四人。那时是民国十年,妻刚从家里出来,满自在。现在她死了快四年了,我却还老记着她那微笑的影子。

  无论怎么冷,大风大雪,想到这些,我心上总是温暖的。

春

盼望着，盼望着，东风来了，春天的脚步近了。

一切都像刚睡醒的样子，欣欣然张开了眼。山朗润起来了，水涨起来了，太阳的脸红起来了。

小草偷偷的从土里钻出来，嫩嫩的，绿绿的。园子里，田野里，瞧去，一大片一大片满是的。坐着，躺着，打两个滚，踢几脚球，赛几趟跑，捉几回迷藏。风轻悄悄的，草绵软软的。

桃树、杏树、梨树，你不让我，我不让你，都开满了花赶趟儿。红的像火，粉的像霞，白的像雪。花里带着甜味，闭了眼，树上仿佛已经满是桃儿、杏儿、梨儿！花下成千成百的蜜蜂嗡嗡地闹着，大小的蝴蝶飞来飞去。野花遍地是：杂样儿，有名字的，没名字的，散在草丛里，像眼睛，像星星，还眨呀眨的。

"吹面不寒杨柳风"，不错的，像母亲的手抚摸着你。风里带来些新翻的泥土的气息，混着青草味，还有各种花的香，都在微微润湿的空气里酝酿。鸟儿将窠巢安在繁花嫩叶当中，高兴起来了，呼朋引伴的卖弄清脆的喉咙，唱出宛转的曲子，与轻风流水应和着。牛背上牧童的短笛，这时候也成天在嘹亮的响。

雨是最寻常的，一下就是三两天。可别恼，看，像牛毛，像花针，像细丝，密密的斜织着，人家屋顶上全笼着一层薄烟。树叶子却绿得发亮，小草也青得逼你的眼。傍晚时候，上灯

中国 20 世纪名家散文经典

了,一点点黄晕的光,烘托出一片安静而和平的夜。在乡下,小路上,石桥边,撑起伞慢慢走着的人;还有地里工作的农夫,披着蓑,戴着笠的。他们的草屋,稀稀疏疏的在雨里静默着。

天上风筝渐渐多了,地上孩子也多了。城里乡下,家家户户,老老小小,他们也赶趟儿似的,一个个都出来了。舒活舒活筋骨,抖擞抖擞精神,各作各的一份事去。"一年之计在于春";刚起头儿,有的是工夫,有的是希望。

春天像刚落地的娃娃,从头到脚都是新的,它生长着。

春天像小姑娘,花枝招展的,笑着,走着。

春天像健壮的青年,有铁一般的胳膊和腰脚,他领着我们上前去。

女人

　　白水是个老实人,又是个有趣的人。他能在谈天的时候,滔滔不绝的发出长篇大论。这回听勉子说,日本某杂志上有《女?》一文,是几个文人以"女"为题的桌话的记录。他说:"这倒有趣,我们何不也来一下?"我们说:"你先来!"他搔了搔头发道:"好!就是我先来;你们可别临阵脱逃才好。"我们知道他照例是开口不能自休的。果然,一番话费了这多时候,以致别人只有补充的工夫,没有自叙的余裕。那时我被指定为临时书记,曾将桌上所说,拉杂写下。现在整理出来,便是以下一文。因为十之八是白水的意见,便用了第一人称,作为他自述的模样;我想,白水大概不至于不承认吧?

　　老实说,我是个欢喜女人的人;从国民学校时代直到现在,我总一贯的欢喜着女人。虽然不曾受着什么"女难",而女人的力量,我确是常常领略到的。女人就是磁石,我就是一块软铁;为了一个虚构的或实际的女人,呆呆的想了一两点钟,乃至想了一两个星期,真有不知肉味光景——这种事是屡屡有的。在路上走,远远的有女人来了,我的眼睛便像蜜蜂们嗅着花香一般,直攫过去。但是我很知足,普通的女人,大概看一两眼也就够了,至多再掉一回头。像我的一位同学那样,遇见了异性,就立正——向左或向右转,仔细用他那两只近视

眼,从眼镜下面紧紧追出去半日半日,然后看不见,然后开步走——我是用不着的。我们地方有句土话说:"乖子望一眼,呆子望到晚。"我大约总在"乖子"一边了。我无论到什么地方,第一总是用我的眼睛去寻找女人。在火车里,我必走遍几辆车去发现女人;在轮船里,我必走遍全船去发现女人。我若找不到女人时,我便逛游戏场去,赶庙会去,——我大胆的加一句——参观女学校去;这些都是女人多的地方。于是我的眼睛更忙了!我拖着两只脚跟着她们走,往往直到疲倦为止。

我所追寻的女人是什么呢?我所发现的女人是什么呢?这是艺术的女人。从前人将女人比作花,比作鸟,比作羔羊;他们只是说,女人是自然手里创造出来的艺术,使人们欢喜赞叹——正如艺术的儿童是自然的创作,使人们欢喜赞叹一样。不独男人欢喜赞叹,女人也欢喜赞叹;而"妒"便是欢喜赞叹的另一面,正如"爱"是欢喜赞叹的一面一样。受欢喜赞叹的,又不独是女人,男人也有。"此柳风流可爱,似张绪当年。"便是好例;而"美丰仪"一语,尤为"史不绝书"。但男人的艺术气分,似乎总要少些;贾宝玉说得好:男人的骨头是泥作的,女人的骨头是水作的。这是天命呢,还是人事呢?我现在还不得而知;只觉得事实是如此罢了。——你看,目下学绘画的"人体习作"的时候,谁不用了女人作他的模特儿呢?这不是因为女人的曲线更为可爱么?我们说,自有历史以来,女人是比男人更其艺术的;这句话总该不会错吧?所以我说,艺术的女人。所谓艺术的女人,有三种意思:是女人中最为艺术的,是女人的艺术的一面,是我们以艺术的眼去看女人。我说女人比男人更其艺术的,是一般的说法;说女人中最为艺术的,是个别的说法。——而"艺术"一词,我用它的狭义,专指眼睛的艺术而言,与绘画,雕刻,跳舞同其范类。艺术的女人便是有着美好的颜色和轮廓和动作的女人,便是她的容貌,身材,姿态,使我们看了感到"自己圆满"的女人。这里有一块天然的界碑,我所说的只是处女,少妇,中年妇人,那些老太太们,为她们的年岁所侵蚀,已上了凋零与枯萎的路途,在这一件上,已是落伍者了。女人的圆满相,只是她的"人的诸相"之一;她可以有大才能,大智慧,大仁慈,大勇毅,大贞洁等等,但都无碍于这一相。诸相可以帮助这一相,使其更臻于充实;这一相也可帮助诸相,分其圆满于它们,有时更能遮盖它们的缺处。我们之看女人,若被她的圆满相所吸引,便会不顾自己,不顾她的一切,而只陶醉于其中;这个陶醉是刹那的,无关心的,而且在沉默之中的。

我们之看女人,是欢喜而决不是恋爱。恋爱是全般的,欢喜是部分的。恋爱是整个"自我"与整个"自我"的融合,故坚深而久长;欢喜是"自我"间断片的融合,故轻浅而飘忽。这两者都是生命的趣味,生命的姿态。但恋爱是对人的,欢喜却兼人与物而言。——此外本还有"仁爱",便是"民胞物与"之怀;再进一步,"天地与我并生,万物与我为一",便是"神爱","大爱"了。这种无分物我的爱,非我所要论;但在此又须立一界碑,凡伟大庄严之像,无论属人属物,足以吸引人心者,必为这种爱;而优美艳丽的光景则始在"欢喜"的阈中。至于恋爱,以人格的吸引为骨子,有极强的占有性,又与二者不同。Y君以人与物平分恋爱与欢喜,以为"喜"仅属物,"爱"乃属人;若对人言"喜",便是蔑视他的人格了。现在有许多人也以为将女人比花,比鸟,比羔羊,便是侮辱女人;赞颂女人的体态,也是侮辱女人。所以者何?便是蔑视她们的人格了!但我觉得我们若不能将"体态的美"排斥于人格之外,我们便要慢慢的说这句话!而美若是一种价值,人格若是建筑于价值的基石上,我们又何能排斥那"体态的美"呢?所以我以为只须将女人的艺术的一面作为艺术而鉴赏它,与鉴赏其他优美的自然一样;艺术与自然是"非人格"的,当然便说不上"蔑视"与否。在这样的立场上,将人比物,欢喜赞叹,自与因袭的玩弄的态度相差十万八千里,当可告无罪于天下。——只有将女人看作"玩物",才真是蔑视呢;即使是在所谓的"恋爱"之中。艺术的女人,是的,艺术的女人!我们要用惊异的眼去看她,那是一种奇迹!

　　我之看女人,十六年于兹了,我发见了一件事,就是将女人作为艺术而鉴赏时,切不可使她知道;无论是生疏的,是较熟悉的。因为这要引起她性的自卫的羞耻心或他种嫌恶心,她的艺术味便要变稀薄了;而我们因她的羞耻或嫌恶而关心,也就不能静观自得了。所以我们只好秘密的鉴赏;艺术原来是秘密的呀,自然的创作原来是秘密的呀。但是我所欢喜的艺术的女人,究竟是怎样的呢?您得问了。让我告诉您:我见过西洋女人,日本女人,江南江北的女人,城内的女人,名闻浙东西的女人;但我的眼光究竟太狭了,我只见过不到半打的艺术的女人!而且其中只有一个西洋人,没有一个日本人!那西洋的处女是在Y城里一条僻巷的拐角上遇着的,惊鸿一瞥似的便过去了。其余有两个是在两次火车里遇着的,一个看了半天,一个看了两天;还有一个是在乡村里遇着的,足足看了三个月。——我以为艺术的女人第一是有她的温柔的空气;使人如听着箫管的悠扬,如嗅着玫瑰花的芬芳,如躺着在天鹅绒的厚毯上。她是如水的密,如烟的轻,笼罩着我们;我们怎能不欢喜赞叹呢?这是由她的动作而来的;她的一举步,一伸腰,一掠鬓,一转眼,一低头,乃至衣袂的微扬,裙幅的轻舞,都如蜜的流,风的微漾;我们怎能不欢喜赞叹呢?最可爱的是那软软的腰儿;从前人说临风的垂柳,《红楼

梦》里说晴雯的"水蛇腰儿",都是说腰肢的细软的;但我所欢喜的腰呀,简直和苏州的牛皮糖一样,使我满舌头的甜,满牙齿的软呀。腰是这般软了,手足自也有飘逸不凡之概。你瞧她的足胫多么丰满呢!从膝关节以下,渐渐的隆起,像新蒸的面包一样;后来又渐渐渐渐的缓下去了。这足胫上正罩着丝袜,淡青的?或者白的?拉得紧紧的,一些儿绉纹没有,更将那丰满的曲线显得丰满了;而那闪闪的鲜嫩的光,简直可以照出人的影子。你再往上瞧,她的两肩又多么亭匀呢!像双生的小羊似的,又像两座玉峰似的;正是秋山那般瘦,秋水那般平呀。肩以上,便到了一般人讴歌颂赞所集的"面目"了。我最不能忘记的,是她那双鸽子般的眼睛,伶俐到像要立刻和人说话。在惺忪微倦的时候,尤其可喜,因为正像一对睡了的褐色小鸽子。和那润泽而微红的双颊,苹果般照耀着的,恰如曙色之与夕阳,巧妙的相映衬着。再加上那覆额的,稠密而蓬松的发,像天空的乱云一般,点缀得更有情趣了。而她那甜蜜的微笑也是可爱的东西;微笑是半开的花朵,里面流溢着诗与画与无声的音乐。是的,我说的已多了;我不必将我所见的,一个人一个人分别说给你,我只将她们融合成一个 Sketch 给你看——这就是我的惊异的型,就是我所谓艺术的女子的型。但我的眼光究竟太狭了!我的眼光究竟太狭了!

  在女人的聚会里,有时也有一种温柔的空气;但只是笼统的空气,没有详细的节目。所以这是要由远观而鉴赏的,与个别的看法不同;若近观时,那笼统的空气也许会消失了的。说起这艺术的"女人的聚会",我却想着数年前的事了,云烟一般,好惹人怅惘的。在 P 城一个礼拜日的早晨,我到一所宏大的教堂里去作礼拜;听说那边女人多,我是礼拜女人去的。那教堂是男女分座的。我去的时候,女座还空着,似乎颇遥遥的;我的遐想便去充满了每个空座里。忽然眼睛有些花了,在薄薄的香泽当中,一群白上衣,黑背心,黑裙子的女人,默默的,远远的走进来了。我现在不曾看见上帝,却看见了带着翼子的这些安琪儿了!另一回在傍晚的湖上,暮霭四合的时候,一只插着小红花的游艇里,坐着八九个雪白雪白的白衣的姑娘;湖风舞弄着她们的衣裳,便成一片浑然的白。我想她们是湖之女神,以游戏三昧,暂现色相于人间的呢!第三回在湖中的一座桥上,淡月微云之下,倚着十来个,也是姑娘,朦朦胧胧的与月一齐白着。在抖荡的歌喉里,我又遇着月姊儿的化身了!——这些是我所发现的又一型。

  是的,艺术的女人,那是一种奇迹!

谈抽烟

有人说："抽烟有什么好处？还不如吃点口香糖，甜甜的，倒不错。"不用说，你知道这准是外行。口香糖也许不错，可是喜欢的怕是女人孩子居多；男人很少赏识这种玩艺儿的；除非在美国，那儿怕有些个例外。一块口香糖得咀嚼老半天，还是嚼不完，凭你怎么斯文，那朵颐的样子，总遮掩不住，总有点儿不雅相。这其实不像抽烟，倒像衔橄榄。你见过衔着橄榄的人？腮帮子上凸出一块，嘴里不时的嗞儿嗞儿的。抽烟可用不着这么费劲；烟卷儿尤其省事，随便一叼上，悠然的就吸起来，谁也不来注意你。抽烟说不上是什么味道；勉强说，也许有点儿苦吧。但抽烟的不稀罕那"苦"而稀罕那"有点儿"。他的嘴太闷了，或者太闲了，就要这么点儿来凑个热闹，让他觉得嘴还是他的。嚼一块口香糖可就太多，甜甜的，够多腻味；而且有了糖也许便忘记了"我"。

抽烟其实是个玩艺儿。就说抽卷烟吧，你打开匣子或罐子，抽出烟来，在桌上顿几下，衔上，擦洋火，点上。这其间每一个动作都带股劲儿，像作戏一般。自己也许不觉得，但到没有烟抽的时候，便觉得了。那时候你必然闲得无聊；特别是两只手，简直没放处。再说那吐出的烟，袅袅的缭绕着，也够你一回两回的捉摸；它可以领你走到顶远的地方去。——即便在百忙当中，也可以让你轻松一忽儿。所以老于抽烟的人，一

叼上烟,真能悠然遐想。他霎时间是个自由自在的身子,无论他是靠在沙发上的绅士,还是蹲在台阶上的瓦匠。有时候他还能够叼着烟和人说闲话;自然有些含含糊糊的,但是可喜的是那满不在乎的神气。这些大概也算是游戏三昧吧。

好些人抽烟,为的有个伴儿。譬如说一个人单身住在北平,和朋友在一块儿,倒是有说有笑的,回家来,空屋子像水一样。这时候他可以摸出一支烟抽起来,借点儿暖气。黄昏来了,屋子里的东西只剩些轮廓,暂时懒得开灯,也可以点上一支烟,看烟头上的火一闪一闪的,像亲密的低语,只有自己听得出。要是生气,也不妨迁怒一下,使劲儿吸它十来口。客来了,若你倦了说不得话,或者找不出可说的,干坐着岂不着急?这时候最好拈起一支烟将嘴堵上等你对面的人。若是他也这么办,便尽时间在烟子里爬过去。各人抓着一个新伴儿,大可以盘桓一会儿的。

从前抽水烟旱烟,不过一种不伤大雅的嗜好,现在抽烟却成了派头。抽烟卷儿指头黄了,由它去。用烟嘴不独麻烦,也小气,又跟烟隔得那么老远的。今儿大褂上一个窟窿,明儿坎肩上一个,由它去。一支烟里的尼古丁可以毒死一个小麻雀,也由它去。总之,别别扭扭的,其实也还是个"满不在乎"罢了。烟有好有坏,味有浓有淡,能够辨味的是内行,不择烟而抽的是大方之家。

说梦

伪《列子》里有一段梦话，说得甚好：

"周之尹氏大治产，其下趣役者，侵晨昏而不息。有老役夫筋力竭矣，而使之弥勤。昼则呻呼而即事，夜则昏惫而熟寐。精神荒散，昔昔梦为国君：居人民之上，总一国之事；游燕宫观，恣意所欲，其乐无比。觉则复役人。……尹氏心营世事，虑钟家业，心形俱疲，夜亦昏惫而寐。昔昔梦为人仆：趋走作役，无不为也；数骂杖挞，无不至也。眠中啽呓呻呼，彻旦息焉。……"

此文原意是要说出"苦逸之复，数之常也；若欲觉梦兼之，岂可得邪？"这其间大有玄味，我是领略不着的；我只是断章取义的赏识这件故事的自身，所以才老远的引了来。我只觉得梦不是一件坏东西。即真如这件故事所说，也还是很有意思的。因为人生有限，我们若能夜夜有这样清楚的梦，则过了一日，足抵两日，过了五十岁，足抵一百岁；如此便宜的事，真是落得的。至于梦中的"苦乐"，则照我素人的见解，毕竟是"梦中的"苦乐，不必斤斤计较的。若必欲斤斤计较，我要大胆的说一句：他和那些在墙上贴红纸条儿，写着"夜梦不祥，书破大吉"的，同样的不懂得梦！

但庄子说道:"至人无梦。"伪《列子》里也说道:"古之真人,其觉自忘,其寝不梦。"——张湛注曰:"真人无往不忘,乃当不眠,何梦之有?"可知我们这几位先哲不甚以作梦为然,至少也总以为梦是不大高明的东西。但孔子就与他们不同,他深以"不复梦见周公"为憾;他自然是爱作梦的,至少也是不反对作梦的。——殆所谓时乎作梦则作梦者欤?我觉得"至人","真人",毕竟没有我们的份儿,我们大可不必妄想;只看"乃当不眠"一个条件,你我能作到么?唉,你若主张或实行"八小时睡眠",就别想作"至人","真人"了!但是,也不用担心,还有为我们捐木梢的:我们知道,愚人也无梦!他们是一枕黑甜,哼呵到晓,一些儿梦的影子也找不着的!我们侥幸还会作几个梦,虽因此失了"至人","真人"的资格,却也因此而得免于愚人,未尝不是运气。至于"至人","真人"之无梦和愚人之无梦,究竟有何分别?却是一个难题。我想偷懒,还是撷拾上文说过的话来答吧:"真人……乃当不眠,……"而愚人是"一枕黑甜,哼呵到晓"的!再加一句,此即孔子所谓"上智与下愚不移"也。说到孔子,孔子不反对作梦,难道也作不了"至人","真人"?我说,"唯唯,否否!"孔子是"圣人",自有他的特殊的地位,用不着再来争"至人","真人"的名号了。但得知道,作梦而能梦周公,才能成其所以为圣人;我们也还是够不上格儿的。

我们终于只能作第二流人物。但这中间也还有个高低。高的如我的朋友P君:他梦见花,梦见诗,梦见绮丽的衣裳,……真可算得有梦皆甜了。低的如我:我在江南时,本忝在愚人之列,照例是漆黑一团的睡到天光;不过得声明,哼呵是没有的。北来以后,不知怎样,陡然聪明起来,夜夜有梦,而且不一其梦。但我究竟是新升格的,梦尽管作,却作不着一个清清楚楚的梦!成夜的乱梦颠倒,醒来不知所云,恍然若失。最难堪的是每早将醒未醒之际,残梦依人,腻腻不去;忽然双眼一睁,如坠深谷,万象寂然——只有一角日光在墙上痴痴的等着!我此时决不起来,必凝神细想,欲追回梦中滋味于万一;但照例是想不出,只惘惘然茫茫然似乎怀念着些什么而已。虽然如此,有一点是知道的:梦中的天地是自由的,任你徜徉,任你翱翔;一睁眼却就给密密的麻绳绑上了,就大大的不同了!我现在确乎有些精神恍惚,这里所写的就够教你知道。但我不因此诅咒梦;我只怪我作梦的艺术不佳,作不着清楚的梦。若作着清楚的梦,若夜夜作着清楚的梦,我想精神恍惚也无妨的。照现在这样一大串儿糊里糊涂的梦,直是要将这个"我"化成漆黑一团,却有些儿不便。是的,我得学些本事,今夜作他几个好好的梦。我是彻头彻尾赞美梦的,因为我是素人,而且将永远是素人。

论无话可说

十年前我写过诗；后来不写诗了，写散文；入中年以后，散文也不大写得出了——现在是，比散文还要"散"的无话可说！许多人苦于有话说不出，另有许多人苦于有话无处说；他们的苦还在话中，我这无话可说的苦却在话外。我觉得自己是一张枯叶，一张烂纸，在这个大时代里。

在别处说过，我的"忆的路"是"平如砥""直如矢"的；我永远不曾有过惊心动魄的生活，即使在别人想来最风华的少年时代。我的颜色永远是灰的。我的职业是三个教书；我的朋友永远是那么几个，我的女人永远是那么一个。有些人生活太丰富了，太复杂了，会忘记自己，看不清楚自己，我是什么时候都"了了玲玲的"知道，记住，自己是怎样简单的一个人。

但是为什么还会写出诗文呢？——虽然都是些废话。这是时代为之！十年前正是五四运动的时期，大伙儿蓬蓬勃勃的朝气，紧逼着我这个年轻的学生；于是乎跟着人家的脚印，也说说什么自然，什么人生。但这只是些范畴而已。我是个懒人，平心而论，又不曾遭过怎样了不得的逆境；既不深思力索，又未亲自体验，范畴终于只是范畴，此处也只是廉价的，新瓶里装旧酒的感伤。当时芝麻黄豆大的事，都不惜郑重的写出来，现在看看，苦笑而已。

先驱者告诉我们说自己的话。不幸这些自己往往是简单

的,说来说去是那一套;终于说的听的都腻了。——我便是其中的一个。这些人自己其实并没有什么话,只是说些中外贤哲说过的和并世少年将说的话。真正有自己的话要说的是不多的几个人;因为真正一面生活一面吟味那生活的只有不多的几个人。一般人只是生活,按着不同的程度照例生活。

这点简单的意思也还是到中年才觉出的;少年时多少有些热气,想不到这里。中年人无论怎样不好,但看事看得清楚,看得开,却是可取的。这时候眼前没有雾,顶上没有云彩,有的只是自己的路。他负着经验的担子,一步步踏上这条无尽的然而实在的路。他回看少年人那些情感的玩艺,觉得一种轻松的意味。他乐意分析他背上的经验,不止是少年时的那些;他不愿远远的捉摸,而愿剥开来细细的看。也知道剥开后便没了那跳跃着的力量,但他不在乎这个,他明白在冷静中有他所需要的。这时候他若偶然说话,决不会是感伤的或印象的,他要告诉你怎样走着他的路,不然就是,所剥开的是些什么玩艺。但中年人是很胆小的;他听别人的话渐渐多了,说了的他不说,说得好的他不说。所以终于往往无话可说——特别是一个寻常的人像我。但沉默又是寻常的人所难堪的,我说苦在话外,以此。

中年人若还打着少年人的调子,——姑不论调子的好坏——原也未尝不可,只总觉"像煞有介事"。他要用很大的力量去写出那冒着热气或流着眼泪的话;一个神经敏锐的人对于这个是不容易忍耐的,无论在自己在别人。这好比上了年纪的太太小姐们还涂脂抹粉的到大庭广众里去卖弄一般,是殊可不必的了。

其实这些都可以说是废话,只要想一想咱们这年头。这年头要的是"代言人",而且将一切说话的都看作"代言人";压根儿就无所谓自己的话。这样一来,如我辈者,倒可以将从前狂妄之罪减轻,而现在是更无话可说了。

但近来在戴译《唯物史观的文学论》里看到,法国俗语"无话可说"竟与"一切皆好"同意。呜呼,这是多么损的一句话,对于我,对于我的时代!

中国20世纪名家散文经典

你我

现在受过新式教育的人,见了无论生熟朋友,往往喜欢你我相称。这不是旧来的习惯而是外国语与翻译品的影响。这风气并未十分通行;一般社会还不愿意采纳这种办法——所谓粗人一向你呀我的,却当别论。有一位中等学校校长告诉人,一个旧学生去看他,左一个"你",右一个"你",仿佛用指头点着他鼻子,真有些受不了。在他想,只有长辈该称他"你",只有太太和老朋友配称他"你"。够不上这个份儿,也来"你"呀"你"的,倒像对当差老妈子说话一般,岂不可恼!可不是,从前小说里"弟兄相呼,你我相称",也得够上那份儿交情才成。而俗语说的"你我不错","你我还这样那样",也是托熟的口气,指出彼此的依赖与信任。

同辈你我相称,言下只有你我两个,旁若无人;虽然十目所视,十手所指,视他们的,指他们的,管不着。杨震在你我相对的时候,会想到你我之外的"天知地知",真是一个玄远的托辞,亏他想得出。常人说话称你我,却只是你说给我,我说给你;别人听见也罢,不听见也罢,反正说话的一点儿没有想着他们那些不相干的。自然也有时候"取瑟而歌",也有时候"指桑骂槐",但那是话外的话或话里的话,论口气却只对着那一个"你"。这么着,一说你看,你我便从一群人里除外,单独的相对着。离群是可怕又可怜的,只要想想大野里的独行,黑夜

里的独处就明白。你我既甘心离群，彼此便非难解难分不可；否则岂不要吃亏？难解难分就是亲昵；骨肉是亲昵，结交也是个亲昵，所以说只有长辈该称"你"，只有太太和老朋友配称"你"。你我相称者，你我相亲而已。然而我们对家里当差老妈子也称"你"，对街上的洋车夫也称"你"，却不是一个味儿。古来以"尔汝"为轻贱之称；就指的这一类。但轻贱与亲昵有时候也难分，譬如叫孩子为"狗儿"，叫情人为"心肝"，明明将人比物，却正是亲昵之至。而长辈称晚辈为"你"，也夹杂着这两种味道——那些亲谊疏远的称"你"，有时候简直毫无亲昵的意思，只显得辈分高罢了。大概轻贱与亲昵有一点相同；就是，都可以随随便便，甚至于动手动脚。

生人相见不称"你"。通称是"先生"，有带姓不带姓之分；不带姓好像来者是自己老师，特别客气，用得少些。北平人称"某爷"，"某几爷"，如"冯爷"，"吴二爷"，也是通称，可比"某先生"亲昵些。但不能单称"爷"，与"先生"不同。"先生"原是老师，"爷"却是"父亲"；尊人为师犹之可，尊人为父未免吃亏太甚（听说前清的太监有称人为"爷"的时候，那是刑余之人，只算例外）。至于"老爷"，多一个"老"字，就不会与父亲相混，所以仆役用以单称他的主人，旧式太太用以单称她的丈夫。女的通称"小姐"，"太太"，"师母"，却都带姓；"太太"，"师母"更其如此。因为单称"太太"，自己似乎就是老爷，单称"师母"，自己似乎就是门生，所以非带姓不可。"太太"是北方的通称，南方人却嫌官僚气；"师母"是南方的通称，北方人却嫌头巾气。女人麻烦多，真是无法奈何。比"先生"亲近些是"某某先生"，"某某兄"，"某某"是号或名字；称"兄"取其仿佛一家人。再进一步就以号相称，同时也可称"你"。在正式的聚会里，有时候得称职衔，如"张部长"，"王经理"；也可以不带姓，和"先生"一样；偶尔还得加上一个"贵"字，如"贵公使"。下属对上司也得称职衔。但像科员等小脚色却不便称衔，只好屈居在"先生"一辈里。

仆役对主人称"老爷"，"太太"，或"先生"，"师母"；与同辈分别的，一律不带姓。他们在同一时期内大概只有一个老爷，太太，或先生，师母，是他们衣食的靠山；不带姓正所以表示只有这一对儿才是他们的主人。对于主人的客，却得一律带姓；即使主人的本家，也得带上号码儿，如"三老爷"，"五太太"。——大家庭用的人或两家合用的人例外。"先生"本可不带姓，"老爷"本是下对上的称呼，也常不带姓；女仆称"老爷"，虽和旧式太太称丈夫一样，但身份声调既然各别，也就不要紧。仆役称"师母"，决无门生之嫌，不怕尊敬过分；女仆称"太太"，毫无疑义，男仆称"太太"，与女仆称"老爷"同例。晚辈称长辈，有"爸爸"，"妈妈"，"伯伯"，"叔叔"等称。自家人和近亲不带

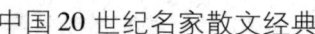

姓,但有时候带号码儿;远亲和父执,母执,都带姓;干亲带"干"字,如"干娘";父亲的盟兄弟,母亲的盟姊妹,有些人也以自家人论。

这种种称呼,按刘半农先生说,是"名词替代代词",但也可说是他称替代对称。不称"你"而称"某先生",是将分明对面的你变成一个别人;于是乎对你说的话,都不过是关于"他"的。这么着,你我间就有了适当的距离,彼此好提防着;生人间说话提防着些,没有错儿。再则一般人都可以称你"某先生",我也跟着称"某先生",正见得和他们一块儿,并没有单独挨近你身边去。所以"某先生"一来,就对面无你,旁边有人。这种替代法的效用,因所代的他称广狭而转移。譬如"某先生",谁对谁都可称,用以代"你",是十分"敬而远之";又如"某部长",只是僚属对同官与长官之称,"老爷"只是仆役对主人之称,敬意过于前者,远意却不及;至于"爸爸""妈妈",只是弟兄姊妹对父母的称,不像前几个名字可以移用在别人身上,所以虽不用"你",还觉得亲昵,但敬远的意味总免不了有一些;在老人家前头要像在太太或老朋友前头那么自由自在,到底是办不到的。

北方话里有个"您"字,是"你"的尊称,不论亲疏贵贱全可用,方便之至。这个字比那拐弯抹角的替代法干脆多了,只是南方人听不进去,他们觉得和"你"也差不多少。这个字本是闭口音,指众数;"你们"两字就从此出。南方人多用"你们"代"你"。用众数表尊称,原是语言常例。指的既非一个,你旁边便仿佛还有些别人和你亲近的,与说话的相对着;说话的天然不敢侵犯你,也不敢妄想亲近你。这也还是个"敬而远之"。湖北人尊称人为"你家","家"字也表众数,如"人家""大家"可见。

此外还有个方便的法子,就是利用呼位,将他称与对称拉在一块儿。说话的时候先叫声"某先生"或别的,接着再说"你怎样怎样";这么着好像"你"字儿都是对你以外的"某先生"说的,你自己就不会觉得唐突了。这个办法上下一律通行。在上海,有些不三不四的人问路,常叫一声"朋友",再说"你";北平老妈子彼此说话,也常叫声"某姐",再"你"下去——她们觉得这么称呼倒比说"您"亲昵些。但若说"这是兄弟你的事","这是他爸爸你的责任","兄弟""你","他爸爸""你"简直连成一串儿,与用呼位的大不一样。这种口气只能用于亲近的人。第一例的他称意在加重全句的力量,表示虽与你亲如弟兄,这件事却得你自己办,不能推给别人。第二例因"他"而及"你",用他称意在提醒你的身份,也是加重那个句子;好像说你我虽亲近,这件事却该由作他爸爸的你,而不由作自己的朋友的你负责任;所以也不能推给别人。又有对称在前他称在后的;但除了"你先生","你老兄"还有敬远之

意以外,别的如"你太太","你小姐","你张三","你这个人","你这家伙","你这位先生","你这该死的","你这没良心的东西",却都是些亲口埋怨或破口大骂的话。"你先生","你老兄"的"你"不重读,别的"你"都是重读的。"你张三"直呼姓名,好像听话的是个远哉遥遥的生人,因为只有毫无关系的人,才能直呼姓名;可是加上"你"字,却变了亲昵与轻贱两可之间。近指形容词"这",加上量词"个"成为"这个",都兼指人与物;说"这个人"和说"这个碟子",一样的带些无视的神气在指点着。加上"该死的","没良心的","家伙","东西",无视的神气更足。只有"你这位先生"稍稍客气些;不但因为那"先生",并且因为那量词"位"字。"位"指"地位",用以称人,指那有某种地位的,就与常人有别。至于"你老","你老人家","老人家"是众数,"老"是敬辞——老人常受人尊重。但"你老"用得少些。

最后还有省去对称的办法,却并不如文法书里所说,只限于祈使语气,也不限于上辈对下辈的问语或答语,或熟人间偶然的问答语;如"去吗","不去"之类。有人曾遇见一位颇有名望的省议会议长,随意谈天儿。那议长的说话老是这样的:

去过北京吗?
在那儿住?
觉得北京怎么样?
几时回来的?

始终没有用一个对称,也没有用一个呼位的他称,仿佛说到一个不知是谁的人。那听话的觉得自己没有了,只看见俨然的议长。可是偶然要敷衍一两句话,而忘了对面人的姓,单称"先生"又觉不值得的时候,这么办却也可以救眼前之急。

生人相见也不多称"我"。但是单称"我"只不过傲慢,仿佛有点儿瞧不起人,却没有那过分亲昵的味儿,与称你我的时候不一样。所以自称比对称麻烦少些。若是不随便称"你","我"字尽可麻麻糊糊通用;不过要留心声调与姿态,别显出拍胸脯指鼻尖的神儿。若是还要谨慎些,在北方可以说"咱",说"俺",在南方可以说"我们";"咱"和"俺"原来也都是闭口音,与"我们"同是众数。自称用众数,表示听话的也在内,"我"说话,像是你和我或你我他联合宣言;这么着,我的责任就有人分担,谁也不能说我自以为是了。也有说"自己"的,如"只怪自己不好","自己没主意,怨谁!"但同样的

句子用来指你我也成。至于说"我自己",那却是加重的语气,与这个不同。又有说"某人","某某人"的;如张三说,"他们老疑心这是某人作的,其实我一点也不知道。"这个"某人"就是张三,但得随手用"我"字点明。若说"张某人岂是那样的人!"却容易明白。又有说"人","别人","人家","别人家"的;如,"这可叫人怎么办?""也不管人家死活。"指你我也成。这些都是用他称(单数与众数)替代自称,将自己说成别人;但都不是明确的替代,要靠上下文,加上声调姿态,才能显出作用,不像替代对称那样。而其中如"自己","某人",能替代"我"的时候也不多,可见自称在我的关系多,在人的关系少,老老实实用"我"字也无妨;所以历来并不十分费心思去找替代的名词。

演说称"兄弟","鄙人","个人"或自己名字,会议称"本席",也是他称替代自称,却一听就明白。因为这几个名词,除"兄弟"代"我",平常谈话里还偶然用得着之外,别的差不多都已成了向公众说话专用的自称。"兄弟","鄙人"全是谦词,"兄弟"亲昵些;"个人"就是"自己";称名字不带姓,好像对尊长说话。——称名字的还有仆役与幼儿。仆役称名字兼带姓,如"张顺不敢"。幼儿自称乳名,却因为自我观念还未十分发达,听见人家称自己乳名,也就如法炮制,可教大人听着乐,为的是"像煞有介事"。——"本席"指"本席的人",原来也该是谦称;但以此自称的人往往有一种訑訑然的声调姿态,所以反觉得傲慢了。这大约是"本"字作怪,从"本总司令"到"本县长",虽也是以他称替代自称,可都是告诫下属的口气,意在显出自己的身份,让他们知所敬畏。这种自称用的机会却不多。对同辈也偶然有要自称职衔的时候,可不用"本"字而用"敝"字。但"司令"可"敝","县长"可"敝","人"却"敝"不得;"敝人"是凉薄之人,自己骂得未免太苦了些。同辈间也可用"本"字,是在开玩笑的当儿,如"本科员","本书记","本教员",取其气昂昂的,有俯视一切的样子。

他称比"我"更显得傲慢的还有;如"老子","咱老子","大爷我","我某几爷","我某某某"。老子本非同辈相称之词,虽然加上众数的"咱",似乎只是壮声威,并不为的分责任。"大爷","某几爷"也都是尊称,加在"我"上,是增加"我"的气焰的。对同辈自称姓名,表示自己完全是个无关系的陌生人;本不如此,偏取了如此态度,将听话的远远的推开去,再加上"我",更是神气。这些"我"字都是重读的。但除了"我某某某",那几个别的称呼大概是丘八流氓用得多。他称也有比"我"显得亲昵的。如对儿女自称"爸爸","妈",说"爸爸疼你","妈在这儿,别害怕"。对他们称"我"的太多了,对他们称"爸爸","妈"的却只有两个人,他们最亲昵的两个人。所以他们听起

来,"爸爸","妈"比"我"鲜明得多。幼儿更是这样;他们既然还不甚懂得什么是"我",用"爸爸","妈"就更要鲜明些。听了这两个名字,不用捉摸,立刻知道是谁而得着安慰;特别在他们正专心一件事或者快要睡觉的时候。若加上"你",说"你爸爸""你妈",没有"我",只有"你的",让大些的孩子听了,亲昵的意味更多。对同辈自称"老某",如"老张",或"兄弟我",如"交给兄弟我办吧,没错儿",也是亲昵的口气。"老某"本是称人之词。单称姓,表示彼此非常之熟,一提到姓就会想起你,再不用别的;同姓的虽然无数,而提到这一姓,却偏偏只想起你。"老"字本是敬辞,但平常说笑惯了的人,忽然敬他一下,只是惊他以取乐罢了;姓上加"老"字,原来怕不过是个玩笑,正和"你老先生","你老人家"有时候用作滑稽的敬语一种。日子久了,不觉得,反变成"熟得很"的意思。于是自称"老张",就是"你熟得很的张",不用说,顶亲昵的。"我"在"兄弟"之下,指的是作兄弟的"我",当然比平常的"我"客气些;但既有他称,还用自称,特别着重那个"我",多少免不了自负的味儿。这个"我"字也是重读的。用"兄弟我"的也以江湖气的人为多。自称常可省去;或因叙述的方便,或因答语的方便,或因避免那傲慢的字。

"他"字也须因人而施,不能随便用。先得看"他"在不在旁边儿。还得看"他"与说话的和听话的关系如何——是长辈,同辈,晚辈,还是不相干的,不相识的?北平有个"怹"字,用以指在旁边的别人与不在旁边的尊长;别人既在旁边听着,用个敬词,自然合适些。这个字本来也是闭口音,与"您"字同是众数,是"他们"所从出。可是不常听见人说;常说的还是"某先生"。也有称职衔,行业,身份,行次,姓名号的。"他"和"你""我"情形不同,在旁边的还可指认,不在旁边的必得有个前词才明白。前词也不外乎这五样儿。职衔如"部长","经理"。行业如店主叫"掌柜的",手艺人叫"某师傅",是通称;作衣服的叫"裁缝",作饭的叫"厨子",是特称。身份如妻称夫为"六斤的爸爸",洋车夫称坐车人为"坐儿",主人称女仆为"张妈","李嫂"。"妈","嫂","师傅"都是尊长之称,却用于既非尊长,又非同辈的人,也许称"张妈"是借用自己孩子们的口气,称"师傅"是借用他徒弟的口气,只有称"嫂"才是自己的口气,用意都是要亲昵些。借用别人口气表示亲昵的,如媳妇跟着他孩子称婆婆为"奶奶",自己矮下一辈儿;又如跟着熟朋友用同样的称呼称他亲戚,如"舅母","外婆"等,自己近走一步儿;只有"爸爸","妈",假借得极少。对于地位同的既可如此假借,对于地位低的当然更可随便些;反正谁也明白,这些不过说得好听罢了。——行次如称朋友或儿女用"老大","老二";称男仆也常用"张二","李三"。称号在亲子间,夫妇间,朋友间最

中国20世纪名家散文经典

多,近亲与师长也常这么称。称姓名往往是不相干的人。有一回政府不让报上直称当局姓名,说应该称衔带姓,想来就是恨这个不相干的劲儿。又有指点似的说"这个人""那个人"的,本是疏远或轻贱之称。可是有时候不愿,不便,或不好意思说出一个人的身份或姓名,也用"那个人";这里头却有很亲昵的,如要好的男人或女人,都可称"那个人"。至于"这东西","这家伙","那小子",是更进一步;爱憎同辞,只看怎么说出。又有用泛称的,如"别怪人","别怪人家","一个人别太不知足","人到底是人"。但既是泛称,指你我也未尝不可。又有用虚称的,如"他说某人不好,某人不好";"某人"虽确有其人,却不定是谁,而两个"某人"所指也非一人。还有"有人"就是"或人"。用这个称呼有四种意思:一是不知其人,如"听说有人译这本书"。二是知其人而不愿明言,如"有人说怎样怎样",这个人许是个大人物,自己不愿举出他的名字,以免矜夸之嫌。这个人许是个不甚知名的脚色,提起来听话的未必知道,乐得不提省事。又如"有人说你的闲话",却大大不同。三是知其人而不屑明言,如"有人在一家报纸上骂我"。四是其人或他的关系人就在一旁,故意"使子闻之";如,"有人不乐意,我知道。""我知道,有人恨我,我不怕。"——这么着简直是挑战的态度了。又有前词与"他"字连文的,如"你爸爸他辛苦了一辈子,真是何苦来?"是加重的语气。

　　亲近的及不在旁边的人才用"他"字;但这个字可带有指点的神儿,仿佛说到的就在眼前一样。自然有些古怪,在眼前的尽管用"您"或别的向远处推;不在的却又向近处拉。其实推是为说到的人听着痛快;他既在一旁,听话的当然看得亲切,口头上虽向远处推无妨。拉却是为听话人听着亲切,让他听而如见。因此"他"字虽指你我以外的别人,也有亲昵与轻贱两种情调,并不含含糊糊的"等量齐观"。最亲昵的"他",用不着前词;如流行甚广的"看见她"歌谣里的"她"字——一个多情多义的"她"字。这还是在眼前的。新婚少妇谈到不在眼前的丈夫,也往往没头没脑的说"他如何如何",一面还红着脸儿。但如"管他,你走你的好了","他——他只比死人多口气",就是轻贱的"他"了。不过这种轻贱的神儿若"他"不在一旁却只能从上下文看出;不像说"你"的时候永远可以从听话的一边直接看出。"他"字除人以外,也能用在别的生物及无生物身上;但只在孩子们的话里如此。指猫指狗用"他"是常事;指桌椅指树木也有用"他"的时候。譬如孩子让椅子绊了一交,哇的哭了;大人可以将椅子打一下,说"别哭。是他不好。我打他。"孩子真会相信,回嗔作喜,甚至于也捏着小拳头帮着捶两下。孩子想着什么都是活的,所以随随便便的"他"呀"他"的,大人可就不成。大人说"他",十回九回

指人;别的只称名字,或说"这个","那个","这东西","这件事","那种道理"。但也有例外,像"听他去吧","管他成不成,我就是这么办"。这种"他"有时候指事不指人。还有个"彼"字,口语里已废而不用,除了说"不分彼此","彼此都是一样"。这个"彼"字不是"他"而是与"这个"相对的"那个",已经在"人称"之外。"他"字不能省略,一省就与你我相混;只除了在直截的答语里。

代词的三称都可用名词替代,三称的单数都可用众数替代,作用是"敬而远之"。但三称还可互代;如"大难临头,不分你我","他们你看我,我看你,一句话不说","你""我"就是"彼""此"。又如"此公人弃我取","我"是"自己"。又如论别人,"其实你去不去与人无干,我们只是尽朋友之道罢了。""你"实指"他"而言。因为要说得活灵活现,才将三人间变为二人间,让听话的更觉得亲切些。意思既指别人,所以直呼"你""我",无需避忌。这都以自称对称替代他称。又如自己责备自己说:"咳,你真糊涂!"这是化一身为两人。又如批评别人,"凭你说干了嘴唇皮,他听你一句才怪!""你"就是"我",是让你设身处地替自己想。又如,"你只管不动声色的干下去,他们知道我怎么办?""我"就是"你";是自己设身处地替对面人想。这都是着急的口气:我的事要你设想,让你同情我;你的事我代设想,让你亲信我。可不一定亲昵,只在说话当时见得彼此十二分关切就是了。只有"他"字,却不能替代"你""我",因为那么着反把话说远了。

众数指的是一人与一人,一人与众人,或众人与众人,彼此间距离本远,避忌较少。但是也有分别;名词替代,还用得着。如"各位","诸位","诸位先生",都是"你们"的敬词;"各位"是逐指,虽非众数而作用相同。代词名词连文,也用得着。如"你们这些人","你们这班东西",轻重不一样,却都是责备的口吻。又如发牢骚的时候不说"我们"而说"这些人","我们这些人",表示多多少少,是与众不同的人。但替代"我们"的名词似乎没有。又如不说"他们"而说"人家","那些位","这班东西","那班东西",或"他们这些人"。三称众数的对峙,不像单数那样明白的鼎足而三。"我们","你们","他们"相对的时候并不多;说"我们",常只与"你们","他们"二者之一相对着。这儿的"你们"包括"他们","他们"也包括"你们";所以说"我们"的时候,实在只有两边儿。所谓"你们",有时候不必全都对面,只是与对面的在某些点上相似的人;所谓"我们",也不一定全在身旁,只是与说话的在某些点上相似的人。所以"你们","我们"之中,都有"他们"在内。"他们"之近于"你们"的,就收编在"你们"里;"他们"之近于"我们"的,就收编在"我们"

里;于是"他们"就没有了。"我们"与"你们"也有相似的时候,"我们"可以包括"你们","你们"就没有了;只剩下"他们"和"我们"相对着。演说的时候,对听众可以说"你们",也可以说"我们"。说"你们"显得自己高出他们之上,在教训着;说"我们",自己就只在他们之中,在彼此勉励着。听众无疑的是愿意听"我们"的。只有"我们",永远存在,不会让人家收编了去;因为没有"我们",就没有了说话的人。"我们"包罗最广,可以指全人类,而与一切生物无生物对峙着。"你们","他们"都只能指人类的一部分;而"他们"除了特别情形,只能指不在眼前的人,所以更狭窄些。

北平自称的众数有"咱们","我们"两个。第一个发现这两个自称的分别的是赵元任先生。他在《阿丽思漫游奇境记》的凡例里说:

"咱们"是对他们说的,听话的人也在内的。

"我们"是对你们或他们说的,听话的人不在内的。

赵先生的意思也许说,"我们"是对你们或(你们和)他们说的。这么着"咱们"就收编了"你们","我们"就收编了"他们"——不能收编的时候,"我们"就与"你们","他们"成鼎足之势。这个分别并非必须,但有了也好玩儿;因为说"咱们"亲昵些,说"我们"疏远些,又多一个花样。北平还有个"俩"字,只指两个,"咱们俩","你们俩","他们俩",无非显得两个人更亲昵些;不带"们"字也成。还有"大家"是同辈相称或上称下之词,可用在"我们","你们","他们"之下。单用是所有相关的人都在内;加"我们"拉得近些,加"你们"推得远些,加"他们"更远些。至于"诸位大家",当然是个笑话。

代词三称的领位,也不能随随便便的。生人间还是得用替代,如称自己丈夫为"我们老爷",称朋友夫人为"你们太太",称别人父亲为"某先生的父亲"。但向来还有一种简便的尊称与谦称,如"令尊","令堂","尊夫人","令弟","令郎",以及"家父","家母","内人","舍弟","小儿",等等。"令"字用得最广,不拘那一辈儿都加得上,"尊"字太重,用处就少,"家"字只用于长辈同辈,"舍"字,"小"字只用于晚辈。熟人也有用通称而省去领位的,如自称父母为"老人家",——长辈对晚辈说他父母,也这么称——称朋友家里人为"老太爷","老太太","太太","少爷","小姐";可是没有称人家丈夫为"老爷"或"先生"的,只能称"某先生","你们先生"。此外有称"老伯","伯母","尊夫人"的,为的亲昵些;所省去的却非"你的"而是"我的"。更熟的人可称"我父亲","我弟弟","你学生","你姑娘",却并不大用"的"

字。"我的"往往只用于呼位:如"我的妈呀!""我的儿呀!""我的天呀!"被领位若不是人而是事物,却可随便些。"的"字还用于独用的领位,如"你的就是我的","去他的"。领位有了"的"字,显得特别亲昵似的。也许"的"字是齐齿音,听了觉得挨挤着,紧缩着,才有此感。平常领位,所领的若是人,而也用"的"字,就好像有些过火;"我的朋友"差不多成了一句嘲讽的话,一半怕就是为了那个"的"字。众数的领位也少用"的"字。其实真正众数的领位用的机会也少;用的大多是替代单数的。"我家","你家","他家"有时候也可当众数的领位用,如"你家孩子真懂事","你家厨子走了","我家运气不好"。北平还有一种特别称呼,也是关于自称领位的。譬如女的向人说:"你兄弟这样长那样短。""你兄弟"却是她丈夫;男的向人说:"你侄儿这样短,那样长。""你侄儿"却是他儿子。这也算对称替代自称,可是大规模的;用意可以说是"敬而近之"。因为"近",才直称"你"。被领位若是事物,领位除可用替代外,也有用"尊"字的,如"尊行"(行次),"尊寓",但少极;带滑稽味而上"尊"号的却多,如"尊口","尊须","尊靴","尊帽",等等。

外国的影响引我们抄近路,只用"你","我","他","我们","你们","他们",倒也是干脆的办法;好在声调姿态变化是无穷的。"他"分为三,在纸上也还有用,口头上却用不着;读"她"为"ㄧ""它"或"牠"为"ㄊㄚ",大可不必,也行不开去。"它"或"牠"用得也太洋味儿,真别扭,有些实在可用"这个""那个",再说代词用得太多,好些重复是不必要的;而领位"的"字也用得太滥点儿。①

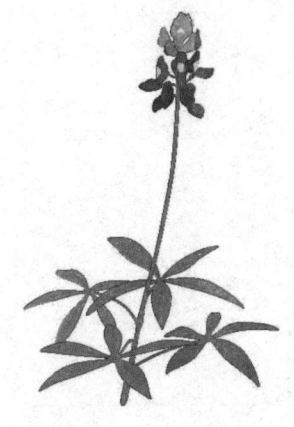

---

① 二十二年暑中看《马氏交通》,杨遇夫先生《高等国文法》,刘半农先生《中国文法讲话》,胡适之先生《文存》里的《尔汝篇》对于人称代名词有些不成系统的意见,略加整理,写成此篇,但所论只现代口语所用为限,作文写信用的,以及念古书时所遇见的,都不在内。